TIERRA

Papel certificado por el Forest Stewardship Council®

MIXTO
Papel procedente de
fuentes responsables
FSC
www.fsc.org FSC® C117695

Primera edición: febrero de 2020
Primera reimpresión: marzo de 2020

© 2020, Eloy Moreno
© 2020, Penguin Random House Grupo Editorial, S. A. U.
Travessera de Gràcia, 47-49. 08021 Barcelona

Printed in Spain – Impreso en España

ISBN: 978-84-666-6474-5
Depósito legal: B-27548-2019

Compuesto en Comptex & Ass., S. L.

Impreso en Black Print CPI Ibérica
Sant Andreu de la Barca (Barcelona)

BS 6 4 7 4 5

Penguin
Random House
Grupo Editorial

TIERRA

Eloy Moreno

Pensé que sería bonito compartir con vosotros la banda sonora de *Tierra,* por eso he creado una lista en Spotify con las principales canciones que estuvieron sonando mientras escribía esta novela.

Os dejo el nombre de la lista y un enlace en QR por si os apetece escucharlas mientras la leéis.

La lista se llama:
NOVELA TIERRA (Eloy Moreno)

30 años antes...

Un viejo coche se desvía por un camino de tierra para perderse en el interior de un bosque. Un bosque con árboles tan altos y tan abrazados que la luz del día apenas puede asomarse entre sus ramas.

El hombre que lo conduce ha permanecido en silencio durante todo el recorrido, repasando mentalmente cada uno de los pasos que va a dar a partir de ese momento. Está nervioso, lo ha ensayado muchas veces pero siempre a solas.

La radio lleva ya varios minutos emitiendo sonidos difusos hasta que, al entrar en el bosque, ha enmudecido totalmente: ya no hay cobertura.

Los dos niños que van en la parte de atrás se mantienen también callados. Ambos están asustados porque no saben a dónde van ni para qué sirve la llave que llevan colgada del cuello.

Tras más de diez minutos circulando sobre barro y silencio llegan a un pequeño claro donde una cabaña de madera los está esperando. No hay nadie más, solo ellos y la incertidumbre.

Salen los tres del coche y es el hombre el que, después de dos intentos, consigue abrir una puerta que parece no querer invitados.

Los dos pequeños entran lentamente, intentando acostumbrar sus ojos a una oscuridad que ocupa todo el momento. El hombre, en cambio, va directo a la repisa de la chimenea, de allí coge unas cerillas y enciende una vela.

Con palabras suaves les indica que se sienten en el sofá que tienen al lado; mientras, con otra cerilla, intenta prender el fuego.

La niña busca la mano de su hermano mayor y la aprieta con fuerza.

—Tranquila, no pasa nada —le susurra él al oído.

Finalmente, la chimenea arde.

El hombre camina hasta el fondo de la estancia para coger una vieja silla y una caja de madera. Se coloca frente al sofá, frente a ellos.

Sonríe.

Y habla.

Y los niños escuchan.

Les explica que van a participar en un pequeño juego, uno que no han probado nunca. Les intenta convencer de que será divertido.

Lentamente, les va enumerando las reglas.

Ellos escuchan sin decir nada. Asintiendo tras cada frase, intentando asimilar cada una de las instrucciones. Finalmente, cuando él acaba, ellos se tocan con cuidado la llave que tienen colgada en el cuello.

El hombre se levanta dejando la caja de madera en el suelo. Se dirige hacia la chimenea y acerca sus manos al fuego. Y así, desde allí y de espaldas a ellos, habla de nuevo.

—El premio lo elegís vosotros... pero no será un premio inmediato, será un premio para el resto de vuestras vidas.

Silencio.

El hombre se agacha y se frota las manos demasiado cerca de las llamas.

—Pensad en lo que más ilusión os haría en este mundo, en lo que os gustaría conseguir cuando seáis mayores. Sea lo que sea, si conseguís acabar el juego os prometo que haré todo lo posible para que se convierta en realidad. Eso sí... no debéis contarle vuestro deseo a nadie: ni tú a ella, ni ella a ti, solo puedo conocerlo yo, será nuestro secreto.

Los dos niños se miran mutuamente sin saber qué decir, quizás porque son demasiado pequeños para una decisión tan grande.

—No hay prisa, tenemos tiempo...

Ambos saben que se encuentran en un momento importante de sus vidas, si algo han aprendido durante su infancia es que el hombre que ahora mismo tienen delante, lo que promete, lo cumple.

Después de varios minutos, donde el único sonido es el crujir de las ramas en la chimenea, el niño se levanta, se acerca al cuerpo que permanece agachado ante el fuego y le dice algo al oído. El hombre asiente y sonríe. El niño también sonríe.

La niña permanece callada en el sofá, por su edad podría parecer que es demasiado pequeña para saber lo que desea, podríamos incluso pensar que no ha acabado de entender la pregunta... Pero no es así, lo que ocurre es que ha decidido enfrentarse a él y está buscando en su mente un deseo tan grande como irrealizable. Finalmente, tras varios minutos buscando en una corona de ideas, escoge una y se acerca arrastrando los pies. Se agacha un poco y le susurra su deseo al oído.

—Pero... —protesta el hombre sorprendido.

—Ese es mi deseo —contesta la niña con una sonrisa que dejó de ser sincera hace tiempo.

Ambos niños vuelven a estar sentados en el sofá.

Pasan unos minutos. Silencio.

El hombre se levanta, les da un beso en la mejilla y, tras comprobar disimuladamente que la cámara que hay sobre la puerta está encendida, abandona la cabaña.

Los pequeños se quedan allí, a solas, con la luz y el calor de la chimenea.

Cierra la puerta con llave, se dirige hacia el coche, lo arranca y se aleja... pero no demasiado. Lo suficiente para que piensen que se ha ido, lo necesario para poder ver lo que va a ocurrir a continuación sin que ellos lo sepan.

Y espera.

Y transcurren los minutos.

Diez.

Se encoge de frío en el interior del coche.

Veinte.

El hombre comienza a ponerse nervioso. Está tentado de salir para ver qué ocurre, para averiguar cómo están avanzando en el juego.

Silencio. Frío. Se escucha un grito: el grito de una niña. Un grito que atraviesa la cabaña, el bosque y a sí mismo.

Sale del coche y corre en dirección a ellos lo más rápido que puede.

Aquello fue el comienzo de todo. En realidad, también fue el final de todo.

* * *

Un ser que se acostumbra a todo;
tal parece la mejor definición que
puedo hacer del hombre.

DOSTOYEVSKI

En una época de engaño universal,
decir la verdad es un acto revolucionario.

G. ORWELL

—Buenas noches... —susurró tras varios minutos de aplausos.

Y se quedó de nuevo en silencio.

Abrió y cerró los ojos varias veces, quizás para intentar adaptar sus pupilas a unos flashes que caían como relámpagos sobre su rostro.

Aquello se había convertido en el acontecimiento del año, la prensa más sensacionalista decía que del siglo. El lugar era el mismo de siempre: un precioso teatro de acero y cristal propiedad de su empresa, pero en esta ocasión el motivo era muy distinto: el mundo estaba contemplando los últimos momentos de quien había llegado a ser la persona más poderosa del planeta.

Los periodistas intentaban conseguir la gran foto, la imagen que protagonizaría al día siguiente las portadas de los principales medios de comunicación del mundo. Sabían que cada gesto, cada palabra... cualquier detalle podía expandirse como un virus a través de las redes sociales.

Yo, aquel día, en lugar de estar abajo, a sus pies, tratando de capturar la frase o la imagen del año, permanecía sentada en la exclusiva zona VIP, rodeada de políticos y empresarios con tanta mierda a sus espaldas que me resultaba complicado mirarles a la cara.

Todos me conocían, y yo a ellos. Todos conocían a la única periodista que había sido capaz de derrotar a aquel hombre ante los tribunales, varias veces. Por eso, al entrar, nadie me saludó.

* * *

Aunque no se había emitido ningún comunicado previo sobre el contenido del evento, casi todos sabíamos lo que iba a decir aquel hombre que apenas se sostenía en pie. Sospechábamos que iba a ser su despedida, su última aparición pública. Todos conocíamos la verdad, esa que la empresa había intentado ocultar durante el último año.

Pero es imposible mantener un secreto cuando es el secreto mismo el que se pone a hablar delante de ti, cuando es al propio secreto al que le cuesta mantenerse de pie en el escenario.

Allí estaba ahora, en silencio, bajo una maraña de focos y aplausos, un hombre que había iniciado todo su imperio con una simple cámara. Una pequeña cámara con la que grababa concursos que él mismo se inventaba. Un visionario que revolucionó la industria televisiva desde sus inicios, que se atrevió a hacer lo que otros ni siquiera imaginaron que fuera posible, que creó la empresa más rentable del mundo desde la nada... Un hombre que había llegado a tener más poder que el propio presidente. Un genio para muchos... un ser despreciable para otros.

Un hombre que había comenzado con la idea de hacer la mejor televisión del mundo y que había acabado creando los programas más atroces y vergonzosos... los que más gente veía.

Un hombre que había amasado la mayor fortuna del planeta, que se había mantenido año tras año en el primer puesto de la lista Forbes. Alguien con tanto dinero y poder que eran los principales mandatarios del mundo los que le pedían audiencia y no al revés.

Era también un hombre que se había saltado todos los límites, tanto legales como morales; que había enfrentado a familias, que había destrozado matrimonios, que había rentabilizado el dolor ajeno de una forma jamás vista hasta entonces. Un hombre que había conseguido tener en contra a prácticamente todas las asociaciones que existían: las medio ambientales, las de derechos humanos, las defensoras de los animales... había convertido al ser humano en un juguete.

Un hombre que había sido capaz de hacer cualquier cosa por conseguir más audiencia, cualquier cosa...

Y aquel hombre era mi padre.

* * *

El evento había colapsado parte de la ciudad. Tres de las principales avenidas estaban cortadas y se había creado un gran perímetro de protección alrededor del edificio.

Se podía escuchar, y de vez en cuando ver, a dos helicópteros sobrevolando los alrededores; y la vigilancia privada era tanta que, para acceder al área de público y prensa, había que soportar una cola de varias horas.

Aquel hombre que ahora mismo estaba hablando tenía más enemigos que amigos, por eso el control de entrada debía ser minucioso. Tras pasar un triple arco de seguridad, varios guardias privados realizaban una exhaustiva labor de cacheo.

Fue en ese punto donde se encontraron más de treinta armas de fuego. Todas ellas sin la intención de atentar: olvidos de invitados que, al ser descubiertos, ofrecían sus disculpas y las dejaban en depósito sin la menor protesta.

Pero ningún método es infalible, y en un descuido, en un momento de confusión... siempre hay alguien que puede llegar a acceder al recinto con una pequeña pistola, de esas que casi no se ven, de las que caben en el bolsillo, de las que también matan si se disparan en el lugar y a la distancia adecuada.

Y sí, a pesar de los miles y miles de dólares invertidos en seguridad, cuando aquel hombre comenzó a hablar la pistola ya había conseguido entrar en la sala.

* * *

Sí, mi padre, un hombre que comenzó a trabajar tanto que un día se olvidó de que, en alguna parte de su alrededor, existía una familia. Un hombre que, más rápido de lo que cualquier hija hubiera deseado, comenzó a cambiar besos por monedas, abrazos por regalos y amor por promesas.

Y yo estaba allí por una sola razón: Nellyne.

Eso era lo que ponía en el sobre que había llegado a mi casa. Seguramente, si hubiera puesto Nel o Nelly, como en el resto de las ocasiones en las que había recibido la misma invitación, no habría ido. Pero esta vez, por primera vez, ponía Nellyne.

Aquella noche llegué sola, entré por una puerta trasera, enseñé mi acreditación y mi apellido hizo el resto. A pesar de mi negativa, el personal de seguridad privada de la empresa me acompañó hasta el palco presidencial, algo que, visto lo que ocurrió minutos después, pudo salvarme la vida. Me había reservado el mejor asiento, en primera fila, a pocos metros de él.

Por eso, en cuanto salió al escenario, la colisión entre nuestras miradas fue inevitable. Y allí, entre el ruido de los aplausos, la lluvia de flashes y la gran distancia sentimental que nos separaban... nos miramos. Pude ver como sus labios dibujaban una palabra en el aire: Nellyne.

Solo tres personas utilizaron alguna vez ese nombre: una de ellas estaba muerta, la otra hacía muchos años que se había ido de mi vida y la tercera la tenía en ese instante frente a mí.

Nellyne. Una palabra que comenzó a desdibujarse en mi mente, que me llevó a un pasado que en mi vida siempre ha estado demasiado lejos. Quizás fue eso, la esperanza de volver al lugar donde fui feliz, lo que me convenció para ir allí aquella noche. Nellyne. Así es como me llamaba en la única época en la que se comportó como un padre.

Vivíamos en un pequeño pueblo rodeado por un precioso bosque que recorríamos juntos los fines de semana. A diez minutos había también un río en el que nos bañábamos en verano y pescábamos en invierno. Apenas teníamos dinero, pero lo teníamos a él. Fueron años felices. Hasta que todo comenzó a cambiar el día que trajo aquella maldita cámara.

Al principio nos encantó la idea, un juguete nuevo con el que podríamos hacer nuestras propias películas. Sin embargo, lo que en principio fue un hobby, poco a poco se convirtió en una obsesión, y al final en una profesión que nos expulsó a todos de su alrededor; bueno, a casi todos. Siempre he pensado que si no hubiera aparecido aquella cámara todo habría sido muy distinto... nuestras vidas, nuestra relación, nosotros...

Pero comenzó a obsesionarse. Grababa y grababa y grababa, y después, por la noche, lo veíamos. Mi madre se moría de vergüenza, pero a mi hermano y a mí al principio nos encantaba. Recuerdo cuando hacía pruebas conmigo, cuando nos reíamos juntos de lo mal que había quedado una escena; de cuando, a mitad de una toma, nos salía una risa tonta y teníamos que cortar...

Pero con el paso del tiempo se fue olvidando de llamarme Nellyne... sus sueños comenzaron a ser tan grandes que todo lo demás —y en ese *todo lo demás* estábamos nosotros— desapareció de su alrededor.

Tardó unos cuantos segundos en comenzar a hablar de nuevo, en voz baja, como si en realidad no quisiera decir nada, como si las palabras, en lugar de nacer de su garganta, se estuvieran escapando por su conciencia, eso suponiendo que aún quedara algo de ella.

—Buenas noches... —Y se hizo de nuevo el silencio—. ¿Quién me ha visto y quién me ve? Pero bueno, he llegado hasta aquí, que no es poco.

Se escucharon risas y un aplauso que se prolongó durante varios minutos más mientras él levantaba las manos lentamente para indicar que pararan.

—La de hoy será mi última aparición pública, esta noche me despido de este mundo televisivo, un mundo que me ha dado tantas alegrías, que me ha hecho vivir tanto... pero todo llega a su fin y yo ya tengo que dejar paso a las nuevas generaciones, mi cuerpo ha dicho basta...

En ese momento la sala enmudeció.

Mi padre cerró los ojos y tragó saliva.

Y debido a su extrema delgadez, casi pudimos ver como esa saliva atravesaba su boca, recorría su garganta y caía en un cuerpo que se perdía en el interior del esmoquin. Se acercó despacio al micrófono y dijo lo que todo el mundo ya sabía.

* * *

—Tengo un cáncer que me ha matado.

Y el edificio se cubrió de silencio.

Durante los siguientes minutos lo único que se escuchó fue un murmullo recorriendo la sala.

En realidad era algo que ya se sabía, pero que nadie se había atrevido a confirmar oficialmente: mi padre estaba enfermo. En cada foto robada por las revistas durante los últimos meses, se veía a un hombre más delgado, más débil. De hecho, en ese mismo momento, cualquiera podía ver como a través de la piel se le iba la vida.

Un hombre de metro noventa, ojos azules, atractivo... que en el esplendor de su vida llegó a ser una de las personas más deseadas del planeta y que ahora, con tan solo sesenta y seis años, era un esqueleto cubierto con un traje negro. Un esqueleto que, sin que nadie supiera muy bien cómo, se mantenía allí, en pie, ante el auditorio.

—Sí, en realidad ya me ha matado. Ahora lo único que hago es esperar a morirme. Está claro que hay cosas que el dinero aún no puede comprar, de lo contrario... —respiró lentamente para coger fuerzas y poder continuar—. Pero bueno, a todos nos llega nuestro momento y yo puedo decir que he vivido. Como escuché alguna vez, la muerte solo es el inicio de la inmortalidad.

Silencio.

Miró con calma al público, se acercó de nuevo al micrófono y continuó.

—Pero no quería dejar la empresa sin hacerles una confesión, la confesión más importante de mi carrera... Como decían en mis tiempos: preparen los rotativos.

* * *

—La tele es mentira.

Y dejó que creciera el silencio.

Y el silencio dio paso a la sonrisa, y de pronto una risa colectiva se derramó por toda la sala.

—Bueno, pues ahí tienen su titular para mañana. Todo, absolutamente todo, es mentira. —El público comenzó a aplaudir.

Tras varios minutos, finalmente le dejaron continuar.

—Contratamos a actores para generar noticias falsas que después nos sirven para llenar programas de tertulias y revistas del corazón que, por supuesto, también son de nuestra empresa; ensuciamos a propósito cocinas para después poder criticar los restaurantes y así volver a limpiarlas; llenamos nosotros mismos los trasteros con los objetos que queremos para que suba la audiencia; contratamos a vendedores ficticios para que lleven objetos antiguos de determinadas marcas a las casas de empeños y así nos ganamos un dinero en forma de publicidad encubierta; hacemos que un aventurero cruce un río helado en un paraje inhóspito sin mostrar que a unos metros hay un puente, una gasolinera y hasta un McDonald's junto a la autopista. Amañamos los concursos para que se lleve el premio el participante que mejor cae a la gente, el que nos puede dar más audiencia y no el que más sabe, al listillo aburrido siempre le tocan preguntas cuya respuesta no podríamos encontrar ni en internet. Detrás de cada niño cocinero hay un chef que elabora los platos que después aparecen en pantalla... Todo, absolutamente todo en la tele, está amañado. Todo es mentira.

A medida que mi padre hablaba, los rostros de los asistentes iban cambiando: ya no había sonrisas, no había intentos de aplauso; se comenzaron a dar cuenta de que aquello no era una broma, de que aquel hombre estaba hablando en serio.

—El problema, y la ventaja para mí, claro —continuó tras hacer una pequeña pausa—, es que hay millones, miles de millones de personas, que piensan que... Bueno, no solo lo piensan, sino que están completamente convencidos de que todo lo que sale en la tele es cierto... y aunque hayan visto a la misma actriz en un programa haciendo de mujer maltratada, en otro de ama de casa aburrida y en el siguiente de aventurera en el Himalaya, no son capaces de darse cuenta de que son la misma persona.

Se detuvo unos instantes para tomar aire, habían sido demasiadas palabras seguidas para alguien tan débil. Cogió un vaso y, al llevárselo a la boca, estuvo a punto de derramar el agua. Finalmente, pero no sin dificultad, pudo beber y colocarlo de nuevo en su sitio.

—Perdón... —susurró mientras recobraba fuerzas—. Pero sin duda, lo mejor de la tele es que a los productores, a los guionistas, a los dueños de todo esto nos convierte en dioses. Mañana mismo elijo a una persona, lanzamos en tres o cuatro de mis cadenas la noticia de que es un violador y las redes sociales ya se encargan de torcerle la vida para siempre, aunque después se demuestre que es falso. Eso da igual, eso ya no lo emitimos, o ponemos un texto debajo tan pequeño y tan rápido que nadie sea capaz de leerlo. Y claro, también podemos hacer lo contrario: coger al más idiota del planeta y convertirlo en un héroe, en político o incluso en presidente. Podemos jugar a ser dioses y yo lo he sido. ¡He sido Dios! —gritó, y al instante comenzó a toser.

Nadie decía nada, el auditorio permanecía en silencio.

Intentó coger el vaso de nuevo pero esta vez cayó al suelo. Inmediatamente salió alguien a ayudarle.

Salió él. Mi él. Ese que, hace muchos años, nunca necesitó capa para ser mi héroe.

* * *

Él, mi hermano.

Él, que se fue separando de mí a la misma velocidad con la que se acercaba a mi padre, sobre todo cuando, lo único que ya nos unía: mi madre, murió.

Creo que fue allí, en aquel funeral al que le sobró tanto dinero como cariño le faltó, cuando nos dimos cuenta de que a la vez que nos abrazábamos nos despedíamos.

Porque cuando mamá murió, con ella desapareció lo único que nos mantenía unidos: todas las visitas que compartimos en la residencia, las llamadas para preguntarnos cómo estaba: para saber si la habíamos visto mejor, si parecía más animada, si habíamos notado algún avance en los últimos días...

Así estuvimos durante muchos meses: compartiendo momentos en la sala de espera, susurrándonos tristezas junto a un café, paseando por el jardín de aquella cárcel vestida de blanco mientras ella era víctima de algún tratamiento... en definitiva, viendo cómo nuestra madre se nos iba, cómo se le escapaba la vida en cada aliento...

Con la muerte de mamá nuestros caminos se fueron, lentamente, separando. Cada vez las llamadas tardaban más, los mensajes eran más cortos y los silencios más largos. Hasta que llegó un día en el que ya no hubo contacto, simplemente dejamos de hablar. No ocurrió nada especial, y quizás eso, la ausencia de motivos, fue lo más triste de todo.

Y ahora él estaba allí, recogiendo aquel vaso que mi padre, que nuestro padre, no había podido sujetar.

* * *

—Sí, todo es mentira... —afirmó tras la interrupción—. ¿Y saben ustedes qué es lo mejor de la mentira? Que no tiene límites. Cuando uno ha probado la parte adictiva de la mentira ya no hay forma de pararla, y se reproduce, y crece... porque siempre es posible crear una mentira mayor que la anterior... —tosió de nuevo.

Silencio.

—Ese es el gran problema de la televisión: el poder. Porque el poder te hace olvidar lo justo, lo correcto... el poder solo te quiere ver crecer a ti.

Volvió a detenerse, quizás demasiadas frases seguidas... quizás demasiadas verdades juntas. Tosió varias veces e intentó continuar sin derrumbarse allí mismo.

—Y llega el día en que uno se da cuenta de que podemos hacer con la gente lo que queramos, que tenemos a rebaños de personas sentadas en el sofá dispuestas a tragarse cualquier idea que les queramos meter en el cerebro. No a todos, evidentemente, aún hay alguno que prefiere leer un libro o salir a jugar con sus hijos... Pero son pocos, muy pocos... los que importan son los demás, la masa que nos ha hecho ricos. Sí, claro, sobre todo a mí, pero a ustedes también, a todos los que están aquí —dijo, levantando lentamente el brazo y señalando con el dedo al auditorio.

Jugar con sus hijos, qué ironía que fuera mi padre el que utilizara esa frase. Sí, él jugó conmigo, jugó de dos formas: durante mis primeros años como un padre, durante los siguientes como una mascota. Una mascota que pasó de mover la cola a enseñar los dientes demasiado rápido.

Nadie sonreía, sus palabras estaban generando una situación cada vez más incómoda... pero ¿quién se levantaba? Aquello se estaba retransmitiendo en directo a más de ciento cincuenta países, prácticamente el mundo al completo estaba escuchando las palabras de aquel hombre. Y además, allí, en aquel edificio, se había reunido la gente más poderosa del planeta, todos a merced de lo que pudiera salir de aquel cuerpo de menos de cincuenta kilos.

—Pero no se alarmen inversores, no tienen por qué preocuparse, sé que muchos de ustedes ya están calculando el daño que pueden hacer mis palabras a sus carteras, a sus acciones. Tranquilos... ¿acaso un drogadicto va a dejarlo porque le digamos que la droga es mala? ¿Acaso un fumador va a parar porque le avisemos de que el tabaco mata? No, porque no pueden, no pueden dejarlo... ¡Esa es la maravilla del ser humano!: que nos podemos hacer ricos gracias a sus adicciones. Al fin y al cabo solo se trata de eso: de encontrar las debilidades de las personas y hacer negocio con ellas.

Silencio.

Se separó ligeramente del micrófono, miró alrededor y continuó.

—Por suerte la adicción a la tele es legal y nadie puede detenerme por ello. La gente no va a dejar de verla por nada de lo que diga hoy, y saben por qué, porque lo han hecho desde pequeños y ahora ya no conocen alternativas. Hemos creado el ecosistema perfecto para ganar dinero: les damos una educación mediocre donde, por ejemplo, leer les parece una condena; después les obligamos a trabajar durante ocho o diez horas en un empleo de mierda, por un sueldo de mierda y acaban tan cansados que lo único que les apetece es llegar a casa y poner la tele. Una tele que les dirá en qué gastar ese dinero que tanto les ha costado ganar. La rueda perfecta. Así que no se preocupen, por muchas barbaridades que yo pueda decir esta noche la batalla para ellos siempre está perdida.

* * *

En el interior de un edificio que acaba de quedarse en silencio, a unos diez metros sobre el escenario, varios francotiradores vigilan cada uno de los movimientos de los asistentes.

Por experiencia saben que, a pesar del exhaustivo control de entrada, siempre hay errores: un pequeño cuchillo, algún objeto con posibilidades de ser lanzado, líquido que al juntarlo con el de otro invitado pueda crear un explosivo... son tantas las opciones. Y más en el caso del protagonista de la noche: un hombre que ya ha sufrido varios atentados en los últimos años.

Ataques originados por perturbados, por familiares de algún concursante, o por varias de las asociaciones que, en ocasiones, se han coordinado entre ellas con el único objetivo de ver muerto a quien hoy está hablando.

Continúan observando al público asistente, intentando detectar cualquier movimiento extraño.

* * *

—Recuerdo mis inicios... —continuó casi en susurros—. Cuando echo la mirada atrás... Aquellos concursos tan entrañables... Hicimos cosas geniales, al principio pequeñas, con poco presupuesto... Recuerdo que ya en aquella época contrataba a amigos y conocidos para que hicieran de concursantes... en eso nos distinguíamos de la competencia: nuestros concursos eran divertidos porque los concursantes eran falsos, estaban actuando. ¿Trampas? Sí, pero bueno, lo importante era entretener.

»Siempre recordaré con cariño la primera vez que me dieron una oportunidad... En una época en la que todos los concursos eran iguales: preguntas y respuestas, supe innovar. ¿Recuerdan ustedes el juego de las llaves? Fue mi primer gran triunfo.

El juego de las llaves... y yo comencé a temblar. Apreté mi mano derecha con fuerza, como tantas veces había hecho, con la esperanza estéril de que al abrirla la cicatriz ya no estuviera ahí.

—Aquel concurso fue el inicio de todo: comenzó a entrar dinero, y lo bueno del dinero es que te permite hacer cualquier cosa más grande. Cada vez creábamos programas mejores, más originales, más arriesgados...

»Llegó un momento en el que nos dimos cuenta de que cuanto más sufría el concursante más audiencia teníamos, y eso era como haber descubierto el mejor de los tesoros, pues el sufrimiento siempre podía ser mayor, o al menos distinto. También descubrimos que a la gente le encantaba la violencia, el sexo, las traiciones... por eso, al final, era inevitable que llegara un concurso como aquel, uno de los más exitosos de la historia...

Se detuvo, tomó un poco de aire, cogió lentamente el vaso y bebió agua.

Miró al público.

Se acercó al micro.

—Sí, todos ustedes saben de qué estoy hablando, de La Casa. En realidad, la idea surgió una noche en un bar, estábamos mi gran amigo Dmitry y yo tomando la penúltima de la noche y mirando lo que hacía la gente de alrededor, cuando me lanzó la idea de un concurso en el que varias personas estuvieran viviendo en una casa repleta de cámaras que les grabaran día y noche.

»Recuerdo que me quedé en silencio, con la copa en la mano... y aún retengo en la memoria mi respuesta, palabra por palabra, ¡qué inocente fui!

»Le dije: Pero ¿quién en su sano juicio va a pasarse el tiempo viendo la vida de otras personas cuando podrían estar viviendo la suya?

»Y también recuerdo su respuesta, como si estuviera aquí mismo, delante de mí: *todos los que no tienen vida*, me dijo.

»Aquel día el viejo Dmitry me dio una lección. Con aquel concurso me di cuenta de que había mucha, muchísima gente sin vida propia, sin nada mejor que hacer en su día a día que ver como diez tipos hacían el imbécil en una casa.

»Les confieso que pensé que aquello iba a durar dos días y ya ven, he perdido la cuenta de las temporadas. Y después, por supuesto, supimos exprimir el éxito: reportajes para vender revistas que también publicábamos nosotros, entrevistas en otros programas del corazón que también eran de nuestra empresa...

Mi padre comenzó a toser en una sala en completo silencio, nadie, absolutamente nadie, decía nada.

—Perdón... —respiró varias veces hasta que recuperó el aliento—. Aquel programa nos animó a ir un poco más allá. Fue mi época más creativa: un concurso para elegir el divorcio más elegante y la separación más traumática; infidelidades provocadas a propósito con actores muy atractivos con la intención de destruir matrimonios...

»Después dimos un paso más, con aquel famoso *No quiero este hijo*. ¿Recuerdan? Un programa de abortos en directo, donde las madres se reunían en una casa repleta de cámaras para ver qué hacían con ese embarazo no deseado... y allí, en el plató, tomaban la decisión dependiendo de las votaciones del público.

»Fue entonces cuando comenzaron los primeros grandes ataques contra mi persona: ¡las asociaciones feministas querían matarme! ¡Qué hipocresía! Pero si la mayoría de las concursantes se quedaban embarazadas simplemente para entrar al programa... Y después, esas asociaciones de mujeres decían que el monstruo era yo.

Silencio de nuevo.

Comenzó a temblar ligeramente.

Respiró profundamente varias veces.

Continuó.

—Después vino el famoso *Me voy o me quedo*, el primer programa de suicidios en directo. El primer suicidio en vivo, aquel fue otro gran momento de la industria televisiva, nadie había llegado tan lejos.

»La gente se volvía loca, quedaban en los bares, había reuniones familiares en las casas para ver cómo aquel primer hombre que lo había perdido todo se tiraba desde lo alto de un edificio. Nadie le obligaba, las leyes estaban de nuestra parte, él había firmado un contrato.

»Es cierto que el casting de aquel programa fue un tanto extraño: personas arruinadas, divorciados en plena depresión, madres que habían perdido a sus hijos... Sí, lo admito, si uno lo piensa fríamente es demoledor... Pero y si les digo que el primer programa de aquel concurso fue el más visto a nivel mundial hasta ese momento. ¿Quién es entonces el monstruo?

Silencio.

Todos pudimos ver como una pequeña sonrisa se le dibujaba en el rostro.

—Monstruo, demonio, depravado, inmoral... sí, así me han llamado desde muchos medios de comunicación. Pero... entonces, ¿cómo llamaríamos a todas esas personas que fueron a ver cómo aquel hombre se lanzaba al vacío? ¿Y todos los que hicieron negocio a su costa? ¿Cuántas pegatinas, tazas, chapas... se vendieron con su nombre? ¿Cómo llamaríamos a todos los que compraron una camiseta en la que ponía: YO ESTUVE ALLÍ CUANDO RICKY VOLÓ?

Descansó, tomó aire...

Su cuerpo cada vez temblaba más, como si el esqueleto que lo sostenía estuviera a punto de derrumbarse.

—Y aún a pesar de todo lo que les he contado, a pesar de que solo hemos dado a la gente lo que pedía, reconozco que durante todos estos años han ocurrido cosas que podríamos haber evitado, que deberíamos haber evitado... Ese es el precio... cuando uno arriesga no puede evitar los efectos colaterales.

* * *

Eran justamente esos efectos colaterales lo que más preocupaba al personal de seguridad de la sala. Por eso habían blindado el edificio, por eso había francotiradores en el techo... Porque esos efectos colaterales habían atentado varias veces contra el hombre que ahora mismo estaba hablando: el marido que había visto como su matrimonio se desmoronaba porque su mujer le engañaba con un atractivo actor contratado por el programa; los abuelos que habían presenciado en directo como su nieto no llegaba a nacer; concursantes que después de tocar el cielo lo habían perdido todo; madres cuyas hijas, tras saborear la miel de la fama, había sido víctimas de la droga y la prostitución... Eran esos efectos colaterales lo que más temían en la empresa, pues eran imprevisibles, podían saltar en cualquier momento. Uno nunca es consciente de la paciencia que puede tener la venganza.

Por eso había controles tan exhaustivos. Aunque aquella noche no habían sido suficientes: la pistola ya estaba dentro de la sala, y su dueño estaba dispuesto a utilizarla, solo esperaba el momento adecuado.

* * *

—Y por fin llegó el concurso que nos convirtió en la empresa más rica del planeta. Mi gran obra maestra. Vendimos los derechos a más de ciento ochenta países, por tal cantidad de dinero que podría estar varias vidas contándolo.

»En realidad no lo busqué, la idea llegó sola. La NASA necesitaba dinero, dinero que no había un gobierno que pudiera pagarlo, y yo necesitaba audiencia, quería seguir creciendo como ese virus que lo arrasa todo... lamentablemente, a veces hasta el cuerpo del que vive. La tecnología existía, solo hacía falta financiación.

»Como la mayoría de ustedes ya saben llegamos a un acuerdo: ellos llevarían a sus científicos y nosotros, a los concursantes. Todo por separado: dos viajes, dos colonias. Lo suficientemente alejadas para no molestarse, pero lo bastante cerca para, en caso de urgencia, poder colaborar.

»Fueron momentos gloriosos, toqué el cielo. Las audiencias ya no se medían en miles de espectadores, sino en millones. Cada noche mirábamos los indicadores y, día tras día, se salían de la gráfica. Teníamos un límite, claro, que era la población mundial, solo eso nos impediría continuar creciendo.

»Se me fue todo de las manos, lo reconozco. Recuerdo aquella portada donde aparecía con la corona de laureles del césar. "William Miller, *Imperator*", titulaba.

»Las marcas invirtieron millones para que en la ropa de los concursantes estuvieran bien visibles sus logos. La comida que tomaban, las joyas que lucían, las zapatillas... todo estaba patrocinado. Y funcionó, claro que funcionó, durante casi tres años fue el programa más visto del mundo. ¡Del mundo! —Comenzó a toser.

Respiró despacio y continuó.

—Día tras día, mes tras mes... ¿Saben ustedes lo que significa ser el programa más visto cada día a nivel mundial?

Silencio.

Inspiró profundamente, y al espirar le cambió el rostro.

Con una mueca de tristeza se quedó mirando al auditorio.

—Hasta que... por desgracia ocurrió lo que ocurrió.

En ese momento apareció un gran lazo negro en la pantalla y las luces se fueron atenuando dejando al auditorio en penumbra.

A pesar de que el desastre había ocurrido hacía ya varios años, la humanidad no se había recuperado aún. Muchos psicólogos habían reconocido que debería pasar al menos una generación para que lo sucedido no continuara generando dolor y tristeza a las personas que lo vivieron en directo.

—Sé que, por mi trayectoria, para muchos de ustedes yo no sea más que un monstruo que solo piensa en el dinero —en ese momento me miró—, pero, ¿saben?, yo también tengo sentimientos. Les confieso que me arrepiento de muchas de las cosas de las que he hecho, cambiaría varios momentos de mi vida, por supuesto que sí, pero ahora ya es tarde, de nada sirve lamentarse ahora.

»Y entre todos esos momentos hay uno que para mí fue demoledor. Porque ellos, sobre todo ella, formaban parte de mí, de ustedes, de la humanidad.

Silencio.

Muchos de los asistentes escondían el rostro para intentar disimular unas lágrimas que siempre llegaban cuando alguien hablaba de lo sucedido.

—Aquel día el universo nos recordó que solo somos humanos, pequeñas hormigas en el todo...

Tosió de nuevo.

Intentó coger el vaso, pero al final desechó la idea.

Su cuerpo cada vez temblaba de una forma más intensa.

Se acercó lentamente al micrófono.

—Bueno..., creo que ya he hablado suficiente, mi cuerpo necesita descansar...

Se alejó tímidamente del micro y miró hacia el auditorio durante varios segundos, tantos que por un instante pensé que iba a retirarse del escenario.

Continuó.

—No quiero entretenerlos más, seguro que todos ustedes tienen mejores cosas que hacer que escuchar las batallitas de un hombre que se ha hecho anciano en unos días...

Silencio de nuevo.

—Solo me queda darles las gracias por haber venido... Gracias..., muchas gracias.

En ese momento comenzó a sonar *I Am Mine*, de Pearl Jam, y llegó el aplauso más largo que había escuchado en mi vida.

Las luces se fueron apagando poco a poco hasta que solo quedó un foco apuntando a mi padre en medio del escenario.

* * *

Llegó la parte más complicada de la noche para los servicios de seguridad. Habían sugerido a la organización modificar la despedida final: un hombre sobre un escenario con un foco apuntándolo era una diana perfecta.

Pero él se había negado, quería una despedida por todo lo alto, con la sala en pie y una luz sobre su cuerpo, como las grandes estrellas. Dijo que a esas alturas ya nadie tenía derecho a decirle lo que debía o no debía hacer.

En el mismo momento en que todo se ha quedado a oscuras, una mano toca nerviosa una pequeña pistola sobre la tela del pantalón. Observa disimuladamente a los francotiradores que están en su campo de visión para detectar si alguno de ellos ha descubierto sus intenciones.

Sabe que es el momento perfecto. Sabe también que debe hacerlo rápido, de lo contrario podría no salir bien. Lo ha ensayado muchas veces, pero aun así está temblando. Inspira fuerte y se mete la mano en el bolsillo.

* * *

El delgado cuerpo de mi padre se mantenía orgulloso sobre el escenario, de pie, con un semblante tranquilo, con los ojos cerrados y ese pequeño foco apuntándolo.

El público comenzó a levantarse de sus asientos sin dejar de aplaudir.

Mi padre abrió lentamente los ojos, me miró y sonrió.

Durante unos segundos imaginé que estábamos a solas, él y yo, como aquellas mañanas en las que venía a mi cama y acariciándome los pies me despertaba; aquellas mañanas en las que al abrir los ojos lo primero que veía era su abrazo.

El público continuaba aplaudiendo.

Uno, dos, tres..., cinco minutos. Fue después de casi diez minutos de aplausos cuando, poco a poco, como esa tormenta que se aleja, comenzó a llegar el silencio.

Un silencio total.

En ese momento mi padre sacó una pequeña pistola del bolsillo, se apuntó a la cabeza y disparó.

* * *

Y una carcasa de huesos colapsó al instante.

El personal de seguridad salió inmediatamente al escenario a ayudarle.

Comenzaron a sonar las sirenas y la sala se sumergió en el caos. Los que estábamos en las primeras filas habíamos visto lo ocurrido, pero el público situado en posiciones más alejadas pensó que era un atentado, que había algún loco disparando en el edificio.

De pronto, cientos de personas se amontonaron en las puertas de salida, lo que generó una avalancha de cuerpos que iban generando muerte mientras intentaban salvar la vida.

Yo, al estar en la zona VIP, separada físicamente del resto de la sala, pude salir por un pasillo independiente sin problema; de hecho, miembros del equipo de seguridad me acompañaron a un área sin riesgo.

Pero el resultado final del miedo fue desastroso: más de cien heridos y doce personas muertas, ocho por asfixia o aplastamiento, tres por ataque al corazón y uno por suicidio.

Aquella noche, en cuanto llegué a casa, me eché a llorar

como hacía tiempo que no lloraba. Por primera vez en mi vida entendí que, para mi padre, él mismo había sido su peor efecto secundario.

Por una parte acababa de perder a alguien con quien ya no tenía relación, pero por otra... al fin y al cabo era mi padre.

Tuve la misma sensación que cuando, hace años, se fue mamá: me di cuenta de que la muerte no solo se lleva a la persona; con ella también desaparece la posibilidad de nuevos recuerdos.

* * *

A muchos kilómetros de distancia, desde uno de los despachos de abogados más prestigiosos del mundo, se observa con sorpresa lo que acaba de ocurrir. Estaban ya preparados para su muerte pero nunca pensaron que fuera a hacerlo así, en directo.

Afortunadamente aquel hombre había dejado el futuro organizado antes de dispararse: iba a ser su dinero el que a partir de ese momento lo vigilara todo. Había redactado un complejo testamento, comprando a las personas necesarias y silenciando a las que no lo eran.

Había gastado la mitad de su fortuna en unas joyas muy especiales. El resto lo había invertido en asegurarse de que esas joyas llegaran a sus destinatarios: personas que estaban en una lista extraña, tanto que muchos de los implicados ni siquiera sabían que formaban parte de ella.

Ese era el trabajo del despacho: encargarse de hacer cumplir el testamento. Y para ello, evidentemente, no solo tenían abogados en plantilla; tenían también otro tipo de empleados: de esos que no visten traje ni tienen nómina, de los que no dudan ni preguntan.

* * *

El funeral estuvo a la altura de lo que había sido su vida. Al igual que en su despedida, fue preciso crear una zona de seguridad alrededor del cementerio para controlar a las personas que se habían acercado a darle el último adiós: presidentes de gobierno, monarcas, dictadores, empresarios, los principales ganadores de sus concursos..., y miles de ciudadanos anónimos que, movidos por la curiosidad o el morbo, hicieron también acto de presencia.

El coche fúnebre llegó hasta la entrada principal del cementerio y allí, bajo un manto de nubes oscuras, entre cuatro personas sacaron el ataúd para llevarlo a hombros.

Desde la muerte de mi padre hasta el entierro del cadáver, en ningún momento se permitió ver el cuerpo. Las explicaciones fueron claras: tenía la cabeza totalmente destrozada por el disparo.

El entierro se retransmitió en directo, como mi padre hubiera querido, con anuncios que aparecían de forma ininterrumpida en la parte inferior de la pantalla, donde cada una de las empresas —previo pago— expresaba sus condolencias.

La marca del coche, la multinacional textil encargada de confeccionar un traje que nadie vio, una de las floristerías más prestigiosas... ¿Qué compañía no iba a pagar por aparecer ante millones de espectadores? Mi padre fue capaz de ganar dinero incluso en su entierro.

Tras recorrer el pasillo principal del cementerio llegaron a un pequeño jardín; allí bajaron lentamente el ataúd y lo introdujeron en el panteón familiar para que estuviera junto al cadáver de mi madre.

Es curioso el destino, pues ahora, en la muerte, sus huesos iban a estar más cerca de lo que nunca estuvieron sus corazones.

A partir de aquel día la tumba permanecería custodiada día y noche, pues se temía que fuera objeto de actos vandálicos sobre la misma: el odio no descansa ni con los muertos.

Tras unas breves palabras de despedida se dio por finalizado el acto, momento en el que los periodistas asistentes lucharon por conseguir cualquier declaración de la gente más cercana a él.

Yo sabía que, durante todo el funeral, la prensa iba a estar buscándome: una foto mía con lágrimas habría sido portada de cualquier periódico, pero no la consiguieron. No porque no llorara, que lo hice, sino porque decidí no asistir al entierro, lo vi todo desde casa.

Me sentí culpable por no haber sido capaz de quererlo más. Quizás si hubiera intentado comprender su carácter, si me hubiera acercado a él, si lo hubiera perdonado...

Apagué la tele, las luces y los ojos.

Me refugié entre los recuerdos que no tuve y los que hubiese querido olvidar.

«Adiós, papá», le dije en silencio.

Nunca imaginé que a los pocos días volvería a aparecer en mi vida..., en nuestra vida.

* * *

El Concurso

(Varios años antes de la muerte de mi padre)

·

Apenas faltaban unos minutos para que se dieran a conocer los ocho elegidos. Todo estaba preparado para que comenzara la fase final del concurso más ambicioso de la historia de la televisión.

Lejos había quedado ya el momento en el que varios de los hombres más influyentes del planeta se habían reunido en un despacho para firmar el contrato más complejo y polémico de los últimos tiempos.

Demasiadas exigencias por todas las partes, demasiado dinero en juego y, por supuesto, demasiado poder a repartir. Cualquier detalle diplomático podía hacer fracasar todo el proyecto.

El problema era que —de cara a la opinión pública— aquello no podía pertenecer a un solo país, eso no funcionaría. A pesar de que la iniciativa surgía del sector privado, a pesar de que uno de los pesos pesados era una organización estadounidense, debía ser un proyecto que involucrara a toda la humanidad y, por lo tanto, todos y cada uno de los países debían estar representados de alguna forma. Todos debían sentirlo como algo suyo.

Las principales agencias aeroespaciales habían desarrollado ya la tecnología necesaria. Solo hacía falta dinero, mucho dinero, por eso tuvieron que acudir a tres de los hombres más ricos del planeta.

Finalmente, a través de compensaciones y sobornos, se convenció a la mayoría de las partes para que se involucraran de alguna manera o, por lo menos, se les convenció para que pareciera que se implicaban.

Desde el principio se decidió que el proyecto se dividiría en dos partes. Una primera expedición, la Centinel, se encargaría de enviar a tres astronautas, junto a varios robots, con el objetivo de, durante dos años, ir preparando las construcciones necesarias para la segunda expedición, la que enviaría una nave con ocho civiles que vivirían de forma permanente en el planeta rojo.

* * *

LA PRIMERA EXPEDICIÓN. CENTINEL

Fue el acontecimiento más importante de la historia reciente: por primera vez un ser humano iba a poner sus pies sobre un planeta distinto a la Tierra.

El programa tuvo una audiencia multitudinaria: los preparativos, las pruebas tecnológicas, la selección de los tres astronautas..., todo era seguido con verdadera devoción por millones de personas. Quizás por eso, cuando después de seis meses de viaje el primer humano caminó sobre la superficie de Marte, nació un sentimiento de orgullo jamás visto hasta la fecha, un sentimiento que recorrió todo el planeta, que llegó a cada hogar, a cada ser humano.

Tres eran las caras visibles de Centinel: dos hombres y una mujer, tres personas que ya formaban parte de la historia, tres seres humanos que serían tratados a partir de ese momento como héroes. Y así fue, al menos al principio, porque después ocurrió algo que condenaría a uno de ellos al odio mundial y, sobre todo, al olvido.

Tres astronautas que habían hecho un viaje sin retorno, pues de momento no se disponía de la tecnología necesaria para conseguir que un cohete despegara desde Marte. Ellos mismos comentaron que tal vez, en un futuro muy, muy lejano podrían crear toda la infraestructura para fabricar allí los propulsores, para obtener el combustible necesario, para controlar informáticamente el lanzamiento... pero que, de momento, la idea de regresar era una utopía.

Durante las semanas siguientes cada pequeña vivencia, cada descubrimiento se convertían en tema de conversación en la Tierra: todo era nuevo y todo se hacía por primera vez.

A través de varias cámaras se podía observar el día a día de los astronautas y el progreso en el ensamblaje de las distintas partes del que iba a ser el nuevo hogar para los ocho elegidos: los módulos habitacionales, el invernadero, las placas solares...

De vez en cuando, impreso en alguna de las paredes de la nave, en alguna parte del traje de los astronautas, aparecía el símbolo de una marca de joyas que fabricaba unos anillos muy especiales. Eran tres letras, dos minúsculas y una en mayúscula, que formaban la palabra *eXo*, pero con una X que a la vez envolvía a las dos vocales. En principio solo era una marca más entre todos los patrocinadores del proyecto, por eso no llamó la atención de casi nadie.

En aquella misión todo se grababa, todo quedaba registrado para la historia: desde las tareas que se encargaban a los robots hasta los pequeños detalles de la rutina diaria de los astronautas, como ir al baño o sus ejercicios de gimnasia.

Pero aquella primera expedición no era un reality, era una

misión científica, por lo que poco a poco se dejaron de emitir imágenes de la vida cotidiana y únicamente se mostraba lo relacionado con la construcción y puesta a punto del asentamiento para los ocho civiles elegidos.

Y al no haber enamoramientos, ni sexo, ni violencia, la audiencia del programa comenzó a decaer. ¿Quién iba a perder el tiempo viendo cómo tres de las mentes más brillantes de la Tierra construían un asentamiento en Marte cuando había otras cadenas que ofrecían el nuevo romance de la *celebrity* del momento?

Fue entonces cuando la principal empresa organizadora decidió cambiar de táctica y concentrarse en la otra expedición, en la que iría más tarde con gente normal, con gente de la calle.

Aquella fue la razón del gran éxito que vino después: la siguiente persona en vivir en Marte podía ser tu mejor amigo, tu médico, la profesora de tu hija, el mecánico que te arregla el coche, esa vecina a la que saludas en el ascensor, la desconocida, que te encuentras cada día en el autobús... Cualquiera podía formar parte de la selección, y eso, el democratizar la colonización de Marte, podía —y sobre todo, debía— generar dinero, mucho dinero. Era la única solución para que todo el proyecto en conjunto, Centinel y el reality, pudiera funcionar.

Lo que nunca se hizo público fue la existencia de una tercera parte del proyecto bautizada con el nombre de eXo. La parte que realmente le daba sentido a todo y que, sin embargo, también lo corrompía todo.

* * *

Al mes de la muerte de mi padre, el pasado volvió a buscarme. Aquel día, a los pocos minutos de llegar a casa, un mensajero llamó al timbre y me dejó un paquete fuera, en la entrada. No me dio tiempo a hablar con él; en cuanto abrí la puerta lo vi desaparecer en bici calle abajo. En realidad no era la primera vez que me ocurría algo así, ya estaba acostumbrada a que fuentes anónimas me dejaran información confidencial de aquella forma: un chivatazo de alguien, un informe que se había filtrado no se sabe bien cómo, algún vídeo comprometido...

Cogí el paquete y me fui directa al sofá.

Como cada día, después de pasarme demasiadas horas en el periódico, llegaba a casa derrotada. El sueño siempre le ganaba la batalla a un cuerpo que trabajaba más horas de las que debía en una empresa donde las noticias ya habían caducado antes de ocurrir; donde si no eras la primera no eras nadie; donde, en segundos, tenías que decidir si un chivatazo era cierto y publicarlo al instante o dudar y quizás quedarte sin la exclusiva.

Encendí la tele, me senté con las piernas cruzadas sobre el sofá y comencé a abrir el pequeño paquete. De alguna forma aquello siempre tenía su parte emocionante, nunca sabías lo que te podías encontrar allí dentro: un simple rumor, una pista que después no llegaba a ningún sitio o quizás la noticia del siglo.

Lo que jamás imaginé es que allí dentro iba a estar él.

* * *

A varios países de distancia, en la habitación de un pequeño hotel perdido entre las montañas, un hombre acaba de recibir una llamada desde recepción comunicándole que un mensajero le ha dejado un paquete.

Cuelga el teléfono sorprendido y, sobre todo, asustado.

Baja las escaleras pensando en lo extraño de la situación. Nadie debería conocer su paradero; de hecho, a veces ni siquiera él sabe dónde estará al día siguiente. Hace tiempo que optó por desaparecer del mundo, que abandonó su vida para olvidarse incluso de sí mismo, para existir en algún lugar donde nadie lo reconociera.

—¿Han dejado alguna nota, algún mensaje? —pregunta en recepción mientras observa un paquete inerte, sin ningún distintivo.

—No, nada, una chica me ha dicho que era para usted y lo ha puesto sobre el mostrador. Le he contestado que aquí no había nadie con ese nombre, tal y como me indicó, pero ni me ha escuchado. No sabía qué hacer, finalmente he decidido informarle, espero que no le moleste.

—No, no, claro, muchas gracias.

El hombre sube a su habitación con el pequeño paquete entre sus manos. Cierra la puerta lentamente, se sienta sobre la cama en silencio y enciende la pequeña lámpara de la mesita. No hay nombre, ni dirección. Está tentado de moverlo para ver si escucha algo en su interior, pero piensa en lo peligroso de su acción. Sabe que no es una persona con demasiados admiradores.

Por un momento se le pasa por la cabeza abrir la ventana y lanzar el paquete para ver cómo cae sobre la nieve que rodea todo el entorno.

Vuelve a tocarlo, lo acaricia.

Finalmente le puede la curiosidad.

Y lo abre.

Y lo que encuentra allí dentro le hace más daño que una bomba.

* * *

Tras la llegada de los tres astronautas a Marte comenzaron a hacerse las pruebas de selección para la segunda expedición: la televisiva.

Desde el principio se les dejó muy claro a los concursantes que iba a ser un viaje solo de ida, los que llegaran no podrían regresar. Quizás, en un futuro, si se desarrollaba la tecnología necesaria para poder despegar un cohete desde el planeta rojo, la idea de volver sería factible, pero de momento no era una opción.

Una de las novedades en el proceso de selección fue que solo el hecho de inscribirse a las pruebas tenía un coste de cien dólares. Esta decisión generó actos de protesta pues, según varias asociaciones, la capacidad económica no debía limitar la posibilidad de participar en un proyecto así, todos debían tener las mismas oportunidades.

La empresa se justificó diciendo que no quería perder el tiempo con aspirantes a famosos que seguramente se presentaran a la selección solo para hacerse la foto y colgarla en sus redes sociales, pero que no tenían intención de abandonar la

Tierra. «Para nosotros la selección de candidatos es un tema muy serio, y solo lo que cuesta dinero se toma en serio», sentenció el responsable de comunicación de la compañía.

Al proceso de selección se presentaron más de un millón de aspirantes en todo el mundo. Más de un millón de personas que, por una razón u otra, querían abandonar la Tierra para no volver nunca más. Y eso añadió muchos millones a las arcas de la organización, todo un acierto.

A pesar de que, oficialmente, los criterios para escoger a los candidatos incluían la capacidad para la toma de decisiones, la actitud positiva ante los problemas, el comportamiento bajo presión, la motivación y, el trabajo en equipo, también se tuvo en cuenta, y mucho, la popularidad, simpatía y, por supuesto, el atractivo físico. Al final no dejaba de ser un programa para ganar dinero, y la organización sabía que ocho personas perfectamente preparadas, educadas y respetuosas no iban a dar demasiado juego.

Todo el proceso se comenzó a grabar desde el inicio, todo formaba parte de un concurso televisado con el que la empresa organizadora pretendía sufragar los gastos del proyecto y, además, ganar dinero, mucho dinero.

Fue durante la última etapa de selección cuando la audiencia se disparó: en cada ciudad, en cada hogar, cada persona tenía a su candidato favorito. Las casas de apuestas —muchas de ellas propiedad de la misma empresa que organizaba el concurso— vivieron su época dorada. Se podía apostar por todo.

Durante los tres últimos meses se generaron fuertes debates sobre quiénes debían ser los más idóneos para ir a Marte. En las tertulias de los programas, expertos y no expertos polemizaban sobre las ventajas o defectos de tal o cual candidato. Las revistas del corazón investigaban la vida pasada de todos los participantes, cualquier detalle sobre su intimidad se cambiaba por dinero.

Se desató una histeria colectiva y la gente comenzó a organizarse en grupos por internet, tanto para apoyar como para desprestigiar a un determinado candidato. Se habían creado perfiles en redes sociales, se habían recogido millones de firmas e incluso se habían organizado manifestaciones en las ciudades de los candidatos para darles apoyo. Todo era público, todo era opinable.

Por primera vez en la historia un concurso se estaba emitiendo de forma simultánea a nivel mundial. Un concurso cuyos derechos tenía una sola empresa, un solo hombre. El hombre que se convirtió en la persona más rica y poderosa del planeta.

* * *

NELLYNE. Esa era la inscripción que adornaba la pequeña caja de madera que había en el paquete que acababa de abrir. Comencé a recordar los últimos detalles de la muerte de mi padre: sacó la pistola del bolsillo y, sin apenas tiempo para que nadie reaccionara, disparó sobre sí mismo. Y cayó al suelo.

A los pocos segundos el personal de seguridad se arremolinó a su alrededor y se lo llevaron de allí. Nadie volvió a ver su cuerpo... ¿Y si su espectáculo final fue suicidarse sin morir?

Agarré con fuerza aquella caja entre mis manos, sin querer abrirla pero asumiendo que acabaría haciéndolo. Al fin y al cabo yo era periodista, y eso él lo sabía.

La mantuve en mi regazo durante varios minutos, pensando en él, en todos los momentos que no tuvimos, en todas las ocasiones en que pudimos hablar y no lo hicimos. Suspiré y espiré con fuerza, intentando arrastrar con el aire sus recuerdos.

Miré de nuevo la caja, la acaricié y lentamente abrí la tapa: me encontré con tres objetos.

El primero me arrastró como un huracán al pasado: me llevó al fuego, al silencio y al miedo. Me trasladó a una cabaña perdida en un bosque. A una llave que despertó el dolor en una de las líneas de mi mano, la que nunca debió estar ahí, la que desvió mi destino.

El segundo objeto era un móvil, uno normal, sin nada destacable, sin ninguna marca exterior, negro, sencillo.

Y el tercero...

Al ver el tercer objeto supe que mi padre había ganado.

* * *

A varios países de distancia, en la habitación de un pequeño hotel, un hombre se mantiene sentado en la cama, mirando con sorpresa el contenido de una caja que no entiende cómo ha llegado hasta él. Una caja con dos objetos.

Coge uno de ellos y lo aprieta en sus manos hasta que consigue hacerse daño. Cierra los ojos y en el interior de sus párpados aparece ella: ella con miedo, ella pequeña, ella en silencio, ella agarrándole la mano... Recuerda la chimenea, el sofá, la caja, el fuego..., y vuelve a escuchar el grito. Un grito que rompió a pedazos el silencio de un bosque. Y tras el grito, un padre que abrió con violencia la puerta de la cabaña, que cogió en brazos a su hermana, que la llevó hasta el coche... Un coche que voló sobre el barro hacia el hospital.

Una llave muy parecida a la que hace años colgó de su cuello, una llave que le recuerda el día en que se empezó a romper todo: lo visible y lo invisible. El día en que la desconfianza comenzó a devorar la convivencia.

Coge el segundo objeto: un pequeño teléfono, negro, sencillo. Lo mira extrañado, lo mantiene durante unos segundos en su mano hasta que pulsa el botón de inicio.

El teléfono se activa: no hay contraseña, no hay sistema de bloqueo. Pero, una vez encendido, se da cuenta de que solo hay dos iconos: el de llamada y el de la agenda.

Se queda varios minutos mirando fijamente la pantalla, intentando averiguar qué está ocurriendo, de quién es ese teléfono y por qué razón debería mirar los contactos de un móvil que no es suyo.

Accede a la agenda: solo hay un contacto guardado, sin nombre.

Deja el móvil en la mesa y se tumba en el sofá.

Permanece así, mirando al techo en silencio, pensando en quién puede estar al otro lado de ese número.

Pasan los minutos...

Y tras casi dos horas perdido en una colmena de dudas, toma una decisión.

Coge el móvil y pulsa para llamar, preguntándose si la persona que aparecerá al otro lado será real o solo un fantasma.

* * *

«El hombre más rico del mundo», ese fue el titular que tantas veces ocupó las portadas de las revistas. Las multinacionales comenzaron a pagar grandes cantidades de dinero para que los treinta últimos concursantes utilizaran sus productos cada vez que aparecían en pantalla.

Las cifras de audiencia dejaron de medirse en miles de espectadores para pasar a medirse en millones, decenas, cientos de millones. ¿Qué marca no querría estar ahí?

Todas las multinacionales sabían que aprovechando ese concurso podrían vender sus artículos hasta en el último rincón del planeta. Daba igual la calidad de los mismos, daba igual su utilidad, lo importante era que los candidatos los utilizaran; eso ya era suficiente para vender.

Se hicieron estimaciones pero nadie fue capaz de realizar un cálculo exacto del dinero que aquel proyecto movía al día.

Por fin, tras varios meses de proceso selectivo, comenzaba el programa en el que se iban a desvelar los nombres de los ocho elegidos, las ocho personas que crearían la primera colonia permanente en Marte.

Millones de pantallas en todo el mundo se cubrieron de negro. A los pocos segundos aparecieron unas imágenes de Marte junto a otras de la Tierra.

Fundido en negro de nuevo. Y poco a poco, como en un pequeño baile de luciérnagas, varios focos comenzaron a iluminar un enorme escenario cuyo suelo representaba el terreno del planeta rojo. Al fondo, sobre una pantalla infinita, se inició la proyección de un vídeo en el que se mostraba a cámara rápida el avance de la construcción de la colonia durante los dos últimos años. Se veía a los robots de Centinel trabajando continuamente en el ensamblaje exterior de los módulos y a los tres astronautas montando las partes más delicadas.

El vídeo, que duró unos cinco minutos, finalizó con un gran «¡Gracias, Centinel!» y los tres astronautas saludando a la cámara.

Fundido en negro de nuevo.

Aparecieron, entre aplausos, los dos presentadores del programa.

* * *

—Gracias... Sí, ¡gracias, gracias, gracias! —gritó el presentador—. La humanidad os debe tanto, Centinel. Gracias por lo mucho que habéis trabajado para que en unos meses los ocho elegidos puedan vivir allí. Gracias también a las empresas que lo han hecho posible, y a los países que han colaborado para que este sea un proyecto mundial. Gracias, de corazón.

El aplauso fue de nuevo enorme.

—Así es, Steven, gracias a su trabajo podemos continuar con este precioso proyecto, es admirable todo lo que han hecho en estos casi dos años. ¡Dos años ya!

—Increíble, Alison, ya han pasado los dos años y por fin estamos aquí y... ¡¿Queréis saber quiénes son los elegidos?! —gritó de nuevo el presentador.

—¡Síííí! —rugió el auditorio.

—¡Pues claro que sí! ¡Bienvenidos, bienvenidas a este viaje solo para valientes, un viaje solo de ida!

Más aplausos.

—Sí, Steven, y hoy, por fin, descubriremos quiénes son

los ocho valientes, hoy conoceremos a los nuevos habitantes de Marte. Cuatro hombres y cuatro mujeres.

—Esta será la primera colonia de civiles que vivirá de manera permanente en otro planeta. Es algo tan increíble... Pasemos a lo que llevamos tanto tiempo esperando.

—Sí, pero antes de desvelar sus nombres vamos a contactar con el centro donde han estado preparándose durante estos últimos meses.

En la gran pantalla aparecieron los treinta candidatos: quince hombres y quince mujeres. Todos ellos sentados en unos extraños bancos en forma de semicírculo.

—¡Hola! —exclamó la presentadora.

—¡Hola! —gritaron todos con una sonrisa.

—¡Qué placer veros a todos ahí! ¿Nerviosos? Ha llegado el día que todos estabais esperando... Y supongo que sabéis lo que tengo en mis manos —preguntó con una sonrisa—. Aquí tengo los sobres con los nombres de los ocho elegidos, ¡nada más y nada menos!

En realidad, nadie conocía muy bien el proceso por el que se iba a seleccionar a los ganadores. Se había dado a entender que una vez superadas las pruebas psicológicas, de actitud y de convivencia serían los espectadores los que, con sus votos, elegirían a los ocho ganadores. Pero en realidad no era así, la idea de las votaciones era simplemente un mecanismo para conseguir más dinero para el proyecto.

Durante los últimos meses un equipo de *hackers* había manipulado las redes sociales con miles de perfiles falsos para que la gente sintiera más simpatía por determinados candidatos, los preferidos por la organización. Tal y como se había hecho en las pasadas elecciones estadounidenses, en el Brexit o en determinadas acciones sobre la Amazonia o Groenlandia... todo el proceso estaba dopado.

Se había hecho creer a la gente que su voto tendría mucha importancia, por lo que miles, millones de personas, habían enviado su mensaje —previo pago— al programa para dar su apoyo a su candidato preferido.

—Como todos sabéis —continuó la presentadora—, la participación inicial del concurso fue enorme, aquí tengo el dato: 1.300.454 participantes. Y entre todos ellos, vosotros, los espectadores, a través de vuestras votaciones, habéis seleccionado a los treinta que están aquí.

Aquello hizo que el plató explotara en aplausos.

—Pero lo siento, chicos, no todo el mundo puede ir allí, de momento solo lo conseguirán ocho. En un futuro iremos ampliando la colonia y... ¿quién sabe? Quizás algún día consigamos que nazca un ser humano allí.

Y es que ese tema, el de los nacimientos en Marte, había generado mucha polémica... y algún que otro muerto.

* * *

Un anillo de plata, liso por fuera y con dos inscripciones en su cara interior: un símbolo con la marca eXo y un código numérico, ese era el tercer objeto que había en mi caja.

Durante los meses que, desde el periódico, habíamos estado investigando la existencia de esos anillos, nunca habíamos conseguido ver uno auténtico, y tal vez ahora lo tenía allí, en mis manos.

Según se decía, aquel código era la representación numérica de una huella dactilar. Para comprobar si el anillo te correspondía debías entrar en la web, introducir el código y poner tu dedo en la cámara para que capturara la huella. Una vez hecho esto solo podían aparecer dos mensajes: una equis roja que indicaba que el anillo era falso o no te pertenecía; o un OK, eso significaba que era auténtico, que era tuyo y que estabas en la lista eXo.

Pero, ¿qué significaba estar en esa lista?

Nadie lo sabía, durante los últimos años había sido el misterio que todo periodista quisiera resolver. También existía la posibilidad de que simplemente fuera la campaña publicitaria más rentable de la historia. En realidad, la empresa eXo tenía muy pocos productos a la venta, casi todo joyas de muy alta gama. Pero había uno que destacaba sobre los demás: un anillo de plata cuyo valor de mercado no pasaría de los veinte dólares y que en cambio se vendía en su web por cien millones, y no a todo el mundo.

Me quedé mirándolo mientras jugaba con él entre mis dedos. Estaba nerviosa.

Abrí el portátil y accedí a la página oficial de eXo.

Reconozco que me temblaban las manos al teclear el código. Pulsé el botón para activar la cámara y le mostré mi huella dactilar.

A los pocos segundos apareció un OK en la pantalla. Estaba en la lista eXo.

No sabía qué era esa lista ni qué significaba, pero yo estaba dentro. Me mantuve en silencio, casi a oscuras.

Me tumbé en el sofá con el anillo en la mano.

Silencio. Silencio en mi hogar, en mi mente.

Y en ese momento, cuando mi mirada se había quedado varada en algún lugar del techo, el móvil que estaba en la caja comenzó a sonar. Salté del sofá del susto, me había olvidado totalmente de él.

Lo cogí tan nerviosa que se me cayó al suelo.

Lo volví a coger y miré la pantalla: número oculto.

Estuve observándolo durante unos segundos sin saber qué hacer, si dejarlo sonar o descubrir si al otro lado iba a encontrarme a un muerto.

* * *

Descolgué con miedo, pero no dije nada.

—¿Hola? —escuché desde la otra parte y, por un instante, hubiera jurado que era él. No contesté.

—¿Hola? ¿Hay alguien ahí? —volvió a insistir.

Silencio.

—¿Papá? —Y sin saber muy bien por qué había dicho aquella palabra, una palabra que no había pronunciado en años. *Papá*, como si la muerte fuera la disculpa definitiva para perdonarlo y volver a aquel columpio bajo el árbol, a aquellos baños en el río, a aquellas aventuras por el bosque donde yo era una *superhéroa* y él mi supervillano, donde yo cada día salvaba la Tierra con un poder distinto: unas veces con la superfuerza que sacaba al comer nueces, otras con una capa de tela que me daba la posibilidad de volar en sus brazos, o con aquellas gafas mágicas con las que podía ver en la oscuridad... *Papá*.

Y esta vez la voz que no habló fue la de la otra parte del teléfono. Me quedé a la espera.

Silencio desde ambos extremos.

—¿Nel?... ¿Eres tú? —escuché de nuevo.

Y ahí detecté un pequeño matiz en su voz, débil, pero lo suficiente para reconocer a esa parte de vida que se había separado de mí.

—Sí..., soy yo... —me atreví finalmente a contestar—, pero ¿por qué? ¿Qué significa esto? —le pregunté temblando.

—No lo sé, Nel, no lo sé...

La conversación se quedó en silencio.

—Me ha llegado un paquete con la llave y un teléfono... —continuó.

—A mí también... —susurré.

—Había un número... y lo he marcado...

Por unos instantes ambos permanecimos sin saber qué hacer, como habíamos estado durante tantos años.

—¿Por qué? ¿Para qué? —pregunté.

—No lo sé...

Fue en ese momento cuando decidí hacerle la pregunta que me había estado rondando la cabeza, una pregunta directa a la desconfianza.

—¿Está muerto?

Silencio de nuevo.

—Sí, Nel, esta vez no hubo trucos, yo estaba allí, papá se voló la cabeza...

Papá.

—Ya, pero no sería la primera vez que... justamente él.

—No, Nel —me interrumpió—, esta vez no. Está muerto.

Silencio.

—¿Y por qué? ¿Las llaves? Después de tantos años...

—Llevo varias horas pensando en ello y creo que de alguna forma quiere que acabemos el juego...

—Ya lo acabamos... —le dije con unas palabras que arrastraban dolor—, allí, en aquella cabaña se acabó...

No pude evitarlo, comencé a llorar. Me di cuenta de que no lloraba por dolor, sino por todo lo que nos dejamos en el camino; lágrimas por no haberlo intentado. No lloraba por lo que fue, sino por lo que pudo haber sido, por todas las oportunidades que perdimos.

—Ya lo sé, Nel, y lo siento, no sabes cuántas veces he recordado lo que ocurrió aquel día, pero ya ha pasado mucho tiempo... ¿Por qué no puedes olvidarlo?

Ahí estuve a punto de colgar, porque él, sin saberlo, había disparado a mi punto más débil, a ese que te hace pensar si en realidad no eres tú la culpable. Yo misma me había hecho esa pregunta muchas veces. ¿Por qué no era capaz de perdonar después de tanto tiempo?

La conversación se volvió a quedar en silencio. Fue él de nuevo quien lo rompió.

—Y si papá quería darte otra oportunidad...

—¡Otra oportunidad! ¿Para qué? —le grité.

—No lo sé, quizás para que lo perdonaras, quizás para decirte que sintió lo ocurrido... o quizás no, quizás no sea nada de eso y simplemente fue tan egoísta que no quiso dejar nada sin atar, sin acabar, porque quería cumplir su promesa, para que tú puedas cumplir tu deseo...

—¡¿Mi deseo?! —grité de nuevo, y al instante comencé a reír—. Si supieras lo que le dije, si supieras cuál fue mi deseo... Solo fue la respuesta de una niña de diez años que estaba asustada por todo lo que estaba pasando.

«Le pedí algo imposible», pensé.

Silencio.

Silencio entre ambos.

Un silencio de esos que preceden a la tormenta.
Y llegó la pregunta que me derrumbó.
—Nel..., ¿cómo estás?

* * *

Y es que ese, el asunto de la natalidad, había sido uno de los temas más conflictivos de todo el proyecto. Hubo duros debates televisados en los que siempre se llegaba a posturas irreconciliables.

Se dejó muy claro desde el inicio que el sexo y la procreación eran dos cuestiones completamente distintas. Con respecto a lo primero se había bromeado mucho con el hecho de que Marte iba a ser complicado para los hombres, pues al ser la gravedad más baja que en la Tierra eso podía disminuir la presión arterial, lo que a su vez disminuía el flujo sanguíneo, que es en lo que se basa la erección masculina.

Quizás por eso mismo, porque Marte podía hacer que el sexo fuera más complicado, se había tenido en cuenta un aspecto adicional para la selección de los candidatos, un requisito no reconocido oficialmente pero sí visualmente: los concursantes, además de jóvenes, eran atractivos, muy atractivos. Desde la organización se sabía que el sexo significaba audiencia, que ver a un hombre o mujer salir de la ducha podía generar más interés para los televidentes que ver cómo una lenteja germinaba en Marte.

No obstante, con respecto al sexo no hubo ningún tipo de protesta o restricción moral. El gran problema vino con el tema de la reproducción.

Es cierto que la gran meta en un futuro era que el ser humano pudiera reproducirse fuera de la Tierra, pero tal vez ese futuro estaba aún demasiado lejos y el hecho de intentar procrear en esta primera misión podía ser un suicidio.

No solo porque, ante una complicación en el parto, podrían morir tanto el bebé como la madre, sino porque si las radiaciones solares sobre Marte ya son peligrosas para los adultos, mucho más para las células reproductivas y los fetos. Había altas probabilidades de que el feto naciera con malformaciones o la madre sufriera un aborto, y eso era un riesgo que nadie quería asumir: el primer humano fuera de la Tierra no podía nacer deforme o muerto.

Pero claro, por otro lado, por supuesto, estaba el espectáculo, las televisiones, el público, el morbo de ver nacer al primer marciano... La opinión pública estaba dividida.

Fueron meses de intensos debates entre expertos, filósofos, médicos, sociólogos..., hasta que al final se tomó una decisión.

* * *

Y ese «¿cómo estás?» derrumba a una hermana que lleva esperando esa pregunta durante demasiado tiempo.

Sostiene el teléfono sin saber qué hacer a continuación: si decir la verdad o continuar con la conversación simulando que no ha escuchado la pregunta.

Es su hermano el que de nuevo toma la iniciativa.

—Nel, te echo de menos... —le confiesa un hombre al que también le ha costado un mundo decir lo que realmente siente, un hombre que tiene tanto miedo de hablar como de seguir callado.

La mujer deja el móvil sobre el sofá y se sienta en el suelo, con la cabeza entre las piernas, intentando que los recuerdos más dolorosos no sean los que nunca tuvo.

El hombre —aunque no lo ve— siente el dolor desde el otro extremo de la conversación, sabe que ella está ahí, escuchando sin querer, pero sin poder dejar de hacerlo.

—Nel... —sigue, siendo consciente de que a partir de ese momento cualquiera de sus palabras puede hacer daño—, no sé lo que quería papá con esto, no sé cuál era su intención. Pero si tengo una posibilidad de acercarme más a mi hermana, voy a intentarlo. Si esto puede hacer que por fin vuelva a abrazar a esa niña que con unas botas y una capa quería salvar el mundo, voy a jugar.

Silencio.

Pero él sabe que en el interior de ese silencio ella lo está escuchando y por eso, aunque le duela hasta el miedo, va a continuar.

—Me gustaría verte, hablarte de cada momento que he estado a punto de llamarte y no lo he hecho, de todas las fotos en las que te he buscado y no te he encontrado, de todos los recuerdos tuyos que no tengo...

La mujer permanece en el suelo, jugando con el anillo entre sus manos, callada, sin ser capaz de decir nada mientras su hermano continúa liberándose de todas esas palabras que, durante tantos años han creado un ancla en su corazón.

—Nel, sabes que algún día tendremos que hablar de nuevo... Después de lo de mamá... —Y en ese momento un hombre que lleva toda una vida esperando esta conversación se deshace por dentro y comienza también a llorar; unas lágrimas que atraviesan el teléfono, el tiempo y la distancia—. Nelly..., a pesar de todo, a pesar de la distancia, de la vida, del miedo..., a pesar de todo nunca he dejado de quererte.

Continúa el silencio entre dos hermanos que pasaron de jugar juntos en un río a poner un océano de distancia por medio.

—Nelly... —suplica—, dime algo..., dime que estás ahí, que estás escuchando...

—Lo siento... —contesta ella mientras aprieta con fuerza el anillo en su mano—, ahora no puedo hablar, lo siento...

—¡Vale, espera, espera! —insiste él, como si ese teléfono

fuera el cordón umbilical que los une, como si cortar ahora la conversación significase una despedida perpetua—. Antes de colgar dame al menos una esperanza, prométeme que nos volveremos a ver.

Ambos saben lo que significa una promesa en su familia.

—Te lo prometo... —dice ella mientras pulsa el botón del móvil para acabar la conversación.

Y él respira tranquilo.

* * *

No se iba a permitir procrear, esa fue la decisión final.

Y llegó el turno de la otra decisión, quizás más polémica aún que la primera: ¿cómo evitarlo?

Se sabía que habría sexo, seguramente mucho. Cuatro hombres y cuatro mujeres de entre veinte y cuarenta y cinco años, atractivos, con demasiado tiempo libre... El sexo iba a ser uno de los grandes entretenimientos.

Aunque la posibilidad de que se produjera un embarazo era improbable, no era imposible, y eso podía generar una situación de verdadero peligro. La primera solución que se pensó fue la de esterilizar a los concursantes.

Pero esto provocó malestar entre varias asociaciones provida, que no dudaron en salir a la calle para protestar. Aunque en principio fueron manifestaciones pacíficas, se fueron radicalizando hasta que, finalmente, los disturbios ocasionados por las asociaciones provida provocaron varios muertos.

Cuando por fin se consiguió calmar los ánimos llegó la otra gran pregunta: ¿a quién esterilizamos? ¿A ellos o a ellas? No era necesario hacerlo con todos.

Esta simple pregunta volvió a desatar encendidos debates entre varios grupos feministas, entidades proderechos humanos, asociaciones a favor de la igualdad...

Finalmente, vista la polémica que generaba cualquier pregunta, se tomó una decisión con el objetivo de contentar a todo el mundo, pero que no contentó a nadie: se decidió esterilizar a los ocho concursantes.

* * *

CONCURSANTE NÚMERO 1

—Pero bueno, no lo dilatemos más, Steven, que tenemos a millones de espectadores esperando.

—¡Vamos allá! Comencemos a desvelar los nombres...

—A ver, a ver... —bromeaba la presentadora mientras abría el primer sobre y miraba la tarjeta que había en su interior—. Vaya, vaya, vaya...

—¿Quién es? ¿Quién es, Alison?

—Solo puedo decirte que a nadie le sorprenderá su elección, te lo aseguro, es uno de los favoritos.

Se apagaron los focos, comenzó a sonar la música del programa y apareció en la pantalla la foto del elegido.

Frank Smith

Concursante n.º 230.656

31 años

Pediatra

Los centenares de personas que ocupaban el plató comenzaron a gritar entusiasmados. Frank había sido, desde los inicios del programa, uno de los preferidos por el público y, por supuesto, por la propia organización. Un hombre muy atractivo, de ojos azules y pelo moreno. De un metro ochenta y seis de altura, complexión atlética, inteligente y simpático.

Entre los miles de encuestas y rankings que se habían hecho, siempre aparecía como uno de los cinco candidatos seguros para ir a Marte. Por eso no extrañó que fuera el primero en ser elegido, el más votado.

—Parece que les ha gustado, ¿verdad? —comentaba el presentador mientras le guiñaba el ojo a su compañera.

—Pues claro, ¿cómo no nos iba a gustar? ¿A que sí?

Y el plató comenzó a aplaudir de nuevo.

—Frank, ¿me oyes? —preguntaba la presentadora mientras la pantalla mostraba la imagen de un hombre llorando que se abrazaba al resto de sus compañeros—. ¿Frank?

—Sí, Alison, te oigo, pero ¡no me lo creo!

—Pues créetelo, estás allí, ya estás allí. Eres el primer elegido para ir a Marte.

Frank no paraba de recibir felicitaciones y abrazos de los demás concursantes.

—Bueno —continuó el presentador—, va a ser complicado hablar ahora con él, así que demos paso al vídeo que grabó hace unos días para convencerlos a ustedes, sí, a ustedes, los verdaderos protagonistas de toda esta aventura, para que lo votaran en esta fase final.

El plató se oscureció de nuevo y apareció un vídeo donde Frank se presentaba y explicaba brevemente su vida. Una vida que, por otra parte, ya todo el planeta conocía. La de un hombre con una infancia normal, que había sobresalido en los estudios, que había sacado la carrera de medicina con excelentes notas y que se dedicaba a atender a los niños de un pequeño pueblo. Aparecieron también sus padres hablando de él con orgullo. En cuanto a sus relaciones personales, no había tenido hijos ni tampoco ninguna pareja fija conocida.

Le encantaba su profesión, la de pediatra, algo que, como él mismo decía, igual no tenía mucho sentido en Marte en ese momento, pero quién sabe si en el futuro...

Y eso, que en un principio pudo ser un punto en contra, se convirtió en una ventaja porque, de una manera u otra, todos tenían la esperanza de que algún día naciera un humano en Marte, quizás en las siguientes misiones.

Lo que el vídeo no mostraba era la otra verdad, la que el dinero se había encargado de ocultar. Una verdad que la organización conoció tarde, cuando su popularidad estaba en lo alto, cuando las empresas se lo rifaban y retirarlo del concurso hubiera sido como matar a la gallina de los huevos de oro. Se decidió que la verdad no interesaba, que, de momento, en Marte esa verdad no tenía importancia.

Quizás si el público, en lugar de preocuparse por la apariencia de los concursantes o por su simpatía, se hubiese hecho otras preguntas... Como, por ejemplo, ¿cuáles son las razones que llevan a una persona a abandonar para siempre la Tierra?

* * *

CONCURSANTE NÚMERO 2

—Como todos sabéis, ninguno de ellos puede estar hoy aquí. Ya nos gustaría, pero deben permanecer aislados, por lo que nos tendremos que conformar con hablar con ellos a través de las pantallas —anunció la presentadora mientras se disponía a abrir el segundo sobre—. Bueno, y ahora vamos a por el segundo concursante, bueno, a por la segunda.

—¿Quién será, quién será? —bromeó él.

—Estamos haciendo historia, Steven, de aquí a unos años, cuando recordemos esto... A ver... —Y tras examinar el contenido del sobre mostró una pequeña sonrisa.

Le enseñó el sobre a su compañero.

—Bueno..., podríamos decir de ella que es especial, y diferente... —Sonrió él también.

Y con esas simples palabras, prácticamente todo el público supo quién era la siguiente elegida.

—¡Adelante pantalla!

Se apagaron las luces, sonó la música y apareció la información.

Andrea Zhao
Concursante n.º 222.315
22 años
Informática

Andrea no entró con buen pie en el concurso. Quizás por su aspecto, quizás por su actitud, quizás por sus escasas palabras..., pero poco a poco se fue metiendo en el corazón de los espectadores por su inteligencia y, sobre todo, por la historia que arrastraba.

Era bajita, delgada, pálida, aunque sin duda atractiva. Su pelo negro contrastaba con unos ojos orientales grises que cautivaban y asustaban a la vez. Fueron sus demasiados tatuajes, sus muchos piercings y el permanente exceso de maquillaje lo que creó ese rechazo inicial. Aun así, la audiencia fue descubriendo que bajo esa capa artificial se ocultaba una persona delicada, una chica a la que uno quería proteger...

Y, por supuesto, tras conocer su pasado, nadie tuvo dudas de que la joven merecía dejar este planeta. La suya era una pequeña vida que había ido de aquí para allá, sin destino, sin padres, sin cariño, sin nadie que le diera un beso al llegar la noche, sin nadie que la abrazara en plena tormenta para asegurarle que los truenos solo eran ruido y los rayos solo luz. Nunca tuvo una palabra de cariño al despertar por la mañana; nadie actuó de salvavidas con ella cada vez que el alrededor se le hundía. Y aun así, su currículum era impresionante: una experta matemática que se había especializado en informática.

Su vídeo de presentación fue el más corto de todos los que se emitieron. No tenía familia de la que hablar, no hubo amigos con los que contactar... No habló de las razones por las que quería ir a Marte, sino de las razones por las que quería abandonar la Tierra. Bastaron dos minutos para convencer a la audiencia de que esa chica debía pasar la primera fase. Después, su capacidad resolutiva, disciplina y fuerza de voluntad hicieron el resto para que pudiera llegar hasta el final.

En cuanto Andrea escuchó su nombre hizo una pequeña mueca, casi podría decirse que una sonrisa. No saltó ni se movió de su asiento, solo miró a la cámara y se limitó a recibir la enhorabuena de sus compañeros.

En realidad, Andrea era especial, mucho más especial de lo que nadie podía imaginar. Nadie sabía cómo aquella pequeña había pasado de vivir en las calles de Pekin a estudiar en la universidad más prestigiosa del país, nadie sospechaba de la existencia de unas becas muy especiales.

Aquella chiquilla tenía en sus manos la vida de mucha gente. Pero claro, eso nadie lo sabía, ni debía saberlo.

* * *

Acababa de hacerle una promesa a mi hermano, y eso en mi familia se cumplía.

Parecía estúpido continuar con aquel juego de las llaves cuando yo misma sabía que era imposible hacer realidad el deseo que le pedí a mi padre. Fue una broma, en realidad una venganza. Estaba asustada y pensé en algo que nunca pudiera cumplir.

A pesar de mi corta edad, en aquellos días nuestra relación ya hacía aguas por todos lados, su carácter autoritario comenzó a sustituir al cariño. Solo nos necesitaba para sus experimentos, para sus concursos, para hacer pruebas de cámara; ya casi no nos abrazaba, ya casi nunca jugábamos a salvar el mundo juntos. Sí, quizás a su manera nos quería, pero no era amor lo que nos daba.

La promesa que le hice a mi hermano fue por el anillo, por todas las horas que había invertido investigando lo que parecía un eterno rumor: una lista que parecía existir pero que nadie había visto. Una empresa que vendía anillos sin apenas valor por cien millones de dólares, una empresa que no admitía a cualquier comprador. Cuando alguien quería adquirir uno debía decir si era para él mismo o para un regalo. En ambos casos la empresa analizaba al destinatario y finalmente decidía si se lo vendía o no.

Apenas había información por internet, y si de pronto alguien publicaba algún dato sobre el tema, a los minutos había desaparecido.

Mi padre sabía que yo no iba a continuar el juego de la cabaña solo por su capricho, él sabía que hacía falta algo más para convencerme, y me lo había dado. Opté por no decirle nada del anillo a mi hermano, no estaba segura de que mi padre y él lo hubieran planificado todo juntos.

Al día siguiente, en cuanto llegué al trabajo, me reuní con mi jefe para pedirle unos días libres. En un principio se opuso ya que estábamos inmersos en varias investigaciones importantes y no quería prescindir de nadie.

—Lo siento, Nel, tendrá que ser más adelante, sabes que tenemos varios casos demasiado delicados entre manos, no es el mejor momento —me dijo.

—Te entiendo, pero créeme, ninguno de esos casos va a superar esto —le contesté sonriendo.

—Bueno, pues entonces tendrás que convencerme, darme una muy buena razón —me dijo mientras cruzaba los brazos y me miraba fijamente.

Entonces dejé el anillo sobre su mesa.

* * *

CONCURSANTE NÚMERO 3

—Bueno... y pasamos al tercer concursante —dijo el presentador mientras abría lentamente el siguiente sobre y se lo mostraba a su compañera.

—Vaya, vaya, vaya... podríamos decir de él que es un candidato... muy, muy útil —contestó sonriendo.

—Totalmente de acuerdo contigo, Alison, en realidad podría arreglar cualquier cosa, en cualquier lugar...

Y con ese simple detalle, la mayoría de los espectadores supieron quién podía ser el elegido. Las redes sociales etiquetaron su nombre (#manitas) millones de veces antes de que se apagaran las luces y aparecieran sus datos en la pantalla gigante.

Juan Cruz, «Manitas»
Concursante n.º 25.334
32 años
Mecánico

Un hombre que lo mismo arreglaba un coche que un frigorífico tenía el perfil perfecto para ocuparse de reparar cualquier cosa en un lugar donde no se podría llamar al servicio técnico 24 horas.

Fue, sin duda, esa habilidad la que le dio una gran ventaja con respecto a los otros concursantes para llegar hasta la fase final. Era también muy atractivo: guapo, alto y con un cuerpo trabajado en el gimnasio.

De pronto, aquel hombre musculado se levantó de la silla y comenzó a dar saltos de alegría. Se abrazó a todos sus compañeros y, sin parar de sonreír, se acercó a la cámara. Iba vestido con un mono de trabajo patrocinado por una de las mayores empresas de bricolaje. Una empresa que había cambiado recientemente su lema: «Nuestras herramientas arreglan lo que sea en cualquier parte del mundo, e incluso fuera del mundo».

A los pocos minutos volvieron a poner en pantalla el vídeo con el que se presentó al concurso. En él contaba que había estado trabajando en muchos sitios; el último, un pequeño taller de su propiedad. Pero también comentaba que se aburría, que sentía que debía cambiar su vida, probar cosas nuevas...

Había estado casado dos veces, aunque nunca tuvo hijos. Tenía padres y tres hermanos, ninguno de ellos apareció en el vídeo. Comentaba que no se llevaba demasiado bien con la familia, pero que en el fondo los quería mucho.

Durante cinco minutos aquel hombre contó su historia. La suya, pero no la real. No esa otra historia que se fue filtrando posteriormente por las redes, pero a la que no se le dio demasiada importancia. Quizás porque todas las personas merecen una segunda oportunidad, sobre todo, si son tan atractivas como lo era él.

* * *

Salí de madrugada, cuando las carreteras aún estaban vacías. Me esperaba un viaje de ocho horas hasta llegar de nuevo a mi pasado, a ese lugar al que hacía tantos años que no había regresado.

Al día siguiente de la llamada, cuando mi cuerpo y, sobre todo, mi mente ya estaban más tranquilos, volví a hablar con mi hermano. Fue una conversación corta, como la de dos desconocidos que se ponen en contacto solo para confirmar el lugar y la hora de un encuentro, nada más.

Conduje en silencio, recordando con más intensidad que nunca a mi padre, precisamente ahora que ya no estaba. Pensando no en cuando comencé a odiarlo, sino en cuando dejé de quererlo.

Tras varias paradas y cientos de canciones llegué a un cruce de carreteras: el mismo cruce de siempre. Todo era más nuevo, distinto, pero aun así yo sentí que había llegado a un lugar familiar. Me detuve durante unos instantes y giré hacia la ciudad que me vio crecer.

Conforme me acercaba me iba dando cuenta de que ella

también había crecido: un polígono industrial con varias fábricas me dio la bienvenida. Donde antes solo había plantaciones de cereales ahora había industria y cemento.

Avancé unos tres kilómetros y, justo en la entrada del pueblo, me sorprendió ver una estatua de casi dos metros que representaba a un hombre mirando hacia el cielo; aquel hombre era mi padre.

Me adentré en la calle principal, bastante más larga que en los recuerdos de mi infancia pero en la que supe reconocer algunos establecimientos, sobre todo uno, uno muy especial.

Cuando, en la última llamada, mi hermano me indicó el lugar donde podíamos quedar pensé que me gastaba una broma, que era imposible que aquella cafetería estuviera aún abierta después de tantos años. Pero allí estaba, la misma cafetería en la que nuestro padre nos invitaba a helados cada viernes cuando salíamos del colegio. Aquel era nuestro refugio, el feliz lugar donde empezaba el fin de semana. Allí nos contábamos cómo había ido el día, allí hablábamos de las pequeñas grandes cosas de los niños..., y allí él nos explicaba también sus nuevas ideas sobre programas y concursos.

Aparqué a unos cuantos metros y me quedé en el interior del coche. Cerré los ojos. Me imaginé de nuevo recorriendo esas calles junto a mi hermano.

En ese momento sonaba en la radio *Appointments*, Julien Baker. Fue justo la frase «Tal vez todo va a salir bien» la que me animó a salir.

Me dirigí a la cafetería. Respiré hondo, abrí la puerta y entré.

Y lo vi.

Y sí, lo reconocí. Es cierto que durante el viaje había estado pensando en él, en mi infancia, en nuestro primer beso, en ese corazón que dibujamos en un árbol... ¿Qué sería de su vida? ¿Seguiría en el pueblo? Lo que nunca imaginé es que me lo iba a encontrar allí, en la misma cafetería en la que nos enamoramos, continuando el negocio de su padre.

* * *

CONCURSANTE NÚMERO 4

—Bueno, bueno, bueno... —dijo el presentador mientras su compañera le mostraba el contenido del siguiente sobre—. Atención a lo que viene ahora.

—Creo que esto va a gustar... Va a gustar, sobre todo al sector masculino... ¿Se puede decir eso hoy en día? —preguntó ella.

—¿Lo de sector masculino? Creo que por ahora sí.

—Pues creo que esto va a gustar al sector masculino.

En ese momento apareció la foto y los datos de la elegida.

Amelie Borowski, «Miss»

Concursante n.º 445.616

25 años

Modelo

Sin duda, para muchos —y también para muchas— la concursante más atractiva de todas las que se habían presentado. Desde los inicios destacó por su belleza, por sus ojos, por sus medidas perfectas..., ese fue el motivo por el que desde el instante en el que se apuntó al concurso todos comenzaron a llamarla simplemente Miss. Sus detractores argumentaban que por lo único que destacaba era su belleza; sus defensores argumentaban que sí, pero que destacaba mucho.

En su currículum indicaba que era modelo de profesión, aunque es cierto que hasta que se inscribió al concurso nadie la conocía. Su historia anterior era muy difusa: había trabajado de camarera en multitud de locales, de dependienta en varias tiendas de ropa, de secretaria en una empresa de materiales de construcción..., aunque su verdadera historia no se filtró hasta un tiempo después, cuando ya era tarde para todo.

Fue a raíz de destacar en el concurso cuando muchas empresas publicitarias se interesaron en ella y, poco a poco, se convirtió en un icono de la moda mundial.

Tanto fue su éxito que, justo antes de la selección final, estuvo a punto de abandonar el programa para dedicarse a ser modelo en la Tierra. Pero finalmente continuó adelante: en Marte no tendría competencia, sería especial, pero si se quedaba en la Tierra, en unos meses quizás acabaría siendo una más.

Nada más escuchar su nombre, Miss se levantó de su asiento y comenzó a dar saltos de alegría. Un cuerpo de metro setenta y ocho de altura con un precioso vestido azul —de uno de los diseñadores más conocidos— se acercó a la cámara y con sus labios carmín besó la lente del objetivo.

A continuación pusieron su vídeo de presentación. En él apenas hablaba de su pasado ni de su familia. Se limitaba a expresar la ilusión que le hacía ir a Marte, ser la primera modelo fuera de la Tierra, lo emocionante que sería probar nuevos productos allí...

Lo que no dijo es que más que acercarse a Marte lo que quería era alejarse de la Tierra. En ningún momento habló de su pasado, del real, no del que se había inventado para las revistas.

Lo que ella nunca pudo imaginar es que iba a ser la persona que cambiaría la historia de la humanidad. Pero bueno, eso vendría más adelante.

* * *

¿Cómo olvidar el primer amor de una vida? ¿Cómo olvidar el primer beso? El que sabe a nervios, helado y miedo. El que se da sin saber muy bien cómo ha empezado. Ese amor adolescente que te hace desear que salga el sol antes de que amanezca, que la noche nunca llegue para no tener que volver a casa.

Había cambiado físicamente, con unos kilos de más y menos pelo, pero seguía teniendo la misma sonrisa de la que un día me enamoré. Nuestras manos abrazadas en el parque, el primer te quiero, y el segundo, y el tercero...

En cuanto entré se quedó mirándome, le costó unos segundos reaccionar, lo que tardó su mente en recordarle que hace muchos años nuestros corazones llegaron a tocarse.

—¡Tú! ¡Eres tú, Nelly! Pero ¡qué sorpresa! —gritó. Y las pocas personas que había en la cafetería se dieron la vuelta—. ¡No me lo puedo creer! ¡Nelly! ¡Estás aquí!

Y se abalanzó sobre mí para darme un abrazo de los de verdad, de los que se dan hasta con los huesos.

—¡Qué alegría verte! Pero ¿qué haces por aquí?

—Bueno, es por lo de mi padre... Supongo que ya sabes...

—En realidad era una pregunta absurda, ¿quién no se había enterado a esas alturas del suicidio de uno de los hombres más poderosos del planeta?—. He venido a arreglar papeleo y esas cosas...

—Lamento mucho lo ocurrido... Fue un duro golpe para los que vivimos aquí, de hecho hay mucha gente que aún no se ha recuperado, con todo lo que le debemos, con todo lo que hizo por nosotros, por esta ciudad...

—¿Por vosotros? —le pregunté, sorprendida.

—Sí, claro, si no fuera por él ninguno de nosotros seguiría aquí, la mayoría de las familias se habría ido. ¿Recuerdas la empresa de transporte, la de los camiones?

—Sí, claro, prácticamente la mitad de la gente del pueblo vivía de aquella empresa.

—Pues cuando comenzaron a funcionar los coches autónomos todos sabíamos que sería cuestión de tiempo que vinieran los camiones autónomos. Y así fue, y la empresa comenzó a despedir a los conductores, pues los trayectos que hacían eran siempre los mismos, consiguieron automatizarlos... Ya no necesitaba tanto personal, solo camiones. Prácticamente todos los conductores fueron al paro, y con ellos todas las empresas que les daban servicio... ¿Te acuerdas de cómo se ponía esto por la mañana?

—Claro que me acuerdo, había cola.

—Pues de un día para otro el pueblo se quedó sin nada. Afortunadamente tu padre se enteró y cuando comenzó todo el tema del concurso de Marte decidió traer varias fábricas de componentes aquí. Aquello nos salvó: en apenas dos años se duplicó la población. No encontrarás aquí una sola persona que hable mal de él. Todo lo que ves a tu alrededor existe gracias a tu padre.

—Vaya, no sabía nada —le contesté, sorprendida.

—Bueno... ya me comentó que no os llevabais muy bien, que hacía tiempo que no hablabais..., pero bueno, eso eran cosas vuestras. Pero él siempre me hablaba de ti, y también de Alan, que... por cierto, ¿cómo está?

—Pues la verdad es que hace mucho tiempo que no lo veo, pero he quedado aquí con él.

—¿Qué? ¡Madre mía! ¡Qué noticia!, os voy a tener de nuevo aquí juntos —volvió a gritar.

—Bueno, ¿y tú qué tal? ¿Cómo te va la vida? —le pregunté, intentando desviar la conversación hacia algún lugar que no fuera la relación con mi hermano.

—Seguro que mi vida no ha sido tan apasionante como la tuya, ni de lejos. Me casé con Mira, ¿recuerdas?

—¡Mira!, claro que me acuerdo.

—Sí, el amor de mi vida... Eso pensé entonces, pero claro, cuando alrededor no hay muchas mujeres de tu edad puedes engañarte diciendo que es el amor de tu vida, aunque a la que realmente quise un día se fue...

En ese momento me di cuenta de lo que había significado para él, de que, realmente, en aquella pequeña edad habíamos estado muy enamorados.

—Tuvimos dos niños —continuó—, pero la cosa no funcionó: demasiada rutina. Nos veíamos todo el día aquí, todo el día en casa... Se convirtió en algo tóxico.

Noté que le cambió el rostro, por primera vez desde que iniciamos la conversación se puso triste.

—En realidad he pasado quince años detrás de esta misma barra, creo que he salido del pueblo dos o tres veces... Qué contradicción, ¿verdad? Hay gente que se va a vivir a Marte y yo apenas he salido de este local... En fin... Pero bueno, ¿y tú, qué ha sido de tu vida?

—Yo nunca me casé, nadie ha podido aguantarme.

—Yo sí te hubiera aguantado. —Sonrió. Y sonreímos.

Y se interpuso entre nosotros un silencio incómodo.

—¿Y niños?

—¿Niños? —Sonreí—. No, no he tenido tiempo...

Iba a añadir que sí, que me hubiera gustado tener niños, que me hubiera gustado ser madre, que durante mucho tiempo lo intenté, que casi me obsesioné, pero que no funcionó, bueno, la naturaleza no quiso que funcionara. Él me hubiera dicho que aún era joven, que podía intentarlo... y hubiéramos tenido una conversación incómoda, así que decidí no decir nada. Se dio cuenta y cambió de tema.

—Lo importante es que estás aquí. ¡Es increíble! Dime qué te pongo.

—Con un café bastará.

—¿Solo un café?

—Sí, gracias.

—¿Y los helados? ¿Qué ha pasado con aquellos helados? —Me sonrió mientras se iba tras la barra.

Me senté a la mesa de siempre, la de la esquina, esa desde la que se podían ver perfectamente las dos calles. Y en la distancia lo miré mientras atendía a otro cliente; imaginé cómo habría sido mi vida con aquel amor de infancia...

Estaba en esos pensamientos cuando se abrió la puerta y entró él. Vi como también se abrazaba con mi antiguo amor. Estuvieron unos minutos hablando, riendo, como si se hubieran visto más veces durante los últimos años, algo que me confirmó después mi hermano.

Finalmente le pidió algo y se dirigió hacia mí.

Comencé a ponerme nerviosa, muy nerviosa.

Yo, que me había entrevistado con mafiosos, con traficantes de todo tipo, con hombres tan poderosos como peligrosos, ahora, la persona a la que más temía acercarme era mi propio hermano.

Me quité el anillo del dedo y lo escondí en el bolsillo.

* * *

CONCURSANTE NÚMERO 5

—Vamos a por el quinto, esto está cada vez más emocionante. ¿Quién será? ¿Quién será?

Millones de ojos observaban el programa que iba a decidir el futuro de cuatro hombres y cuatro mujeres. La presentadora miró en el interior del sobre y sonrió.

—Bueno..., quizás este nombre sea una sorpresa para gran parte de la audiencia, aunque para otros muchos de los espectadores era un candidato necesario.

—Creo que ya tenemos una pista, ¿verdad, Alison?

—Sí, Steven, creo que he dicho demasiado, vamos allá.

Se oscureció el escenario y apareció un rostro en la pantalla. Esta vez el aplauso no fue tan intenso como en las anteriores ocasiones. No era uno de los favoritos, pero aparecía en las primeras posiciones cuando se hacían listas de los candidatos más útiles. Era también el mayor de todos: tenía cuarenta y cinco años.

John Scott
Concursante n.º 12.441
45 años
Militar

En realidad nunca se estableció un límite de edad en la preselección, pero es cierto que la organización premió la juventud; de hecho, entre los treinta últimos elegidos, la media de edad estaba en los veintiocho años. Pero este candidato era especial en muchos sentidos: de entre los ocho ganadores fue una de las dos únicas personas que no se presentaron de forma voluntaria al concurso.

Tenía también un privilegio exclusivo que ninguno de los otros concursantes conocía, un privilegio que debía mantener oculto todo el tiempo que fuera necesario.

En realidad, la organización lo necesitaba allí. Era un militar con experiencia en combate, un hombre que había participado como mediador en muchos conflictos internacionales. Una persona capaz de mantener la calma incluso en las circunstancias más extremas. Alguien que había visto de todo y, por supuesto, alguien que sabía callarlo todo.

Su metro noventa de estatura y sus ciento diez kilos de músculo eran suficientes para imponer orden en cualquier situación, y más en una pequeña colonia de tan solo ocho personas, una colonia donde no habría policía, ni jueces, ni abogados...

Muchos sociólogos habían advertido de que en un lugar donde nadie aplicara las leyes, el ser humano tenía muchas posibilidades de autodestruirse.

Su vídeo de presentación fue también de los más cortos. Habló de las razones por las que quería ir a Marte, principalmente para vivir nuevas experiencias; comentó ligeramente su pasado, aunque casi todo era secreto de Estado, y, finalmente, se mostraron varias imágenes de su día a día. Uno de los detalles que llamaba la atención nada más verlo era el gran tatuaje que llevaba en uno de sus musculados brazos, en el derecho: la cabeza de una serpiente nacía en la parte superior de la mano y, tras recorrerle todo el brazo, la cola acababa justo en el tríceps, muy cerca del hombro. Un tatuaje que en el futuro iba a tener que ocultar.

* * *

—Hola, Nel —me dijo casi sin mirarme.

—Hola, Alan —le contesté casi sin voz.

Me levanté y le di la mano, nada más. Saludé aquel día a mi hermano igual que se saluda al vendedor que llama a la puerta de casa.

Entre nuestros rostros había más de diez años de distancia, diez años sin saber directamente uno del otro, diez años de intenciones.

—¿Cómo estás? —me preguntó.

—Bien, bien... ¿Y tú? —Desvié la pregunta, porque la última vez que me la hizo me derrumbé.

—¿Yo? Bien. Ahora ya fuera de todo. En realidad ya había dejado la empresa hace unos años, cuando ocurrió lo del concurso. Aquello lo cambió todo. Me hizo plantearme lo poco que puede durar la vida... Lo dejé todo.

—Vaya, no sabía nada... —Sus palabras me pillaron por sorpresa, su salida de la compañía no había aparecido en ningún periódico; una noticia así habría sido portada.

—Ya estaba harto de ser el blanco de la mayoría de críticas con las que yo no tenía nada que ver, simplemente por tener el padre que tenía. Los ataques, los insultos, las amenazas... todo lo que no podía ir hacia él al final me llegaba a mí.

Silencio. Estuvimos mirando hacia la nada, hasta que fue él quien lo volvió a romper.

—¿Te has fijado en el pueblo? Todo ha cambiado, pero parece que todo sigue igual.

—Sí... —le dije mientras buscaba alrededor cada pequeño detalle, cada uno de los momentos que viví allí.

—¿Recuerdas el parque? —me preguntó, señalando a través de la ventana.

—Sí, claro, claro que lo recuerdo. —Me sacó una pequeña sonrisa mientras miraba al otro lado de la calle, justo unos portales más adelante.

—Estoy seguro de que si ahora mismo salimos de aquí y nos vamos a buscar el árbol, el tercero por...

—... por la derecha —terminé instintivamente.

—Sí, ese... ¿Te acuerdas? —Me sonrió—. Seguro que si excavamos aún encontraremos aquella bolsa de tesoros.

Nuestros tesoros: su pequeño coche de plástico, mi muñeca con un vestido azul, su moneda de plata, una de mis capas de superheroína, la carta que me escribió cuando me caí de la casa del árbol y estuve unos días en el hospital... Y al recordar todo aquello me di cuenta de que no iba a aguantar mucho más las lágrimas. Desde que entró por la puerta había intentado contenerlas ahí, en ese pequeño espacio que hay entre el párpado y la vergüenza... Al final la salvación vino con el camarero.

—¡Hola, chicos! Aquí os traigo lo que habéis pedido —nos dijo mientras me guiñaba un ojo.

Puso la bandeja sobre la mesa y dejó a mi lado un helado

con dos bolas: fresa y plátano, con nata y dos galletas, el mismo helado que me pedía cuando iba con mi padre los viernes por la tarde. A mi hermano le dejó un helado con dos bolas de vainilla y una chocolatina.

Ambos reímos.

—No he podido conseguir las mismas chocolatinas de la carita sonriente, creo que hace años que no las hacen, pero bueno, espero que te sirva esta —le dijo mientras le ponía la mano en el hombro y se iba de nuevo a la barra.

Mi hermano y yo nos miramos de nuevo, con los helados frente a nosotros, como en aquellos años en los que él buscaba el momento adecuado para quitarme una de las dos galletas sin que me diera cuenta. Vi en sus ojos la intención de hacerlo.

Durante unos instantes nos dedicamos a comer nuestros helados, sin apenas mirarnos, quizás buscando los recuerdos en el sabor de cada cucharada.

—Parece que hay que volver a jugar —dijo, rompiendo de nuevo el hielo.

—No sé si quiero —le contesté sin levantar la mirada.

—Claro que quieres..., por eso estás aquí.

Continuamos comiendo en silencio hasta que el camarero volvió y consiguió que aquella conversación no acabara cicatrizada por el silencio.

—¿Cuánto te debemos? —le dijo mi hermano.

—Estáis de broma. Nada, absolutamente nada. ¿Vais a la cabaña? —nos preguntó.

—Sí, quizás empecemos por ahí —le contestó mi hermano.

—En ese caso, comentaros que el camino ya no está como antes. Se ha ido estropeando con los años, es imposible ir con un coche normal, y menos aún con los vuestros. Hace falta un todoterreno de los potentes.

—Vaya —contestó mi hermano—, no habíamos pensado en eso. ¿Sabes dónde podemos alquilar uno?

—Bueno, siempre podéis utilizar aquel de allí —nos dijo, señalando un todoterreno nuevo.

—¿El rojo? ¿Es tuyo?

—¿Mío? —Sonrió—. No, no, ya me gustaría. Creo que es vuestro.

* * *

Este, el tema de seguridad, había sido uno de los aspectos más importantes en las negociaciones previas. Científicos, abogados, filósofos y jueces habían estado durante meses discutiendo cómo se aplicaría la ley y la justicia en Marte.

Se habían revisado varias constituciones, entre ellas las de Estados Unidos, Islandia, Japón... también la de algún otro país de Europa, con el objetivo de redactar una constitución que sirviera para cualquier colonia fuera de la Tierra, tanto en la Luna, Marte o cualquier otro planeta al que se pudiera llegar en el futuro.

Empezar una sociedad de cero podía ser una gran idea imaginativa pero, según los expertos, el holocausto, los gulag soviéticos o cualquier guerra fratricida daban prueba de las atrocidades que son capaces de realizar los seres humanos cuando se pone al mando quien no debe. Existía la posibilidad de que todos murieran incluso antes de que pudiera comenzar a crecer la población.

Uno de los comentarios más compartidos en las redes durante aquella época fue el que hizo uno de los gurús tecnológicos más ricos y reconocidos en una entrevista:

Si el ser humano es incapaz de ponerse de acuerdo en una pequeña comunidad de vecinos, ¿qué espera usted que pase en un lugar sin policía y sin nadie que imparta justicia? Las violaciones, el asesinato, las agresiones... están aseguradas, se impondrá la ley del más fuerte, y al final la destrucción de la colonia. Una colonia espacial es un entorno propenso a las tiranías. Por ponerle un ejemplo, si alguien consigue el control del oxígeno, tendría el control de toda la población.

Estas palabras afectaron a una audiencia que hasta ese momento veía el concurso como un simple divertimento, como si todo lo que iba a pasar en Marte fuera un juego.

El grupo de expertos se puso a trabajar para redactar una constitución que fuera aceptada por amplio consenso para el nuevo territorio. Decidieron basarse en la constitución islandesa como ejemplo, pues aun estando en la Tierra era un territorio aislado del resto del mundo donde la población es relativamente pequeña y parece que las cosas iban bastante bien.

* * *

Probamos nuestras llaves y fue la de mi hermano la que abrió el coche. Arrancamos e iniciamos un viaje en el que apenas hubo palabras. Nos conformamos con mirar hacia delante, como si ahí, frente al cristal, fuéramos a encontrar todo lo que perdimos con los años. La carretera avanzaba hacia nosotros a la misma velocidad que yo volvía al pasado.

Continuamos en silencio hasta que vimos el viejo hotel, ahora en ruinas. A los pocos metros aparecía el pequeño sendero a nuestra derecha. Nos desviamos.

Casi todo estaba igual: los mismos árboles, el mismo barro, el mismo miedo... y las mismas llaves, aunque esta vez no las llevábamos colgadas del cuello.

El camino se había estropeado bastante y avanzar era complicado, una bifurcación, a la derecha; otra, esta vez a la izquierda; otra más también a la izquierda...

Finalmente llegamos.

Un escalofrío me recorrió el cuerpo. Allí estaba, la misma cabaña, mucho más pequeña de lo que la recordaba. Y también estábamos allí nosotros, los dos hermanos, como Hansel y Gretel, mirando la casa donde un día me encontré a una bruja con forma de miedo.

Paró el motor y nos mantuvimos mirando alrededor desde el interior del coche. Fue mi hermano el que, sin decir nada, se bajó, dio la vuelta y me abrió la puerta.

—¿Qué esperas encontrar? —me preguntó.

—Lo que él quiera que encontremos —le contesté.

Y de nuevo entramos juntos en aquella cabaña.

Encendimos la luz. Silencio.

—¿Y ahora qué?

—Ahora no tengo diez años —afirmé.

Nos miramos. Ambos recordábamos perfectamente el orden de las pistas de la vez anterior. La primera estaba en la cocina; en el tercer cajón había un cofre que se abría con la llave de mi hermano. Dentro de aquel cofre había una pista que nos llevaba a la chimenea.

Fuimos directamente a la cocina. Abrimos el cajón pero no había nada, no estaba el pequeño cofre. Mi hermano se puso a mirar en los otros cajones: nada.

—No lo entiendo. ¿Qué está pasando? ¿Dónde está el cofre? —me preguntó.

—No está, no lo vas a encontrar —le respondí.

—¿Por? —contestó sorprendido.

—Porque creo que no hemos venido a comenzar el juego, hemos venido a continuarlo.

* * *

CONCURSANTE NÚMERO 6

—Ya solo nos quedan tres concursantes —comentó la presentadora mientras abría el nuevo sobre.

Miró la tarjeta y se la dio a su compañero, ambos sonrieron.

—Otra de las favoritas, sin duda... ¿Quién no querría tenerla cerca ante una emergencia?

Y tras esas palabras una gran exclamación recorrió el auditorio, todos los presentes sabían de quién estaban hablando.

Se apagaron las luces, sonó la música y en la pantalla apareció la elegida.

Laura Ricci, la Doctora

Concursante n.º 142.491

39 años

Médica

El público se puso en pie para darle un aplauso no solo de enhorabuena, sino de respeto. Desde el momento en que se presentó al concurso fue una de las participantes más valoradas. Una mujer valiente, fuerte, segura de sí misma, una mujer que había pasado la mayor parte de su vida trabajando de voluntaria en los lugares más conflictivos y miserables de la Tierra. Una mujer que había salvado a miles de personas; acostumbrada a operar en las peores circunstancias, que no miraba a qué bando pertenecía un herido cuando se trataba de salvarle la vida. Una de las mejores cirujanas del mundo, tan versátil que era capaz de hacer un trasplante o traer un niño al mundo con apenas equipamiento. Una vida consagrada a los demás.

Las cámaras hicieron zoom sobre su rostro. Un rostro de alegría contenida: la justa para demostrar que estaba feliz por haber sido elegida, pero sin caer en una actitud que pudiera molestar a aquellos que no lo habían sido.

A continuación mostraron en la pantalla su vídeo de presentación. En él hablaba brevemente de su familia, de su infancia y de su carrera médica, daba las gracias a todas las personas que habían pasado por su vida, incluso a aquellas que habían estado a punto de quitársela.

Se guardó unas palabras finales que tocaron el corazón de la audiencia, unas palabras que definían perfectamente la esencia de aquella mujer.

Durante toda mi vida me he dado cuenta del daño que puede hacer el ser humano, he sido testigo de las peores atrocidades: he visto asesinatos, mutilaciones, abusos a niños; he visto violaciones en grupo a mujeres que eran mis amigas sin que yo pudiera hacer nada por evitarlo; he visto al ser humano comportarse como el peor animal. He estado a punto de morir muchas veces, me he escondido, he huido, he pedido auxilio, he tenido miedo, mucho miedo, pero es cierto que también he visto todo lo contrario: he sentido el amor de un desconocido, la ayuda de un enemigo, la protección de una madre, el compañerismo, la felicidad de una familia, la generosidad del que apenas tiene. He visto crecer la amistad y el amor en lugares en los que ni siquiera las plantas se atreven a asomarse...

He visto las dos caras del ser humano: el amor y el odio, el respeto y la violencia, la amistad y la traición, la generosidad y la codicia...

Quizás por eso, porque creo que el ser humano es capaz de elegir una de esas dos caras, me gustaría formar parte de una sociedad que empieza de cero. Me gustaría estar allí para evitar que ocurra lo mismo que aquí. Por lo menos me quiero morir sabiendo que lo he intentado.

En cuanto acabó de proyectarse el vídeo llegó el aplauso más intenso y más largo de toda la noche.

Lo que muchos de los espectadores no sabían es que, además, aquella mujer había conseguido convencer a las grandes corporaciones farmacéuticas para que en el viaje llevaran equipamiento médico de primera calidad y todo tipo de fármacos esenciales.

Lo que nadie sabía —ni siquiera ella misma— es que la organización la había elegido por otra razón.

* * *

A muchos kilómetros de distancia, en tres puntos distintos de la Tierra, tres hombres están siguiendo el programa con desinterés. Saben exactamente quiénes van a ser los ocho elegidos, pues han sido ellos quienes lo han decidido, los que han hecho la selección final.

Uno de esos tres hombres, el más rico del planeta, centra ahora su atención en ella, en la Doctora, en la mujer por la que él personalmente apostó desde el principio.

Fue una sorpresa que alguien así se presentara. Evidentemente, si no hubiera sido porque al revisar cada uno de los aspectos de su vida se dieron cuenta de que entre todas sus cualidades había una muy especial, nunca hubiese llegado a la final.

La audiencia, al iniciarse el programa, entre los cientos de miles de candidatos, jamás se hubiera fijado en la Doctora. Por eso manipularon las redes sociales para que su nombre apareciera en los primeros puestos de las listas. La necesitaban. La necesitaban justamente a ella.

* * *

No habíamos ido a empezar el juego, habíamos ido a continuarlo. Tenía claro que debíamos buscar donde acabamos la última vez: en la chimenea. Ambos nos acercamos lentamente al lugar donde comenzó todo.

Abrí la palma de mi mano y miré la marca que la atravesaba hasta la parte interior de la muñeca, justo en el lugar donde nacen los pensamientos del suicida. Aquel día estuve a punto de morir, perdí mucha sangre; también perdí muchas más cosas. Unos años más tarde me tatué un trébol negro para intentar ocultar una cicatriz que solo me traía recuerdos del pasado.

—Nel, si quieres lo hago yo —me dijo mi hermano.

—No... no... Tengo que hacerlo...

Intenté olvidarme de Nellyne, de mi propia niña y, sobre todo, intenté olvidarme de él. Me concentré en ser la mujer periodista que había estado en tantas situaciones peligrosas, la mujer que no había dudado en arriesgar su vida para conseguir una noticia. No iba a ser ahora un recuerdo de la infancia lo que me derrotase.

Me agaché, inspiré y, al igual que hace unos años, metí la mano para levantar la rejilla con los dedos. Pero esta vez no la introduje entera sin saber que después no sería capaz de sacarla, esta vez la chimenea no estaba encendida y la rejilla no ardía, y, por supuesto, esta vez no tenía diez años.

La levanté y encontré una caja de madera, seguramente la misma que hace años estuvo allí, la que nunca llegamos a abrir, la que dejamos abandonada mientras mi padre entraba corriendo a la cabaña para llevarme al hospital.

Cogí la caja y la dejé sobre la mesa.

Ambos nos quedamos mirando aquel objeto como quien descubre un tesoro de la infancia. Estaba cerrada con un candado y ya habíamos utilizado una llave. Tenía claro a quién le tocaba abrirla.

Introduje mi llave en la pequeña cerradura, le di una vuelta y se abrió. Levanté lentamente la tapa.

Ninguno de los dos sabíamos lo que nos íbamos a encontrar: quizás una pista, algún acertijo, una prueba... Lo que nunca imaginamos es que allí dentro iba a estar nuestro padre en estado puro.

* * *

CONCURSANTE NÚMERO 7

—Después de este gran y merecido aplauso nos vamos acercando al final, ya solo nos quedan dos, los dos últimos elegidos para ir a Marte.

La pantalla mostraba un plano general de los veinticuatro concursantes restantes.

—Continuamos... —anunció Alison.

Steven comenzó a abrir el sobre del siguiente seleccionado, el último de los chicos. Lentamente miró el contenido del mismo y mostró una pequeña sonrisa.

—Bueno, bueno... —comentó mientras se lo enseñaba a su compañera—, es lógico, será útil para todos. No puedo decir nada más.

—Pues sí, seguro que es útil, sobre todo si en un futuro queremos que la gente pueda alimentarse en Marte.

Se apagaron de nuevo las luces, sonó la música y en la pantalla apareció una nueva fotografía.

Tim Robbien, «el Jardinero»
Concursante n.º 142.491
32 años
Botánico

El Jardinero, así es como finalmente lo habían apodado en las redes sociales. Un hombre fuerte, alto, también muy atractivo, que aparecía en la pantalla con un mono de trabajo patrocinado por una de las principales empresas de fertilizantes y venenos.

Era cierto, era importante, había que comer. Si los vegetales no crecían, tendrían un grave problema, por eso alguien como él era esencial allí.

Su historia era dura, muy dura, él sí tenía verdaderas razones para irse de la Tierra, sobre todo porque ya no le quedaba ninguna para quedarse.

En realidad, tras inscribirse en el concurso, las redes se encargaron de escupir toda su intimidad: su historia salió a la luz a los pocos días. Una historia que, lejos de perjudicarle, le ayudó a llegar hasta el final del concurso. Había ocurrido hacía ya más de ocho años, pero nunca se había recuperado. Se había dicho mil veces a sí mismo que no había sido culpa suya, que no era un asesino... sin embargo, en el fondo de su conciencia, en ese lugar donde no se puede alterar la verdad, él sabía que sí, que había sido el responsable de destruir la vida de las personas a las que más quería. Desde lo ocurrido se había dedicado enteramente a la botánica, a la jardinería, a todo lo que tuviera que ver con la tierra, para ver si así, creando día a día vida, podía alguna vez compensar todas las muertes.

Se proyectó un vídeo con su rutina diaria: iba al gimnasio, cuidaba de las plantas en un famoso laboratorio de investigación, se acostaba muy pronto para levantarse muy temprano, era vegetariano...

Su vídeo acabó con la siguiente frase: «Quiero ser el primero que haga crecer una planta en Marte».

Los aplausos llenaron todo el auditorio. Cuando por fin se hizo el silencio los presentadores continuaron.

—Bueno, pues ya estamos llegando al desenlace, ya solo nos queda una, y digo una porque nos falta una chica. Tengo que comunicar al resto de los chicos que sintiéndolo mucho esta vez no ha podido ser, pero tranquilos, seguro que habrá más oportunidades.

Comenzó a abrir el último sobre.

En unos segundos iba a saltar la sorpresa: lo que había comenzado como una broma iba a convertirse en realidad.

Fue un error desde el principio, todos lo sabían: el público, los demás participantes, la empresa y, sobre todo, el hombre más rico del mundo sabía que aquello podía ser un desastre. Y aun así fue elegida.

Y, por supuesto, al final salió mal. Muy mal.

* * *

Dentro de aquella caja había una carta de mi padre. Una carta que no supe entender en ese momento.

¿Quién vive? ¿Quién muere? ¿Quién lo decide? ¿Podrías ser tú, Nelly? ¿Serías capaz de decidir algo así?

Imagina que mañana tienes delante de ti a mil personas, pero solo pueden vivir cien, no existe otra opción. Imagina que eres tú quien debe decidir quiénes mueren y quiénes no... ¿Qué harías, cómo lo decidirías?

Sí, Nelly, sé tu respuesta: intentarías salvarlas a todas. Pero y ¿si fuera imposible? ¿Si solo pudieras salvar a cien? Me darías un discurso para convencerme de que todas tienen el mismo derecho a vivir. Pero tendrías que decidir.

Para mí, en cambio, sería más fácil, porque me he dado cuenta de que todas las personas no son iguales. No es igual el ladrón que el policía, no es igual el asesino que el médico, no es igual el que invierte mil horas en levantar su empresa que quien se pasa el día en el bar sin hacer nada, no es igual el niño que estudia que el niño que acosa... Y si quieres un ejemplo definitivo, míranos a nosotros, Nelly, a ti y a mí. Tú y yo no somos iguales.

Tú me llevas odiando desde hace años y yo, en cambio, no he dejado un solo día de quererte, desde el primer momento en que te tuve en brazos. Es cierto que te he querido a mi manera, que quizás no ha sido la que tú necesitabas... Pero te he querido igual cuando no medías ni un palmo y me agarrabas la mano para poder caminar como cuando en un juicio, frente a frente, intentabas meterme en la cárcel.

Sabía que no querrías volver a esta cabaña solo por un juego, pero la cosa cambia si hay un anillo, ¿verdad? ¿Cuántos años llevas intentando encontrar una pista fiable que te conduzca a la lista? Una lista que existe. Y supongo que a estas alturas ya habrás comprobado que tú estás en ella.

Sé también que seguirás pensando que esa marca que tienes en la muñeca fue culpa mía, y quizás en parte sí, quizás fui el responsable... Pero hay otra parte, ¿sabes? La propia, la que no nos gusta, la que no queremos ver: todo lo que nos ocurre también es culpa nuestra. Sí, yo os encerré en esta cabaña, pero la decisión de meter la mano en la rejilla fue tuya. Había más opciones, muchas más, podrías haberla levantado de otra forma, o haberle pedido ayuda a tu hermano... Sí, ya me imagino tu cara ahora mismo, y lo que me dirías si me tuvieras delante. Me dirías que solo tenías diez años...

Después de lo ocurrido en la cabaña nos fuimos alejando: ambos pusimos una aduana demasiado grande en nuestra relación. Pero también es cierto que tu odio no comenzó allí, sé que ya venía de antes. Quizás fue por mi forma de educarte, por mi autoridad, por mis exigencias. En realidad, lo hice porque siempre fuiste muy madura para tu edad y pensé que exigiéndote cada día más podría sacar lo mejor de ti. Veo que me equivoqué. O quizás también me culpaste por alejarme de mamá. Pero a veces no se puede forzar el amor, y entre tu madre y yo... Podríamos decir que teníamos visiones muy diferentes de la vida.

Sé que todas estas palabras no van a mejorar nada, pero a estas alturas qué más da. ¿De verdad te ha merecido la pena, ha merecido la pena, estar tanto tiempo sin hablar?

Supongo que mucha gente, igual tú también, pensará que voy a ir al único lugar en el que podría estar: el infierno. Un lugar que los humanos se inventaron para atemorizar a los propios humanos.

Sé también que muchos se alegrarán de mi muerte. No me importa, he tomado una decisión y, en realidad, ha sido una decisión fácil, sobre todo porque ya no tengo otra opción.

Es eso o seguir sobreviviendo a la muerte. No sabes lo que es mearte cada noche en la cama, no poder estar de pie más de diez minutos sin tener que apoyarte en algo, depender de otras personas... No te imaginas lo que duele que tengan que llevarme al servicio, desnudarme delante de una extraña para que me lave...

Esto ya no es vivir, y menos para alguien que ha vivido como yo. Cuando uno ha estado tan cerca de ser un dios no puede vivir así...

Pero claro, no quiero irme como un simple viejo en la cama de un caro hospital, eso sería demasiado ordinario. No puedo irme sin protagonizar una última portada.

Pero antes de despedirme quería dejar unas cuantas cosas cerradas y eso te incluía a ti, Nelly.

Hace años, en esta misma cabaña en la que estáis, os prometí que si acababais el juego os concedería el deseo que quisierais. Entonces el juego se interrumpió, por eso me siento en la obligación de darte una nueva oportunidad para continuarlo, para conseguir tu deseo.

Alan ya lo ha conseguido, pero tú aún no. Sé que tu respuesta no fue casual, como te he dicho, siempre fuiste muy madura para tu edad, en aquel momento supe que me estabas poniendo a prueba. Estuviste buscando en tu mente un deseo que no pudiera darte, que no pudiera cumplir, pero solo es imposible lo que no se intenta.

Y sí, puedo decir que desde aquel día he estado construyendo tu deseo, he estado buscando la forma de cumplirlo, de demostrarte que no hay nada imposible.

Al final lo he conseguido, pero tienes que ganártelo, tienes que acabar el juego.

* * *

CONCURSANTE NÚMERO 8

Todo el mundo pudo detectar un cambio en el rostro del presentador cuando miró el contenido del sobre.

—¿Y bien? ¿Quién es, Steven? Dinos algo, que parece que te has quedado sin palabras...

—Bueno, Alison... Sí, un poco sí... Quizás sea una sorpresa para todos, pero al fin y al cabo es lo que el público ha elegido.

Y apareció en pantalla lo que casi nadie esperaba.

Vera Sweet, «Veruca»

Concursante n.º 842.491

20 años

Influencer

Al instante, el público se puso en pie y se escuchó un gran abucheo. Desde la organización del programa se sustituyó el sonido original por una pista de audio con aplausos.

En las redes sociales ya fue más complicado detener el impacto, se filtraron los mensajes más obscenos, se eliminaron aquellos que contenían insultos, pero era imposible contener aquel tsunami de opiniones.

—Pues bien, aquí tenemos a la última elegida, ¡enhorabuena! —dijo Steven.

La pantalla mostraba a una Vera que comenzó a saltar de alegría. El resto de los concursantes simplemente sonrieron. Nadie se levantó para felicitarla.

Se notaba en el rostro de los no seleccionados un sentimiento de rabia e injusticia, pero sabían que no podían hacer nada. En este caso el poder y el dinero habían elegido.

Su nombre real era Vera, pero desde hace años todo el mundo le puso el apodo de Veruca por su fama de niña caprichosa, en honor a la novela de Roald Dahl. A pesar de que estuvo durante un tiempo intentando que la gente no la llamara así, no consiguió evitarlo. Finalmente, al ver que no podía luchar contra eso, comenzó a utilizar el seudónimo de Veruca en las redes sociales.

¿Y por qué estaba Veruca allí, entre los elegidos? Simplemente porque su padre era uno de los tres hombres más ricos e influyentes del mundo. Uno de los tres hombres que habían hecho posible el proyecto.

En realidad, su única cualidad era que, desde pequeña, sus padres la habían mostrado como un objeto más del que presumir, junto al coche, el yate o la mansión. La niña se había criado entre dinero, cámaras y fama.

En cuanto nació, su padre le regaló un perfil en las redes y desde entonces toda su vida había sido pública. Sus canales mostraban el día a día de su vida: sus viajes, los famosos con los que compartía momentos, el último coche que le habían regalado, las fiestas a las que iba... Gracias a esa exposición pública permanente tenía millones de seguidores en todo el mundo.

Le habían dado todo, absolutamente todo, pero le faltaba algo... En el momento en que, a través de las redes, expresó su deseo de ser una de las candidatas para ir a Marte, nadie le hizo demasiado caso, todo parecía una campaña de marketing para tener aún más seguidores. Pero con el paso del tiempo, ella continuó con la idea.

Comenzó a escribir en las redes todo lo que quería hacer allí: las imágenes que publicaría, las novedades que habría en su vida... su deseo era contar toda la experiencia y, por supuesto, ser una de las ocho primeras personas en vivir de forma permanente fuera de la Tierra.

En un principio, tanto su madre como su padre se opusieron rotundamente. Es cierto que ella ya era mayor de edad y era libre de decidir, pero seguía dependiendo totalmente de sus padres.

Continuó insistiendo hasta que un día ocurrió algo extraordinario: su padre cambió de opinión, le dio permiso para ir.

Aquel día publicó una de las imágenes con más *likes* de la historia: una foto en la que aparecía ella junto a su padre sujetando el formulario de inscripción al concurso.

Aquella imagen, y la decisión que implicaba, creó la primera gran crisis entre sus padres. Su madre apareció en varias entrevistas llorando y suplicando a su hija que no lo hiciera, que no se fuera. Cuando parecía que la decisión ya era irreversible grabó un vídeo criticando duramente a su marido, calificándolo de «loco que no es capaz de decir que no a su hija».

El matrimonio nunca superó aquello: continuaron juntos ante las cámaras, pero en la intimidad del hogar su relación se deshacía día a día.

Nadie entendía aquel cambio de opinión, nadie se explicaba que un hombre que siempre había declarado que lo más bonito que le había pasado en su vida era tener a Vera la dejara marchar para siempre.

En la pantalla apareció una chica vestida con una falda rosa, botas azules y un jersey de mil colores que saltaba —cámara en mano— de un lado para otro de alegría.

Sus defensores, que también los había, y muchos, argumentaban que podía dar juego y que, además, gracias a su dominio de las redes sociales podría viralizar de forma exponencial cualquier evento que ocurriera en Marte. Sus detractores decían que su puesto debía ocuparlo otra persona, que ella no podía aportar nada a la humanidad. Se creó una plataforma muy numerosa exigiendo al programa la eliminación de la candidata.

Para la organización suponía un riesgo, pero también era cierto que aquella chica podía convertirse en una fábrica de dinero: era la sexta persona con más seguidores del mundo.

—Vera, ¿nos oyes? —preguntó el presentador mientras ella continuaba saltando de alegría.

—Sí, dime, dime...

—Nada, que enhorabuena, felicidades por haberlo conseguido, todos sabemos lo que te ha costado...

—¡Gracias! ¡Gracias! ¡Muchas gracias! ¡Es un momento tan especial! ¡Yo, en Marte! —continuó gritando sin poder estar quieta ni un momento.

—Bueno, Steven, mientras se calma, vamos a poner su vídeo de presentación, allá va.

* * *

Aparté la mirada.

Mi deseo, después de tantos años.

En aquel momento no entendí casi nada de lo que estaba leyendo. Respiré y continué la carta.

Pero ¿y si ese deseo te viene grande? ¿Qué pasará entonces? ¿Qué pasará cuando acabes el juego y tengas que tomar una decisión para poder cumplirlo?

Quizás no fuiste consciente de que pedir algo así implica tener una opinión determinada sobre el ser humano, algo en lo que nunca hemos coincidido.

Es cierto que tú y yo hemos estado tan lejos como el invierno del verano, pero quién sabe, quizás podríamos habernos encontrado un día de otoño, o vivir aunque fuera un instante en primavera.

Sabes mi opinión sobre las personas: no somos más que un virus destinado a destruir la Tierra, y puede que yo sea un ejemplo perfecto de eso. En cambio tú, Nelly, llevas toda la vida luchando contra la parte oscura de las personas, intentando que el mundo sea mejor, más justo. ¿Lo has conseguido? ¿Ha servido de algo?

Probablemente mientras haya leyes y alguien que las haga cumplir el sistema pueda mantenerse, pero en el momento en que, por cualquier circunstancia, ese sistema desaparece llega la violencia: saqueos, asesinatos, violaciones... y ese también es el ser humano.

Y si hubiera que elegir, si tuvieras que escoger a quién salvar y a quién no, ¿serías justa, Nel? ¿Sabrías diferenciar a un ser humano de otro?

Tal vez sean demasiadas preguntas para una sola carta. Pero no te preocupes, las respuestas llegarán conforme te acerques al final del juego, cuando tengas que elegir entre decir la verdad o esconderla para que pueda crecer la vida. Y tendrás que hacerlo, te lo aseguro.

Se despide tu padre, ese al que nunca volviste a llamar papá.

* * *

El vídeo recorría su corta vida, desde la infancia hasta la época actual, pasando por varias secuencias sobre su adolescencia donde se la veía jugando con sus padres en una mansión, tomando el sol en uno de los yates de la familia, volando en helicóptero, en varios conciertos... Era la película de unas vacaciones perpetuas.

El vídeo finalizaba con las últimas palabras que utilizó para ser selecionada en el concurso.

Como habéis visto, ya he ido a los mejores lugares de la Tierra: he estado en las mejores playas, en los mejores hoteles; he viajado en los mejores aviones privados, en los mejores yates; he participado en alguna película, he estado en las fiestas más exclusivas, he conocido a la gente más famosa del planeta... Podría decir que lo he hecho todo aquí. Y necesito más, necesito explorar nuevos mundos, vivir nuevas experiencias, hacer lo que nadie ha hecho... necesito hacerme selfis con la Tierra de fondo, eso debe de ser espectacular.

Por eso os pido que me votéis, que me ayudéis a cumplir mi sueño, y así se convertirá en vuestro sueño, porque yo estaré allí para compartir con vosotros todo lo que me ocurra: os enviaré fotos, vídeos, mensajes de amor, de cariño..., y todo eso desde Marte.

Besitos.

La opinión general sentenció que no estaba preparada para algo así, que era una niña grande que a pesar de haber estado en muchos sitios nunca había vivido en la realidad.

Por otra parte, sus fans, sus seguidores más entusiastas, la animaban a hacerlo: cada día recibía miles y miles de mensajes diciéndole lo bonito que iba a ser todo allí.

Desde la organización sabían que aquello era una bomba que podía explotarles en cualquier momento, que podía destrozar el esfuerzo de tantos años y tanta gente.

Y así ocurrió, explotó, y estuvo a punto de hundir todo el proyecto.

* * *

—Bueno, Steven, ya está. Ya tenemos a los elegidos. Esperemos que esto sea lo más bonito que ha ocurrido nunca.

—Pues aquí termina la emisión de hoy. En una semana los elegidos saldrán, esperamos que todo vaya muy bien, les deseamos lo mejor. Y al resto, a los que se quedan, nunca se sabe si de aquí a un tiempo habrá otra oportunidad y podéis volver a intentarlo.

—Hasta aquí la conexión. Saben que a partir de ahora tienen tres canales dedicados única y exclusivamente al programa, no dejen de ver los últimos momentos de estos ocho valientes en la Tierra: lo que van a comer, cómo van a organizar las despedidas, el equipaje que se llevarán para el viaje...

* * *

A muchos kilómetros de distancia, en el despacho de una lujosa casa, el hombre más rico del planeta y responsable de la empresa organizadora del concurso mira con lástima el listado de los más votados en la primera selección, la que redujo los participantes de trescientos a treinta.

Según las votaciones reales del público, los ocho candidatos para iniciar una nueva civilización en Marte hubieran sido: una mujer cuyo único mérito era haber vendido su intimidad y la de toda su familia a un programa de televisión durante varios años; un vidente que había adquirido fama por predecir una serie de resultados deportivos; una chica dedicada a compartir en las redes modelos de ropa; un actor porno famoso por el tamaño de su miembro y por haberse acostado con una conocida política; un futbolista venido a menos en lo deportivo pero venido a más en el ambiente nocturno; una mujer cuyo gran mérito era haber sido la pareja de varios empresarios famosos, y, finalmente, dos hermanos mellizos: Timmy y Cole, que eran los *influencers* del momento en las redes sociales: él daba consejos sobre cómo jugar a los videojuegos y ella, secretos de maquillaje y moda.

El hombre suspira de forma prolongada.

Se reclina en el sillón y mira hacia arriba, a través de un cristal que le da visión directa de un cielo plagado de estrellas. Se mantiene así unos minutos hasta que el sonido del móvil lo interrumpe.

—Hola, Dmitry.

—Hola, Will. De momento todo bien, ¿no? —le dice su mejor amigo y socio.

—Sí, todo bien en nuestra selección adulterada, pero en la real...

—Ya, lo he visto.

—No tenemos solución.

—Bueno, por eso estamos haciendo esto, porque somos nosotros los que debemos elegir —le comenta su interlocutor.

—Sí, somos nosotros, pero ¿vamos a elegir a los mejores o simplemente a los que tienen más dinero?

—Bueno, vamos a elegir a los mejores entre los que tienen más dinero, de eso se trata.

Los dos hombres se quedan en silencio durante unos instantes hasta que Dmitry vuelve a hablar.

—¿Y lo de Veruca?

—Eso es lo que más me preocupa... No debimos dejar que lo hiciera, debimos pararlo a tiempo, saldrá mal.

—Necesitamos su dinero y, sobre todo, su influencia.

—Ojalá compense el riesgo.

—Siempre estará la opción de cumplir la amenaza, el pacto.

—No me gustaría hacerlo.

—Ya, pero si hay que hacerlo...

Permanecen callados. Luego Dmitry habla de nuevo.

—Bueno, y cambiando de tema, ¿hay informes nuevos?

—Sobre...

—Sobre el tiempo que queda.

—Bueno, para nosotros sí... pero nuestros hijos...

—Por ellos lo hacemos.

—Por ellos.

Y sin despedirse ambos dan por terminada la conversación.

El hombre más rico del mundo continúa mirando las estrellas. Piensa en todo lo que ha invertido para sacar este proyecto adelante. Piensa también en Veruca.

Y vuelve a recordar el pacto que hicieron los tres hombres. Un pacto no escrito: cada uno de ellos tiene una hija, esa fue la garantía que pusieron sobre la mesa para asegurar el silencio.

* * *

Y así acababa una carta que me trajo más dudas que respuestas. La dejé sobre la mesa para que mi hermano pudiera leerla y me senté en el sofá, en el mismo que sentí miedo tantos años atrás.

Allí volví a recordar aquel momento frente a la chimenea. Volví a recordar sus palabras: «El premio lo elegís vosotros..., pero no será un premio inmediato, será un premio para el resto de vuestras vidas».

Apenas teníamos diez y doce años, éramos dos niños que tenían que contestar una pregunta para la que nadie les había preparado. Tardamos en reaccionar, los dos nos miramos sin saber qué decir. Durante minutos estuvimos en silencio hasta que mi hermano se levantó, se acercó a él y le contó su deseo. Un deseo que escuché.

Quizás porque el silencio era demasiado intenso, quizás porque con los nervios habló demasiado alto, quizás porque me fijé en sus labios, pero lo escuché: «Quiero ser rico, tener dinero, mucho dinero».

Ese fue su deseo y no hay duda de que lo consiguió a pesar de no acabar el juego. Nuestro padre siempre nos inculcó desde pequeños la necesidad de tener una empresa, de comprar y vender productos para generar beneficios, de comerciar con cualquier cosa, y en eso mi hermano siempre fue un alumno aventajado.

Yo fui distinta en ese aspecto: mientras él coleccionaba monedas yo intentaba coleccionar momentos; mientras él compraba y vendía objetos yo jugaba a otras cosas...

Estuve observándolo mientras leía, mientras sus ojos se movían a un lado y a otro del papel.

Cuando finalizó me acerqué a la mesa, junto a él.

Ambos miramos dentro de la caja: había una llave de color morado y un billete de un dólar con un nombre escrito en una de sus esquinas: Oliver Wokz

Aunque, poco a poco, el juego de las llaves fue modernizándose y en cada edición se iban utilizando tecnologías más modernas, la versión original era muy sencilla: se comenzaba con dos llaves y después se iban descubriendo más llaves y pistas. Estábamos jugando a la primera versión, la original, la que nuestro padre quiso experimentar con nosotros por primera vez.

Y aquel día, de nuevo en aquella cabaña, de nuevo con mi hermano, comenzó el juego que me cambió la vida.

* * *

El despegue

Diez, nueve, ocho...

Y el mundo entero contuvo la respiración.

Se habían realizado numerosos ensayos, se habían enviado varios cohetes con todo el material necesario y, por supuesto, tras tener todas las garantías posibles, se había lanzado con éxito la expedición Centinel con los tres astronautas. Pero aun así, a pesar de lo controlado que estaba todo, siempre había algo que podía salir mal, era la primera vez que se lanzaba un cohete con capacidad para tantas personas.

Ese temor, el de un fallo inesperado, fue la razón por la que no hubo publicidad durante el despegue, ninguna empresa quería ser recordada como la que patrocinó la muerte de los ocho elegidos.

Siete, seis, cinco, cuatro...

Silencio mundial.

Tres, dos, uno...

Un terrible estruendo.

Y el cohete despegó.

Y con él, los ocho elegidos encargados de convertir a la humanidad en una especie interplanetaria.

Las cámaras ubicadas en la Tierra perseguían la estela del cohete, que, de momento, mantenía su rumbo sin problema.

Pasados unos cuantos segundos, la tensión acumulada derivó en una alegría colectiva que atravesó todo el planeta: abrazos, sonrisas, lágrimas, llamadas, mensajes que saturaban las redes sociales... La felicidad lo inundó todo.

Cuando las cámaras de la base comenzaron a perder la imagen se conectaron las que llevaba el propio cohete, las situadas en el interior de la cabina y en los cascos de los ocho elegidos.

Unas cámaras que captaron los últimos segundos antes del despegue y también los primeros tras el mismo. Rostros de preocupación y de pánico, ojos cerrados para no ser testigos del futuro inmediato, mandíbulas que se apretaban hasta morderse, puños agarrotados... Gestos de miedo que dieron paso al alivio, a la emoción y a las lágrimas cuando los tripulantes del cohete se dieron cuenta de que, tras el estruendo, continuaban vivos.

Ya no había marcha atrás, se había acabado el tiempo para arrepentirse, se alejaban de un lugar que los había visto nacer pero que no los vería morir.

Quedaban ahora seis meses de travesía, seis meses de difícil convivencia entre ocho personas que, a pesar de haber estado juntas durante un tiempo, no se conocían de nada.

Los organizadores, los sociólogos y los psicólogos habían advertido de que, pasados el compañerismo y la ilusión iniciales, llegarían los pequeños conflictos, seguramente no tan graves como para abortar la misión pero lo bastante importantes como para influir en las relaciones posteriores entre los integrantes.

Por supuesto, también serían lo suficientemente intensos como para captar el interés de la audiencia.

La audiencia, eso era lo importante. A partir de ese momento la organización debía hacer lo imposible para que ocurrieran cosas interesantes durante el trayecto, de lo contrario sabía que perdería a muchos espectadores.

* * *

Tres hombres, situados en tres ubicaciones distintas del planeta, siguen con atención todo lo que está ocurriendo a través de un canal privado de televisión. No les importa especialmente el lanzamiento sino la repercusión de todo ello en las redes sociales.

Cuentan con un reducido equipo de personas —la mayoría *hackers*— altamente preparadas y controladas que, a partir de ese momento, van a estar vigilando internet para censurar al instante cualquier comentario o noticia sobre el proyecto que resulte inconveniente. Tienen autorización para eliminar la publicación e incluso al usuario responsable de la misma. Y si finalmente fuera necesario, también tienen preparados a individuos especializados en eliminar a la persona real que está detrás del usuario: hay demasiado dinero en juego.

Van pasando los minutos y, de momento, no ocurre nada extraño, todo va según lo previsto. Saben que la tercera parte del proyecto —la más delicada— puede continuar adelante. Cuanto más dinero entre, más podrán ampliar la lista y más posibilidades habrá de que todo tenga un sentido.

Tres hombres que llevan un anillo especial, único, irrepetible e infalsificable. Un anillo con un código en su interior cuyo valor es el de una vida.

Tres hombres que se tienen tanto aprecio como miedo, por eso han puesto como garantía lo que más quieren en su vida: a sus hijas.

El principal problema ahora mismo es que uno de ellos ha querido introducir esa garantía en el concurso.

Y eso puede acabar con todo.

* * *

—Oliver Wokz, ¿te suena de algo? —le pregunté a mi hermano.

—¿Wokz? No es un apellido corriente. Creo que lo he oído alguna vez, pero no recuerdo dónde.

—Supongo que habrá que mirar en internet, a ver si sale algo —le dije mientras escribía el nombre en el móvil.

Pese a hacer varias búsquedas en diferentes directorios personales, redes sociales y grupos no pude encontrar ninguna coincidencia importante.

—Qué extraño, hay muchos resultados distintos con partes del nombre por separado, pero con el nombre completo nada —comenté mientras continuaba intentándolo con otras combinaciones.

Mi hermano sacó un pequeño ordenador portátil de su mochila y se sentó en el sofá.

—Espera, voy a probar en los otros buscadores —me dijo.

—¿Tienes acceso? —Y en cuanto le hice la pregunta me di cuenta del poco sentido de la misma, por supuesto que él tenía acceso, solo hacía falta dinero, mucho dinero.

Google se había establecido como el buscador genérico más importante, sin embargo, si uno quería encontrar información especial, no era el más efectivo. Había otros más precisos, más ocultos y, por supuesto, mucho más caros: los bancarios. Los principales eran los de las empresas de pagos electrónicos, totalmente ilegales pero muy útiles.

En una época en la que el pago en efectivo era prácticamente inexistente, en la que la inmensa mayoría de las transacciones se hacían con tarjeta o medios de pago electrónico, las grandes corporaciones bancarias se habían aliado para crear buscadores que te permitían saber en qué utilizaba el dinero cada persona. Podías averiguar dónde gastaba cada dólar, a qué hora lo hacía, a cuánto ascendían sus deudas, cuáles eran sus gustos musicales, su comida favorita o la última película que había visto, e incluso con qué prostituta se había acostado.

Eran, por supuesto, buscadores prohibidos por las leyes, por eso la licencia para su uso no estaba al alcance de cualquiera, pero sí de mi hermano.

De vez en cuando, para algún caso determinado, la policía recurría a ellos. Los periodistas también podíamos comprar en el mercado negro una clave limitada para dos o tres días. Era arriesgado porque, según la legislación, una prueba obtenida con ese tipo de buscadores se consideraba nula en un juicio y podía traer consigo sanciones económicas e incluso penales.

Pero mi hermano seguro que tenía licencia de uso sin restricciones: la magia del dinero.

Se puso unos cascos y comenzó a teclear en el ordenador.

Lo miré durante unos instantes, observé su rostro, sus ojos incrustados en la pantalla. Decidí dejarlo solo y salir de la cabaña.

Allí, en medio de la nada, miré alrededor y me apreté sobre mí misma, encogida entre el frío.

Me apoyé en la puerta y volví a pensar en nuestra nueva relación, otra vez juntos, como si todo ese tiempo no hubiera pasado. Como si todos los «algún día lo llamaré», «por qué no me llama él» o «los dos debimos hacer algo», ya no tuvieran ningún sentido.

Hacía frío.

A los pocos minutos volví a entrar en la cabaña.

—¿Has encontrado algo? —le pregunté mientras me sentaba en el sofá, a su lado, pero a unos años de distancia.

—No, y es raro, muy raro. Debería estar aquí, debería aparecer. He probado incluso con los buscadores de las plataformas de criptomonedas, pero nada...

—¿Y eso qué significa?

—Pues puede significar tres cosas: la primera, que la persona no existe, algo que voy a descartar porque no tendría sentido, así que nos vamos a centrar en las otras dos opciones —me dijo mientras se acercaba inconscientemente a mí—. Una es que esta persona viva en un país donde no esté tan extendido el pago electrónico, pero eso nos limitaría a algunas zonas aisladas de Asia o África. En el resto del mundo sería complicado vivir sin pagar con dinero electrónico. Y la última opción sería que...

—¿Qué esté muerto? —le pregunté

—No, no, los muertos están también aquí. ¿Quién sabe si algún día necesitaremos resucitar sus movimientos? —me dijo sin alterar su rostro—. La última opción es que sea un niño.

* * *

Los seis meses de viaje se hicieron eternos, tanto para los elegidos como para una organización que no sabía muy bien cómo conseguir que la audiencia no abandonara el programa. Los primeros días todo era nuevo: la comida, la forma de ingerirla, el hecho de ir al servicio, lavarse los dientes, colocarse para dormir... todo era visto con una ilusión desmedida. Pero poco a poco esta novedad fue desapareciendo, y llegó el momento en el que ver a ocho personas sin prácticamente nada que hacer en un espacio tan pequeño no era en absoluto divertido, aunque esas personas estuvieran logrando un hito histórico.

Afortunadamente el ser humano es capaz de generar conflictos allí donde va, y con el paso de las semanas comenzaron los desencuentros. Cualquier pequeña manía en un espacio tan reducido como el de aquella nave podía convertirse en un drama: alguien que no coloca algo en el lugar correspondiente, alguien que ha comido más de lo establecido, el hecho de no respetar algún turno...

Pero no hay nada como el amor para generar conflicto y

audiencia. La organización daba por hecho que, con cuatro hombres y cuatro mujeres compartiendo un espacio tan pequeño, pronto surgiría el amor, o al menos la atracción física. Y, por supuesto, sabían que con el amor llegarían los celos. Con ese cóctel, los conflictos estaban asegurados.

Y ocurrió. Durante el viaje dos de los elegidos comenzaron a sentirse atraídos el uno por el otro. Al principio fueron pequeños susurros que las cámaras de vez en cuando captaban, suaves caricias al pasar uno junto al otro, un abrazo inesperado sin aparente sentido, contactos visuales... algo que, quizás allí, en el interior de la nave, podía pasar más desapercibidos pero que las redes sociales se encargaban de exagerar.

Desde la organización se intentó calentar el ambiente, repitiendo cada imagen de afecto hasta la saciedad, en cámara lenta, con música, y claro, aquello fue animando también a la audiencia y, por supuesto, a los anunciantes.

Como ejemplo, se emitió un programa donde se explicaban las distintas posibilidades de practicar sexo en órbita. Se habían hecho varios experimentos en algún viaje anterior, concluyendo que solo había cuatro posiciones sexuales posibles sin utilizar cinturones o algún tipo de anclaje. Se hicieron simulacros con muñecos que divertían a la audiencia y, en las redes sociales, se animaba a los elegidos a ponerlas en práctica.

Varios canales porno de internet aprovecharon el tirón y filmaron multitud de escenas simulando relaciones en el espacio. Uno de esos canales, el más visto por los niños de entre nueve y doce años, hizo una película porno completa con ocho adolescentes muy parecidos a los candidatos.

Y por fin llegó el primer beso.

Las redes sociales, como si se tratara de un ente con vida

propia, consiguieron que las imágenes recorrieran en apenas unos segundos todo el mundo.

Fue un beso breve, casi sin querer, de los que se dan por si acaso, de los capaces de arrastrar el sabor de la incertidumbre, pero un beso al fin y al cabo.

Aquellas imágenes pasaron rápidamente de dispositivo a dispositivo y, en apenas unos segundos, había muy poca gente en la Tierra que no supiera lo que había pasado.

Las redes sociales se llenaron de vídeos de felicitación, palabras bonitas, corazones, flores... Se llenaron de azúcar y miel... felicitaban a los dos protagonistas del primer beso en órbita.

«Ojalá sea el comienzo de algo muy maravilloso», «Qué preciosidad», «Qué bonito», «Esto es amor», «Felicidades», «Ohhh», «Me encanta», «Sois la pareja perfecta»... El problema vino cuando, a los pocos días, la misma escena se repitió pero con un protagonista masculino diferente.

* * *

—¿Un niño?

—Sí, la tercera opción es que sea un niño, pero un niño pequeño, seguramente por debajo de los ocho o nueve años que, extrañamente, aún no esté en redes sociales...

—¿Y el colegio?

—Se explicaría si viviera en una ciudad pequeña, si fuera a un colegio que todavía no estuviera centralizado.

—¿Y ahora qué?

—Voy a buscar su apellido, es un apellido extraño, no habrá demasiados.

Pero los había.

—Nada, esto puede ser como buscar en un desierto, hay muchos, debe haber otra opción...

—El billete, siempre hay otra pista —le dije.

—Sí, el billete, es verdad, no hemos pensado en eso... Pero ¿qué significa el billete?

—Dinero, aunque es poco dinero, solo un dólar. No sé, es posible que sea de algún concurso, de alguien que ganó poco dinero... Pero ¿un niño?

—Déjame que piense. Un niño y un billete de un dólar.

Estuvimos así bastante tiempo, bloqueados. Yo continué investigando por los cauces normales, pero no llegaba a ningún lugar. Busqué también en las principales redes sociales para niños, pero no aparecía en ninguna, eso significaba que o tenía menos de siete años o por alguna razón no se había registrado con su nombre, pues de lo contrario ya estaría en *kidnety*, la red social para niños más importante del mundo.

Mi hermano estuvo observando durante un buen rato el billete por si tenía algo especial. Lo miró al trasluz, buscó la numeración en internet, pero nada.

—No sé, es un dólar, un dólar normal y corriente. Un niño y un dólar —comentó.

—¿Qué relación hay entre un niño y el dinero? ¿Cómo puede ganar un niño dinero? —le pregunté.

En ese momento mi hermano se giró hacia mí.

—Repite eso.

—¿El qué? ¿Lo de la relación de un niño y el dinero? No sé, estaba pensando en cómo podría ganar un niño dinero.

—Eso es, eso es, seguro que es eso.

—No te entiendo.

—Sí que hay una forma de que un niño gane dinero, y más en nuestra empresa. Claro, ¿cómo no lo he pensado antes?

Mi hermano cogió de nuevo el ordenador y comenzó a teclear.

* * *

Mientras ocho personas continúan encerradas en una nave, uno de los tres hombres fundadores del proyecto, el que más dinero ha aportado y propietario de la empresa más importante del mundo, acaba de enviar un mensaje a la estación Centinel de Marte.

Estimado capitán Marcus Z. N., aquí William Miller.

Hemos visto en las gráficas que han tenido una tormenta reciente. ¿Implica esto alguna desviación en los plazos?

Sobre las pruebas con las plantas, esperamos que todo evolucione favorablemente y hayan podido resolver los problemas. Es una unidad básica para poder mantener la alimentación de toda la colonia.

Coménteme también la evolución de los sistemas de oxígeno.

Con respecto a la financiación, de momento aquí no hay problema, continúen anotando el material necesario para la próxima misión.

Quedamos a la espera de respuesta.

W. M.

A los treinta minutos aproximadamente se recibe la respuesta desde Marte.

Estimado William:

Sí, han sido dos días totalmente perdidos, no teníamos visibilidad y los robots no podían hacer su trabajo debido a la acumulación de arena. Una vez revisados los daños, estos no han sido importantes, por lo que no habrá un retraso considerable.

Los sistemas de oxigenación funcionan perfectamente.

Donde tenemos dificultades es en la unidad de crecimiento, las plantas se mueren. Aún no sabemos la razón, en teoría todo es correcto, pero debe de haber algún parámetro erróneo. Duran unos días pero se mueren. Continuamos con las pruebas.

La comida es suficiente, la vamos racionando, tenemos la esperanza de solucionar cuanto antes el problema.

Y sí, vamos añadiendo todo lo que consideramos necesario a la lista.

Aprovechamos este mensaje para preguntarle por lo de nuestras familias.

Atentamente, se despide el capitán Marcus Z. N.

Después de recibir el mensaje desde Marte, el hombre más rico del mundo vuelve a escribir.

Los nombres que me disteis ya están dentro. Todos han recibido el anillo y, por lo que hemos podido ver, todos lo han registrado. Una promesa es una promesa.

W. M.

Y cuando este mensaje llega a Marte, los tres astronautas

se quedan tranquilos, no les hace falta ningún papel, la palabra de ese hombre es mucho más importante que cualquier contrato. Si lo ha prometido, lo cumplirá.

* * *

Y en el instante en que Miss le da un beso eterno al Jardinero en una estancia casi escondida, las mismas redes que días antes le habían deseado lo mejor con Manitas comienzan a generar odio sobre una mujer que ha besado a dos personas distintas.

Pero las redes juzgan y sentencian, son un organismo vivo que lo controla todo. #PutaMiss, #CuernosMiss y #GuarraMiss acompañan a los mensajes que, en unos minutos, llegarán también a los dispositivos de los ocho elegidos. Y con los mensajes llegará el conflicto, justo lo que la organización necesita para remontar la audiencia.

Aunque no hubo ningún tipo de enfrentamiento físico, a partir de ese momento la relación entre los dos hombres se enfrió de tal forma que dejaron de hablarse.

La tensión fue aumentando con el paso de los días de tal modo que llegó un momento en el que Miss tuvo que intervenir. Fue una mañana, después del desayuno. Se dirigió a todos.

—Solo han sido besos, nada más. Llevamos aquí muchos días juntos, pero también solos, a veces necesito un poco de contacto. Y me gustáis los dos... Hay concursos en la Tierra donde una puede acostarse con varios candidatos antes de elegir y ahora me estáis juzgando por unos besos. Esto no es la Tierra, no creo que nadie me tenga que decir lo que puedo o no puedo hacer.

En ese momento miró a la cámara directamente y dijo lo que nadie se había atrevido a decir.

—Y a vosotros, a los de las redes sociales, ¡que os jodan! ¡Que os jodan a todos! —gritó mientras mostraba el dedo.

Se hizo el silencio.

Miss había conseguido callar, aunque fuera por unos segundos, a las redes sociales. Evidentemente no tardaron en revelarse, como esa serpiente que solo sabe morder, concentrando todo su odio en ella a través de memes, imágenes e insultos.

A partir de entonces, aunque los dos pretendientes simularon entender las explicaciones de Miss, comenzó una competición entre ambos: estaban dispuestos a sacar sus armas para seducir a una de las mujeres más atractivas del mundo.

Y aunque uno no podía conocer en todo momento lo que hacía el otro, al menos no en directo, sabían que con unos minutos de retraso las redes sociales actuarían de alcahueta moderna y les contarían todo. Habían asumido que verían la realidad a través de los ojos de los demás.

Durante los siguientes días se mantuvo un ambiente de calma tensa entre ambos, apenas se hablaban e intentaban evitar el contacto, algo que en una estancia tan pequeña era realmente complicado.

El resto de los participantes aprovechaban las horas muertas para saber más unos de los otros; al fin y al cabo, eran las personas con las que iban a compartir el resto de sus vidas.

Muchas de las preguntas que se hacían eran sobre su pasado, ese que un día decidieron dejar aparcado para vivir una aventura sin retorno. ¿En qué trabajabas? ¿Qué habías estudiado? ¿Cómo se tomó tu familia el hecho de que quisieras venir? ¿Tenías pareja?

Hablaban de sus relaciones anteriores, de su infancia, de sus preocupaciones. Y, por supuesto, a menudo hablaban de las razones que los habían llevado a abandonar la Tierra, razones que en muchos casos eran demasiado confusas.

Con el paso del tiempo se fueron acostumbrando a las cámaras que los rodeaban, tanto que llegaron a no verlas. Eso hizo que en numerosas ocasiones dijeran cosas de las que después se arrepentían: pequeños secretos, opiniones negativas sobre otros concursantes que en minutos se replicaban en las redes sociales y llegaban al afectado. Todo aquello generaba nuevos conflictos, y audiencia.

Debían acostumbrarse a que allí los secretos solo existían si uno no verbalizaba sus pensamientos.

Fue Frank, el pediatra, quien, un día, en uno de esos momentos bajos que todos tenían periódicamente, se olvidó de las cámaras e hizo una confesión extraña. Era ya tarde, prácticamente todo el mundo estaba durmiendo cuando la Doctora y Frank se quedaron a solas mirando a través del cristal como el universo se los comía.

—¿Y tú por qué decidiste dejar la Tierra? Lo tenías todo allí. En realidad, creo que eres una de las personas más perfectas que conozco: joven, guapo, simpático, con un bonito trabajo de pediatra... —le preguntó la Doctora.

Y su respuesta hizo que estallaran las redes.

* * *

—¿A qué te refieres? —le pregunté a mi hermano.

—¡A la contabilidad! La contabilidad de la empresa. Niños con dinero, seguro que es eso. Además, ya decía yo que me sonaba el nombre.

Yo lo miraba sin saber muy bien de qué estaba hablando mientras él me indicaba con la mano que esperara. Continuó con el ordenador mientras yo me quedaba allí, a su lado, en el mismo sofá que habíamos compartido años antes, mirando una chimenea que no estaba encendida, intentando averiguar por dónde se me había escapado el cariño.

Pasaron apenas unos minutos.

—¡Lo tengo! —exclamó.

—¿Qué?

—Ya decía yo que me sonaba. A ver, es imposible consultar todas las transacciones de la empresa en un momento, pero hay algunas que son recurrentes, año tras año, por eso me sonaba el apellido.

—¿Ingresos recurrentes?

—Sí, verás, la empresa tiene a varias personas, la mayoría

actores amateurs, para poder llamarlos en caso de que haga falta un nuevo concursante o algún testigo falso, a veces incluso para noticias que nos inventábamos.

Continué mirándolo mientras me lo explicaba, y allí, en la ilusión de sus ojos volví a ver mi infancia.

—Es complicado que ocurran siempre tantas cosas como parece. Por ejemplo, imagina que un perro muerde a una mujer y le amputan el brazo. Ese mismo día estábamos buscando a actores y a perros parecidos para inventarnos una noticia de que otro perro había mordido a otra persona, con más rabia, delante de sus hijos, en el parque..., lo que fuera. Lo que queríamos era quitar la audiencia de la noticia real y desviarla a nosotros. En otras ocasiones podíamos hacer un programa especial de personas a las que les hubiera mordido su perro. Entonces tirábamos de muchos actores. Pues bien, a todos esos actores los teníamos en plantilla por si acaso, y a algunos les pagamos algo mensualmente para que estuvieran siempre preparados.

—Como una tarifa plana de personas...

—Así es... —Se quedó unos instantes en silencio—. Y he encontrado el apellido... Y solo hay uno, por lo que no hay duda, pero hay dos cosas extrañas.

—¿Qué?

—Lo primero es la cantidad. Es alta, muy alta: se le pasan mensualmente 2.000 dólares. Algo muy raro, demasiado dinero solo para tener a alguien en plantilla.

—¿Y lo segundo?

—¿Ves este código aquí? Este M18 significa que se paga a la madre o padre, o responsable legal, pero el dinero en realidad va para un menor. Y esto me confirma que es un niño, y claro, si ya me parecía mucho para un adulto, para un niño me

parece desproporcionado, sobre todo porque casi nunca tra-
bajábamos con menores, demasiados problemas legales.

Nos quedamos durante unos segundos en silencio.

—Pero lo más curioso de todo es dónde vive el niño —me
dijo.

* * *

Quizás fue la emoción por estar viviendo aquella experiencia lo que hizo que el pediatra olvidase que estaba rodeado de cámaras.

—Es cierto, en realidad no estaba tan mal. Podríamos decir que lo tenía todo, casi todo. Mi único problema es que tenía una enfermedad —confesó.

—¿Qué? —exclamó sorprendida la Doctora—. ¿Una enfermedad?

—Sí... —contestó él sin apenas levantar la voz.

—Pero ¿cómo que tenías? ¿Ya no la tienes?

—Bueno, sí la tengo, pero aquí no me afecta, solo era peligrosa allí, en la Tierra. Aquí no tiene ninguna importancia, podría decir que ahora estoy curado. —Intentó sonreír.

—Pero... no entiendo. ¿No te la detectaron en el proceso de selección? Nos hicieron pruebas de todo tipo.

—Es una enfermedad indetectable en ese tipo de pruebas, no es algo que se pueda ver a simple vista, es mucho más complicado...

Y de pronto pareció que Frank regresara a la realidad y volviera a ser consciente de que había un abanico de ojos y oídos a su alrededor. Se había dado cuenta de que sus palabras habían ido más lejos de lo que hubieran querido llegar sus pensamientos.

En lo primero que pensó fue en las redes sociales: lo iban a crucificar a preguntas.

—Nada, olvídalo, es una tontería... Olvídalo.

—Pero ¿tú estás bien? —preguntó la Doctora.

—Mejor que nunca —contestó sonriendo Frank mientras, en su interior, buscaba un botiquín para sus sentimientos.

En cuanto la conversación llegó a la Tierra, las muestras de apoyo a Frank inundaron las redes. Esa confesión, esa dulzura de sus palabras, esas lágrimas que no llegaron a salir pero que todos vieron... todo aquello afectó a una audiencia que tenía demasiadas preguntas para tan pocas respuestas.

El pasar de los días no disminuyó la presión sobre un Frank que no sabía cómo salir de aquello. Finalmente decidió inventarse una respuesta. Una noche, después de la cena, en la pequeña tertulia que a veces se formaba antes de ir a dormir, comentó que era una especie de problema psicológico: agorafobia; le entraba mucha ansiedad cuando se enfrentaba a los espacios abiertos, algo que, afortunadamente no le iba a ocurrir en Marte.

Y aquella mentira funcionó, calmó a sus compañeros y, sobre todo, a unas redes que no dejaban de acosarlo.

Y se sucedieron los días, y después las semanas. Y poco a poco aquel tema se fue enterrando entre el resto de declaraciones de sus compañeros: al fin y al cabo todos tenían secretos.

Manitas confesó que había cometido varios delitos en su

juventud, que había tenido que robar en alguna ocasión, que su familia nunca se preocupó de él, que estuvo años viviendo en una casa donde nadie le hacía caso. Confesó también, entre lágrimas, que en uno de esos robos sin importancia un hombre murió, que no lo mató él, que fue un accidente... Y se le perdonó, quizás porque parecía arrepentido, quizás porque lo dijo llorando, quizás porque el hombre que murió era demasiado viejo y él demasiado guapo...

La Doctora no tenía mucho que ocultar, la mayor parte de su vida la había dedicado a los demás. Era la que, desde el bando correcto, más veces había visto la parte oscura del ser humano, esa que siempre vemos demasiado lejos.

Andrea apenas hablaba, sus conversaciones consistían en unir monosílabos con gestos. «Sí, no, ya...» era su abecedario; el ordenador que llevaba con ella, su mundo. Nadie sabía nada de su pasado, pero nadie le preguntó.

La vida de Veruca, en cambio, había sido pública desde su infancia, no podría haber ocultado un secreto ni aunque hubiera querido. Toda su existencia la había pasado caminando sobre la alfombra del éxito, no del suyo, sino del que vino prestado por nacer en aquella familia, cosas del destino.

Miss, a pesar de participar en casi todas las conversaciones, evitaba hablar sobre su pasado. Si le preguntaban directamente, se limitaba a dar las mismas respuestas que había comentado en el concurso.

El Militar argumentó que su vida pasada había sido una misión y por lo tanto le amparaba el secreto profesional. Aseguraba que cualquier información podía afectar a terceras personas y desvelarla era, además de injusto, totalmente ilegal.

La historia del Jardinero ya era conocida por todos, aun así, si de vez en cuando algún compañero sacaba el tema, él se limitaba a guardar silencio.

* * *

—¿Dónde vive? —le pregunté a mi hermano.

—En Aytenfort, ¿te suena?

—Pues no, la verdad es que no.

—Se nota que no eras muy seguidora del programa, seguro de que si le hiciéramos esta pregunta a cualquier fan te la contesta de inmediato. Es donde nació Frank.

—¿El pediatra?

—Sí, el mismo. Es curiosa la coincidencia. Creo que es una población pequeña, seguro que hay alguna conexión.

—¿Un hijo? —contesté.

Lo cierto es que durante el transcurso del programa se habían generado multitud de rumores sobre los concursantes, y uno de los que más fuerza tuvo es que alguno de los elegidos pudiera tener un hijo secreto en la Tierra, un niño que de ser público hubiera sido un lastre para su elección.

—Bueno, es posible —me dijo—, quizás no le convenía decirlo, no se hubiera visto con buenos ojos. De hecho, he estado mirando y las transferencias comenzaron en el mismo mes en el que formó parte de los treinta últimos elegidos. ¿Te imaginas que hubiera dejado un hijo en la Tierra?

—También podría ser algún familiar suyo. O algún paciente, ¿no era pediatra? Tal vez un niño con alguna enfermedad al que le hiciera falta el dinero.

—Bueno, parece que debemos ir a ver de qué se trata.

—¿A esa ciudad?

—Sí, supongo que sí, tenemos una llave que usar. Quizás allí esté la puerta, la caja o lo que sea que podamos abrir para continuar el juego. Además, no está demasiado lejos de aquí, son unas seis horas en coche.

—Nada... —le contesté intentando sonreír.

* * *

Conforme se acercaba el momento del aterrizaje se iba incrementando el nerviosismo entre los elegidos. Y no solo entre ellos, en la Tierra se notaba que algo grande estaba a punto de ocurrir.

Esa incertidumbre se veía reflejada en una audiencia que iba creciendo día a día. Aprovechando el momento la empresa publicó un concurso para continuar generando ingresos. Consistía en una votación mundial para decidir en qué orden iban a salir los ocho elegidos de la nave. A pesar de que no serían los primeros en llegar a Marte, pues tres astronautas ya lo habían hecho, sí serían los primeros civiles en hacerlo, y eso quedaría para la historia.

Las votaciones duraron casi un mes y los ingresos para la empresa fueron millonarios.

Por fin, cuando apenas quedaban tres días para el aterrizaje, se dio a conocer el resultado. Evidentemente, no se tuvo en cuenta al público, el orden lo decidieron los patrocinadores. La empresa que más dinero pagó fue una multinacional de ropa deportiva. Le interesaba que los primeros pies que pisaran Marte llevaran unas zapatillas de su marca.

La segunda empresa fue una corporación constructora que había decidido modificar el color del traje espacial de su elegido para que mostrara su logotipo en grande.

Y así, en el orden que imponía el dinero, iban a ir descendiendo todos los participantes.

En realidad, gracias a la manipulación de las redes sociales, la gente votó lo que finalmente salió, o viceversa. No fue necesario modificar los datos. De esta forma se evitaban protestas.

Conocer el resultado no fue algo que importara demasiado en la nave. La única que se sintió decepcionada fue Veruca al pensar que su padre no tenía tanta influencia como ella pensaba: se había hecho la ilusión de ser la primera en salir. Finalmente, para compensarlo, su padre llegó a un acuerdo con una empresa tecnológica para que ella fuera la primera en hacerse un selfi en Marte.

* * *

Fue un viaje largo, sobre todo en silencios. Allí estábamos dos hermanos que en el pasado lo fueron todo y que ahora apenas sabían de qué hablar.

Tras más de seis horas en las que nos fuimos alternando al volante, llegamos a la pequeña población. Paramos en la primera cafetería que encontramos para preguntar por aquel nombre del que tan poco sabíamos.

—¿Los Wokz? Sí, claro, es muy fácil —nos contestó el camarero—, solo tienen que seguir la calle principal hasta el final del pueblo, allí verán un pequeño parque y varias casas alrededor, la que más destaca es la suya.

—¿La que más destaca? —pregunté.

—Una blanca con la esperanza de ser una mansión. La reconoceréis porque tiene dos columnas doradas en la entrada —dijo sonriendo.

Nos quedamos en la barra tomándonos un café cuando, a los pocos minutos, se acercó un hombre que estaba a unos metros con su cerveza en la mano.

—Nadie sabe muy bien de dónde saca el dinero esa bruja —nos susurró con un aliento que apestaba a alcohol.

—¿Quién es esa bruja? —pregunté.

—La madre, la madre... —Y bebió un trago—. De pronto, de un día para otro, se cambió de casa. Éramos vecinos, vivía justo a mi lado... Se compró también un coche, de los caros...

Cogió de nuevo el vaso y se lo bebió de golpe. Lo dejó vacío sobre la barra y continuó.

—Nadie sabe muy bien de dónde ha salido el dinero. Ella dice que es de una herencia, pero yo no me lo creo, ahí hay algo más. Esa furcia esconde algo.

—Ya está bien —le dijo el camarero mientras limpiaba el líquido que había derramado—. No le hagan caso, está borracho, como casi todos los días.

El hombre se alejó y se situó al final de la barra sin dejar de mirarnos. No volvió a hablar.

Pagamos el café y salimos.

—¿A qué ha venido eso? —me preguntó mi hermano.

—Parece que esa mujer no tiene muy buena fama...

Subimos al coche y continuamos hacia el final de la calle. Tal y como había dicho el camarero, la casa se distinguía perfectamente: grande, blanca, con dos columnas doradas, justo al lado del parque. Una pequeña mansión comparada con el resto de viviendas del pueblo, pero seguramente hubiera sido la casa más pequeña en una zona cara de cualquier gran ciudad.

—Bueno, ¿y ahora qué? —me preguntó mi hermano.

—Buscaremos la siguiente llave, de eso se trata, ¿no?

Nos acercamos a la entrada y llamamos al timbre.

A los pocos segundos nos abrió una mujer.

—Buenos días, ¿en qué puedo ayudarles?

—Buenos días —le contesté—. Estamos buscando a la señora Wokz.

—La señora no quiere visitas a estas horas, lo siento. Si quieren darme su tarjeta, les llamará después.

—Dígale que hemos venido de muy lejos para hablar con ella, solo serán unos minutos —insistí.

—Lo siento, ya les he dicho que no puede salir.

—Perfecto —la interrumpí—, dígale que venimos a cancelar sus transferencias periódicas, esas que pagan esta casa, sus gastos y supongo que a usted.

En ese momento mi hermano se quedó mirándome sorprendido. La mujer nos cerró la puerta y bajamos las escaleras en dirección a la calle.

Antes de que pudiéramos llegar al coche escuchamos cómo se abría de nuevo la puerta.

—¡Perdonen, perdonen ustedes! —gritó desde el portal—. Disculpen, es que a veces los vecinos son muy molestos y mi señora prefiere no tener que hablar con ellos directamente.

Nos miramos y sonreímos. Aquella fue la primera gran sonrisa que nos regalamos desde hacía demasiados años. Entramos al salón principal y de allí, a una pequeña sala.

—Hola —nos saludó una mujer de mediana edad desde el sofá sin ocultar su cara de sorpresa—. Ustedes... ustedes son sus hijos, ¿verdad?

—Sí, así es —contestó mi hermano.

—Es un placer tenerlos aquí. Siento mucho lo de antes, hay tantas visitas desagradables, gente vendiendo cosas, gente pidiendo dinero, gente que molesta...

Nos sentamos frente a ella.

—Siento también lo de su padre, qué duro...

—Gracias —le respondió mi hermano—. Justamente veníamos por eso. Ahora me he quedado yo al mando de todas las cuentas —mintió— y estoy revisando los pagos, los contratos... Ya me entiende. Y he visto que hay unas transferencias mensuales a nombre de Oliver Wokz.

—Sí, es mi hijo, mi pequeño.

—Como le comentaba, estoy revisando los gastos y me gustaría saber a qué se deben esos pagos.

La mujer se puso nerviosa.

—Bueno..., firmé un contrato con su padre, por si algún día necesitaba a un niño como él para algún anuncio, algún programa... Pero ya han venido muchas veces inspecciones de hacienda y todo está correcto. Pago mis impuestos, todo es legal, tengo todo el papeleo...

—Sí, sí, de eso no nos cabe ninguna duda, pero según me consta, su hijo no ha aparecido nunca en ningún programa, sigo sin entender por qué continúa recibiendo ese dinero.

—No lo sé, su padre nos lo ofreció, de hecho fue él mismo quien vino aquí para firmar el contrato.

—¿Mi padre? ¿Vino mi padre aquí? —preguntó mi hermano sorprendido.

Nos miramos, nos dimos cuenta de que allí había algo extraño. Nuestro padre no era de los que iba de visita a las casas particulares. Aquel niño debía de ser mucho más importante de lo que pensábamos.

—Sí, su padre vino aquí y firmamos el contrato, y me hizo prometer que quedaría entre nosotros, que nunca desvelaría nada del mismo —insistía la mujer.

—Mi padre era mi padre, pero yo necesito saber la verdad, de lo contrario tendré que cancelarlo todo.

Vimos como a la mujer comenzó a temblarle un párpado.

—Está bien..., pero no es fácil lo que voy a contarles.

* * *

La nave comenzó a perder velocidad mientras la audiencia aumentaba. No había hogar que en ese momento no estuviera ante una pantalla observando lo que era ya parte de la historia.

Se había comentado que uno de los principales problemas de la misión era que aterrizaran demasiado lejos de Centinel, por lo que un error de cálculo podía hacer que todo el proyecto fracasara.

Poco a poco la nave se fue colocando en posición vertical para poder descender sobre el planeta rojo.

Comenzó la cuenta atrás. La audiencia era millonaria.

Gracias a unos sofisticados sistemas de frenado, la nave fue descendiendo lentamente hasta que se posaron sobre Marte y, tras un suspiro mundial, vino un aplauso interplanetario.

La gente comenzó a abrazarse, a reír, a llorar... En ese momento parecía que todo era posible: podíamos destrozar un planeta, el nuestro, pero también podíamos buscar otro. Acabábamos de dar un paso de gigante en la cultura del usar y tirar.

Las cámaras internas mostraban como poco a poco todos

los ocupantes se quitaban los anclajes de seguridad para, acto seguido, fundirse en un gran abrazo. Por un momento se olvidó cualquier roce entre ellos. Seguían con vida, y eso era lo importante. Entre gritos, los concursantes saludaron a una de las cámaras principales, la que estaba en contacto continuo con la Tierra.

Fue un simple «¡Hola!» que cuando, tras varios minutos de retraso, alcanzó la Tierra, desató la gran alegría.

El tiempo que se demoraba en llegar un mensaje desde Marte a la Tierra o viceversa dependía de varios factores, como la distancia que hubiera en cada momento entre ambos planetas, de si el Sol se interponía entre ellos o de la posición de los distintos satélites, pero de media era de unos seis o siete minutos de ida y lo mismo de vuelta.

—¡Hola, también desde aquí, desde la Tierra! —gritó el presentador—. No os imagináis lo que sentimos en este momento, lo orgullosos que estamos de todos vosotros.

—Todo ha salido bien, por fin habéis llegado. Estáis lejos en cuanto a distancia, pero muy cerca en nuestros corazones —añadió la presentadora—. Nos informan de que habéis aterrizado a unos pocos metros del lugar previsto, pero el error ha sido mínimo. Ya ha salido el Rover desde Centinel para daros la bienvenida.

Cuando llegaron las nuevas imágenes se pudo ver como el Rover se detenía frente a la nave y de él bajaban dos astronautas que abrieron la puerta y accedieron al interior para abrazar a los ocho nuevos habitantes de Marte.

Tras los saludos de rigor, las preguntas, las risas y los comentarios, llegó la hora de colocarse los trajes para salir al exterior.

—¿Estáis preparados? —les preguntó la única mujer astronauta.

—Sí —gritaron todos al unísono.

La primera en salir fue Miss y la cámara enfocó sus pies. Justo en el instante que Miss pisaba Marte, ese nuevo modelo de zapatillas se puso a la venta a nivel mundial. En unos minutos la web se colapsó con pedidos. Ese mismo día, por la noche, se supo que había sido la zapatilla más vendida de la historia en un solo día. La inversión de la empresa había merecido la pena.

El segundo en salir fue Manitas. Tal y como estaba acordado, llevaba un traje de color naranja, distinto al resto, con el logotipo de una de las empresas más importantes del mundo en el pecho.

Y en tercer lugar apareció Frank. Sacó un biberón y simuló beber de él a través del casco. Un biberón creado para ese momento, con un diseño innovador, de un material totalmente nuevo. Fue un éxito de ventas.

* * *

Desde el momento en que se ha iniciado el aterrizaje, varias personas situadas en diversas partes del mundo se coordinan para vigilar internet. Están ahí para eliminar cualquier imagen o comentario inadecuado.

Por ahora, los organizadores pueden respirar tranquilos, todo transcurre con la normalidad esperada, no hay nada que censurar, al menos de momento.

No obstante, los centros de control 1 y 2 están preparados para lo que pueda pasar.

* * *

—No sé cómo empezar... Este es un pueblo pequeño y Frank era el único pediatra, alguien muy querido. Era guapo y simpático, y casi siempre acertaba en sus diagnósticos. La verdad es que no puedo decir otra cosa en ese aspecto... —Se quedó en silencio.

—¿Pero? —le pregunté.

—Bueno..., verán... —se detuvo unos instantes—, también se decía que tocaba demasiado a los niños.

Mi hermano y yo nos miramos sin decir nada.

—En realidad no había ninguna prueba, todo eran rumores: que si a veces los desnudaba sin necesidad, si los acariciaba... Cosas así, pero nadie podía probar nada.

Se quedó en silencio de nuevo.

—Un día mi hijo se puso enfermo: comenzó a subirle la fiebre rápidamente, le temblaba todo el cuerpo. Me asusté tanto que lo llamé para que viniera a casa.

»Frank me cogió el teléfono a la primera y me dijo que no me preocupara, que llegaría en unos minutos. Mientras lo esperaba se me ocurrió utilizar una cámara...

La mujer apartó la mirada.

—En cuanto llegó fuimos a la habitación de mi hijo y allí comenzó a auscultarlo, a tomarle la temperatura. Yo miré el móvil y le dije que tenía una llamada. Salí fuera, al jardín. Me coloqué a unos treinta metros de la casa, lo suficientemente lejos para que pudiera controlarme desde la ventana, así él podría actuar con libertad.

La mujer se detuvo de nuevo y dejó caer unas lágrimas por sus mejillas. Ni mi hermano ni yo fuimos capaces de decirle nada; dejamos que se desahogara. Continuó.

—Sí, sé que actué mal y me arrepiento, pero quería saber si era cierto, en realidad me convencí de que aquello podía ser bueno para todos. Me dije a mí misma que si Frank no hacía nada con mi niño, yo sería la primera en defenderlo ante cualquier acusación.

»Estuve dando vueltas por el césped del jardín, simulando que mantenía una conversación que nunca existió. A los cinco minutos más o menos volví hacia la casa.

»Entré de nuevo en la habitación y no noté nada extraño. Me explicó que no era grave, un virus que había atacado con más fuerza de lo normal. Me recetó unos medicamentos y poco más. Nos despedimos, y hasta ahí todo fue normal. El problema vino cuando revisé la grabación de la cámara.

* * *

Tras Frank las cámaras enfocan a Veruca, la siguiente en salir de la nave. Justo en el momento en que toca tierra saca un móvil, alarga un dispositivo especial que llevaba en el traje y se hace una foto: #primerselfiMarte. Aquella fue la imagen más compartida de la historia hasta ese momento en las redes sociales.

Tras ella salieron el resto de concursantes en dirección al Rover. Estuvieron circulando más o menos una hora con el vehículo por la superficie del planeta rojo hasta que llegaron a la colonia.

—Bueno, chicos —dijo la astronauta cuando ya todos estaban dentro—, bienvenidos a vuestra nueva casa.

—A nuestra casa para siempre —bromeó el Jardinero.

Y aquel *parasiempre* cayó como una losa en la mente de los elegidos. Nadie continuó la broma, ninguno de ellos dijo absolutamente nada. Había llegado el momento que más temían los psicólogos: acababan de darse cuenta de que aquello no era un juego.

Ya no volverían a escuchar el sonido de los pájaros en la

naturaleza; no saldrían a correr por el parque para sentir el aire fresco de la mañana; no regresarían cansados desde el trabajo en el interior de un vagón de metro... Tampoco podrían ir de compras a ningún centro comercial, ni tomarse la última cerveza con los amigos en el bar; ya no escucharían ese molesto tráfico al comenzar el día; ni se pondrían de mal humor al escuchar los ladridos del perro del vecino...

A partir de ese momento, ese *parasiempre* iba a consistir en apagar un despertador que sonaría igual todas las mañanas, en desayunar comida que jamás sabría a nada, en llevar la misma ropa de ayer. Ese *parasiempre* iba a consistir en prepararse cada día para no ir a ninguna parte.

* * *

—¿Qué grabó la cámara? —le pregunté.

—Al principio nada fuera de lo normal. Frank le hablaba a mi hijo y le pidió que se incorporase y se quitara la camiseta.

»Después la cámara captó a Frank mirando hacia la ventana, hacia mí. Se dio cuenta de que yo estaba lejos, de que podía actuar. Se mostró un poco más cariñoso hacia mi hijo; le dijo que se quitara también el pantalón y los calzoncillos. Y claro, un niño a esa edad obedece...

La mujer paró de hablar, sacó un pequeño pañuelo.

—Y así, con mi niño desnudo, comenzó a pasarle el aparato ese de escuchar los latidos por todo el cuerpo: por su pecho, por su espalda, por su tripita... hasta que llegó a su...

Silencio.

—Y después... después hizo lo mismo con los dedos.

Silencio.

—Al cabo de unos minutos, la cámara captó el cambio en su rostro cuando yo ya volvía hacia la casa. Le puso rápidamente los calzoncillos y los pantalones; lo dejó tumbado con el torso descubierto.

»Cuanto entré en la habitación todo era normal. Me dijo que le diera un medicamento, que no era grave, y se fue.

—Pero ¿no lo denunció? —le pregunté incrédula.

—No... Después de ver las imágenes no supe muy bien cómo reaccionar. Por una parte quería venganza; por otra, tenía vergüenza de que alguien se enterara, de que mi hijo fuera señalado. ¿Y si lo que había hecho era normal? ¿Y si solo estaba mirándole todas las partes del cuerpo?

—¿Con los dedos? —casi le grité.

—Sí, ya, pero a veces la mente intenta convencerte, justificar cualquier acción para que la verdad no parezca tan dura. No sé, estuve un tiempo dándole vueltas al asunto, era el único pediatra del pueblo, y aquí nos conocemos todos. Y fueron pasando los días.

—Hasta que apareció su nombre en la tele, ¿verdad? —intervine.

—Bueno, sí... Entonces me asusté, él estaba en aquel programa, yo tenía el vídeo... Todo fue muy confuso. Por una parte estaba dolida, muy dolida por lo que le había hecho a mi hijo, no sabía qué podía conseguir yendo a la policía.

—Y en lugar de denunciarlo prefirió decirlo al programa... —continué.

—Bueno, yo solo quería avisar...

—Claro, y cuando vio que Frank se convertía en uno de los favoritos del público, que las empresas habían firmado contratos millonarios, entonces empezó a tenerlo más claro —concluí, intentando contener la rabia.

—Bueno, fue entonces, no sé...

—Llegaron a un acuerdo, ¿verdad? Dinero por silencio —insistí.

La mujer no habló y con eso lo dijo todo.

—¿Y dónde quedó lo de la vergüenza, la rabia, el dolor, su pequeño? ¿Dónde?

La mujer tardó unos minutos en contestar.

—Cuando su padre vino a verme me aseguró que Frank estaba mejor allí arriba, que ya no podría hacer daño a otro niño, que no ganaba nada denunciándolo, que iba a ser muy complicado demostrar nada.

—Mi padre la convenció de que era mejor recibir un dinero mensual —añadí, levantándome del sofá.

La mujer se quedó en silencio.

Fue mi hermano el que, cogiéndome la mano, me indicó que me sentase de nuevo.

—Pero... por favor, por favor... Lo siento, igual no actué bien, intenté hacer lo mejor para mi hijo, lo mejor para él... Por favor, no me quiten las transferencias, vivimos de eso... Por favor...

—Bueno, no hemos venido aquí para juzgar su moral —la interrumpió mi hermano—, hemos venido porque necesitamos algo que todavía no hemos encontrado. Quizás si nos ayuda podamos olvidar esto y usted siga recibiendo el dinero.

—Sí, sí, claro, lo que ustedes quieran, lo que ustedes quieran —contestó la mujer.

—Verá, estamos jugando a un juego, al de las llaves, ¿lo recuerda?

La mujer afirmó con la cabeza.

—Bien, resulta que la última pista nos llevó aquí por alguna razón. Pensábamos que era algo relacionado con su hijo, por eso le hemos preguntado por él, pero parece que no estamos llegando a ningún sitio...

La mujer nos miraba en silencio.

—En realidad, lo que necesitamos saber es qué puede abrir esta llave —le dijo mi hermano mientras la dejaba sobre la mesa.

Justo cuando la mujer vio la llave le cambió la cara.

—Hay otra cosa que no les he dicho...

* * *

A pesar de que habían estado viviendo en un entorno similar, a pesar de que les habían repetido mil veces que no podrían regresar, a pesar de que los psicólogos los habían estado preparando para esa realidad... nadie puede imaginar el impacto que tiene dar por muerto el pasado.

En la Tierra, durante el tiempo de preparación siempre tuvieron la opción de abandonar el programa y volver a su vida anterior, de abrir la puerta, despedirse y regresar a casa. Pero esa puerta ya no existía.

Los ocho candidatos más los dos astronautas de Centinel comenzaron a recorrer unas estancias que eran bastante parecidas a los lugares donde habían realizado las simulaciones.

Tras la primera puerta exterior había una reducida estancia donde debían colocar los trajes. Una vez realizada esta tarea abrieron otra puerta que daba acceso a la sala más segura de toda la instalación, a partir de ese momento la conocerían como la Sala Común. En ella había máscaras de oxígeno, varias cajas con alimentos, agua... Además, había una gran mesa, sillas y dos sofás. Esa sala sería también el lugar donde reunirse para comer o para hablar con la Tierra.

Desde ahí salían dos pasillos; uno hacia una especie de cocina y un pequeño gimnasio; el otro era el que daba acceso a las habitaciones. Al final de este pasillo había una puerta que conectaba con otro que a su vez daba acceso a varias salas más situadas en círculo: el invernadero, la sala de comunicación y energía, la de generación de oxígeno...

—Bueno —les dijo la astronauta—, a partir de ahora esta será vuestra casa. Pero no os preocupéis, los primeros meses os ayudaremos a manejar todo esto. La idea es que más o menos en un año tengáis los conocimientos necesarios para ser autosuficientes y, en un futuro, poder formar a los nuevos que vengan.

—¿Saldremos al exterior? —interrumpió Manitas.

—Sí, claro, habrá paseos exteriores, a veces en misión de reconocimiento y en otras ocasiones simplemente por ocio, para estirar las piernas —sonrió la astronauta—. Pero eso será de aquí a unos meses, y siempre iréis acompañados por alguien de Centinel. Las salidas no son un juego, un fallo ahí fuera es la muerte.

Todos asintieron.

—Periódicamente vendremos por aquí para ver cómo estáis, para realizar diversos entrenamientos, para tener conversaciones con vosotros, por si hace falta salvaros... —Y sonrió.

—¿Salvarnos de quién? —preguntó Veruca, asustada.

—De vosotros mismos.

* * *

—Conozco esa llave. Tengo una igual —afirmó la mujer—. En realidad, las transferencias solo son una parte del dinero, la legal, la que se ve, pero hay otra. Hay una caja de seguridad en el banco.

—Dinero oculto... Lo suponía —le dije—. Me parecía extraño que pudiera tener esta casa solo con los dos mil dólares mensuales, sabía que había algo más.

—Sí, me explicó que pagarme más por transferencia hubiera sido demasiado sospechoso, así que el resto me llega ahí.

—¿Dónde está el banco? —le pregunté.

—En Kanter Pine, un pueblo cercano. Es la caja 344.

—Está bien, creo que eso es todo lo que queríamos saber —le dije mientras nos levantábamos.

—Seguiré recibiendo mi dinero, ¿verdad?

—Todo sube y baja —le interrumpió mi hermano—, la bolsa, los inmuebles, incluso ese vídeo que usted tiene puede que haya perdido ya todo su valor... incluso la moral fluctúa.

—Pero ¡no pueden hacerme eso! ¡Mandaré el vídeo a la

prensa! ¡Diré que su padre me compró para no hacerlo público!

—Por mí haga lo que quiera —le contesté a escasos centímetros de su rostro—. Eso sí, avíseme si algún día le explica a su hijo cómo consiguió tener esta casa.

* * *

—Por fin estamos aquí —dijo Frank cuando los dos astronautas de Centinel se habían ido.

—¡Y vivos! —contestó el Militar—. ¡Por nosotros!

Y allí, en la Sala Común, todos cogieron un vaso y brindaron por el futuro de la humanidad en Marte. Un futuro que se les podía hacer eterno.

En el interior de esa felicidad momentánea nadie pensó en que no se conocían, que no sabían con quién iban a compartir el resto de sus vidas. Conocían lo público, lo que habían dicho en sus vídeos de presentación, pero no lo que ocultaban, de la vida de la que decidieron huir.

—Por nosotros —dijo la Doctora—. Porque vamos a comenzar una nueva civilización, porque debemos ser capaces de hacerlo mejor.

—Brindo por eso —añadió el Jardinero.

Y así, uno tras otro, a excepción de Andrea, fueron expresando en unas pocas palabras lo que sentían en ese momento. Nadie podía sospechar lo que vendría después.

* * *

Dos hermanos se dirigen al banco de una pequeña ciudad de la que nunca han oído hablar. Una vez allí preguntan por las cajas de seguridad. Uno de los empleados los acompaña por un largo pasillo hasta una estrecha habitación.

—Aquí es —les dice—, pueden estar el tiempo que deseen. Cuando acaben pulsen este botón y se les abrirá la puerta. Recuerden que mientras permanezcan aquí no podrá entrar nadie más, normas de seguridad. Y sí, esa cámara de ahí arriba está grabando continuamente.

En cuanto el hombre abandona la habitación ambos hermanos comienzan a buscar una caja, la número 344.

Curiosamente, la misma caja que un día antes fue abierta por otra persona, un hombre alto y fuerte, con un rostro que se escondía bajo un gorro, enormes gafas de sol y una barba poblada. Un hombre que nunca aparecerá en las grabaciones de las cámaras de seguridad.

* * *

Comienza el primer día del resto de su vida.

Un primer día donde, de momento, la curiosidad aún será capaz de vencer a la rutina, no durará siempre. Poco a poco será esa misma rutina la que enterrará el ánimo, la ilusión y finalmente la esperanza.

La primera tarea fue elegir habitación. Es cierto que desde la organización podrían haberlas asignado ya, pues en realidad eran todas iguales, pero eso no generaría conflictos, y sin conflictos no hay audiencia.

—Bueno, tenemos que elegir la habitación en la que pasaremos el resto de nuestros días —comentó Frank.

—Vaya, eso ha sonado a boda —le contestó el Militar.

—A mí me da igual, no me importa, si son todas iguales... —comentó el Jardinero.

—A mí tampoco me importa —añadió la Doctora.

—Yo prefiero que no sea la primera —dijo Veruca.

—¿Por? —le preguntó Miss.

—No sé..., porque me da miedo estar tan cerca de la puerta..., por si acaso...

—¡Por si viene algún marciano! —gritó Manitas, y al momento todos comenzaron a reír.

Si alguno de ellos hubiera sido capaz de adivinar el futuro, seguramente no se habría tomado a broma aquel comentario: en un lugar así nunca se sabe quién puede entrar por la puerta.

—Pues si no hay ninguna otra petición, podemos hacer un sorteo, y en el caso de que, por casualidad —dijo John mirando a Veruca—, a Veruca le tocase la primera habitación, la más cercana a la puerta, yo mismo se la cambiaría. ¿De acuerdo?

Todos asintieron excepto Andrea, que continuaba con la mirada pegada a la pantalla del ordenador portátil.

—¿Andrea? —le preguntó el Militar.

Andrea se giró lentamente, como si aquella conversación no fuera con ella, como si, en realidad, nada de lo que pasaba a su alrededor le importara. Lo miró con esos ojos grises que habían cautivado a medio mundo y, con un leve movimiento, afirmó con la cabeza.

Con unos pequeños papeles se hizo el sorteo y no hubo problemas: la primera le tocó al Jardinero.

—Pues a nuestras habitaciones —dijo con alegría Frank, a quien le había tocado la última de todas, la más alejada de la puerta—. ¿Qué os parece si en una hora más o menos quedamos todos aquí y cenamos juntos?

Todos asintieron entusiasmados excepto Andrea, que continuaba hipnotizada con la pantalla del ordenador.

Aquella primera cena fue breve, prácticamente fugaz. Allí no hacía falta reservar mesa, no tenías que esperar al camarero, nunca te ibas a quejar de los precios, no había largas colas en la puerta, ni niños en la mesa de al lado gritando. Pero también es cierto que nunca podrías invitar a tus amigos, nunca podrías celebrar una cena con tu familia y por más opiniones que pusieras en las redes, nadie podría ir y decirte al día siguiente qué le había parecido.

Tampoco ibas a encontrar comida que no hubiera sido procesada y empaquetada. Comer una fruta u hortaliza fresca iba a ser imposible, al menos durante un tiempo. Por eso, y a pesar de que habían estado consumiendo productos parecidos durante los días que duraron las pruebas, en cuanto dejaron sobre la mesa los sobres metalizados, los tubos transparentes y los diversos paquetes con comida se hizo el silencio.

Miss hizo una foto y la colgó en sus redes sociales.

John fue el primero en abrir un algo que parecía pasta de dientes y tragárselo de un golpe.

En apenas unos minutos todos comenzaron a masticar masas uniformes que intentaban tener sabor, a beber líquidos de unos sobres metalizados y a devorar todo tipo de tabletas más o menos agradables.

Durante aquella cena ocurrió algo que ninguna de las cámaras fue capaz de captar: un sentimiento recorrió la mente y el cuerpo de cada uno de los concursantes, ese que te obliga a valorar lo que ya no tienes, lo que ya nunca tendrás.

Tras la cena, cada uno de los concursantes se limitó a recoger los restos de los envases y a despedirse de los demás. Quizás fue el cansancio, quizás el impacto de la realidad, o simplemente el futuro les cayó de golpe encima, como lo hace una tormenta en pleno verano.

—Hasta mañana a todos —dijo la Doctora.

Y con frases parecidas, cada uno se despidió del primer día del resto de su vida en dirección a su habitación.

Fue ahí cuando llegó la verdadera soledad, esa en la que nunca habían pensado mientras vivían en el interior de una nube de fama. Esa soledad que jamás tuvo espacio entre las entrevistas, fans, fotos y autógrafos. Esa soledad que, por más que te escondas, te acaba encontrando.

* * *

Cogí lo único que había en la caja: una llave con el número 010 impreso y unida a un llavero.

—Te suena este llavero, ¿verdad? —me preguntó mi hermano.

—Sí, claro, es de la Universidad Thoth —le contesté.

Aquella era una de las universidades científicas más prestigiosas del país. De ella habían surgido tres premios Nobel. Pero a mí lo que me llamó la atención no fue el llavero sino la forma de la llave en su parte más ancha: era un trébol. Exactamente igual que el que yo tenía tatuado en mi muñeca derecha. Un trébol que nació en mi piel cuando mi madre murió, en un momento en el que el mundo se me caía a trozos y no sabía por dónde empezar a recogerlos. Un trébol negro, pequeño, con tres hojas, con cuatro habría sido mentirme a mí misma porque mi padre hacía tiempo que no formaba parte de mi vida. De momento no le dije nada a mi hermano sobre aquello.

El juego, a grandes rasgos, consistía en ir encontrando llaves que, junto a pistas, iban abriendo cajas, puertas, cerrojos, que a su vez escondían otras llaves. La última siempre era dorada, y el juego acababa cuando el concursante conseguía encontrar el objeto que abría esa última llave, ahí estaba el premio, en este caso, mi deseo.

El secreto para poder completar el juego era encontrar patrones en las pistas e ir eligiendo los correctos. Algunos no te llevaban a ningún sitio, otros te hacían ganar.

—Bueno... parece que de momento ya tenemos un patrón —dijo mi hermano—. Si tenemos en cuenta lo de Frank y lo de este llavero...

—Andrea, ¿verdad? —lo interrumpí sin dejarle acabar la frase.

Mi hermano me miró sorprendido.

—¡Sí, exacto! Vaya, creía que no seguías el programa.

—Bueno, al fin y al cabo soy periodista, era imposible mantenerse al margen de todo aquello. La información del concurso estaba por todas partes: sus caras, sus historias, sus vivencias... Pero sé algo más de Andrea porque desde el periódico investigamos su pasado.

»Si no recuerdo mal se decía que era todo un cerebro, y que había estudiado justamente en esa universidad. De hecho, según leí en un artículo, se comentaba que había acabado la carrera dos años antes de lo habitual, algo que no pasaba desde que se licenció allí el último premio Nobel.

—Sí, así es, exacto.

—Para mí Andrea siempre fue un misterio. Era como si no encajara en el concurso, a todas horas con su ordenador. Nadie sabía lo que hacía.

—Quizás solo investigaba, buscaba información.

—Ya, pero ¿sobre qué, para quién? Nunca entendí las razones por las que llegó hasta el final. Sin duda era la candidata más inteligente aunque también la menos sociable: apenas se relacionaba con nadie, prácticamente no hablaba... Siempre pensé que justamente ella tenía todas las características para no ser elegida.

—Y quizás por eso mismo la eligieron —me contestó mi hermano—. Porque era distinta, una persona rara. Al fin y al cabo, el concurso no era más que un experimento social para estudiar el comportamiento de los humanos en una colonia aislada del resto de la civilización. Y... ¿quién sabe? Tal vez ella era la que mejor se podía adaptar a un entorno de aislamiento.

—Quizás... —le contesté. Visto así podía tener razón, pero siempre sospeché que detrás de la elección de Andrea había algo más.

—Y además —continuó—, era una experta matemática e informática, y alguien así te puede venir muy bien si surge un problema con las comunicaciones o los ordenadores.

En ese momento miré a mi hermano a los ojos.

—No sé..., pienso también que era la persona ideal para poder controlarla de alguna forma —le dije.

—¿Controlarla? ¿Cómo? ¿Por qué? —me respondió sonriendo—. Siempre acabas buscando conspiraciones.

—Bueno, ese es mi trabajo, y quizás por eso tenemos ahora este llavero en la mano.

Los dos nos subimos al coche y comenzamos un nuevo viaje, el que nos llevaría a una universidad que estaba a más de ocho horas de distancia de allí.

Sonaba *Come Tomorrow*, de Peter Bradley Adams.

* * *

Y ahora, en las habitaciones, es el silencio el que ocupa el espacio alrededor de cada uno de los elegidos, un silencio capaz de llegar hasta los pensamientos más íntimos, esos que nacen cuando todo lo demás ha desaparecido.

Llega ese silencio sobre la habitación de Frank, un hombre que, a pesar del cansancio acumulado, hoy tardará en dormirse. Está nervioso por todas las emociones vividas. Ha asumido que nunca volverá a la Tierra, que a partir de ahora este será su hogar, su vida. Piensa que, a pesar de todas las restricciones en la comodidad del día a día, su mente dejará de ser el cenagal de sus miedos.

Sueña ahora con despertar cada mañana sin la necesidad de tomar esas drogas que suavizan sus inclinaciones sexuales. Ya no sentirá ese temblor en el cuerpo cada vez que, en la consulta, debía iniciar la batalla contra sus instintos.

Y allí, tumbado sobre la cama, sonríe porque ha llegado al paraíso, a un lugar donde podrá ser, por fin, un hombre normal. No quiere pensar ahora en el futuro, en qué ocurrirá si algún día nace un niño allí. Quizás para entonces ya esté muerto.

Cae también el silencio de la noche sobre la habitación de Andrea, una chica que se siente feliz por esta nueva vida. Se alegra al saber que, como máximo, se cruzará con diez personas en un futuro próximo. Personas que, además, ya tiene controladas.

Andrea adora las cámaras porque le dan seguridad, son como el hermano mayor que nunca tuvo, el que te vigila pero también te protege. Ojalá hubieran estado siempre ahí, capturando los movimientos de los que se acercaban a ella.

Y mientras mira su ordenador sonríe porque, en realidad, tiene todo lo que quiere: acceso libre y privado a internet. Está allí por una razón que le obliga a no abandonar la pantalla durante demasiado tiempo.

Se tumba en la cama y comienza a pensar en su infancia. Ve una niña yendo de un lugar a otro, un cuerpo viajando de calle en calle, siempre alerta, escondiéndose hasta de sí misma. Una niña huérfana de padres, de país y al final hasta de sentimientos.

Y así, con la cabeza mirando hacia arriba extiende sus brazos frente a ella para observar los tatuajes que lleva en cada una de las palmas de sus manos.

Un cero en la mano izquierda, el que se hizo cuando se sentía así: un símbolo que le hace recordar los momentos en que, a pesar de vivir, no existía; cuando no era más que un cuerpo a la deriva en un mar de indiferencia, cuando durmiendo en la calle veía pasar a perros que llevaban más ropa que ella.

Desvía ligeramente ahora su mirada para ver el otro tatuaje, el cero dibujado en la palma de su mano derecha. El que se hizo cuando aquel hombre se ocupó de ella, cuando comenzó a ser más fuerte; el que se tatuó al darse cuenta de que ella misma era capaz de multiplicarse. Un cero que la convierte en una de las personas más peligrosas del mundo.

Cierra los puños y baja los brazos. Se sienta en la cama con las piernas cruzadas y sitúa sus dedos de nuevo sobre el teclado. Le ha llegado un nuevo mensaje, comienza otra vez el proceso.

* * *

—¿Qué te preocupa? —le pregunté después de casi una hora de silencio.

—¿Cómo sabes que me pasa algo? —me contestó sin dejar de mirar la carretera.

—Hay cosas que no cambian, y esa forma de rascarte la cabeza...

Sonreímos, pero de una forma contenida

—Estaba pensando en que no hay reloj. En el concurso siempre había un cronómetro, los concursantes tenían que acabar el juego en un tiempo determinado.

—Yo también he estado pensando en eso, pero no siempre hubo cronómetro.

—Que yo recuerde sí —me contestó—. En todas las ediciones, desde la primera a la última, había un tiempo límite para acabar el juego.

—En la tele sí, pero no en la cabaña. Estamos jugando aquella primera partida, y allí no había reloj.

Dejamos pasar unos cuantos kilómetros y me di cuenta de que me había mentido: continuaba rascándose la cabeza de forma disimulada.

—Dime la verdad, ¿qué es lo que te preocupa?

Mi hermano no dijo nada hasta que, un poco más adelante, encontró un lugar para poder detener el coche.

Y entonces sí, me hizo la pregunta que tenía atrapada en su mente.

* * *

Cae el silencio de la noche también sobre Manitas. Un hombre que está tranquilo, mucho más tranquilo de lo que lo ha estado en los últimos años. Sabe que al día siguiente no se levantará inquieto, que ya no le hará falta tener una pistola bajo la almohada y dormir con un ojo abierto.

Debía dinero, mucho, y se lo debía a gente de esa que no tiene paciencia ni remordimientos. Cada día salía a la calle con miedo, pensando si la próxima paliza sería la definitiva.

Por eso, cuando lo llamaron del programa para decirle que había superado la primera selección se le iluminó la vida. Hizo todo lo posible para caer bien al público, demostró sus habilidades, y su gran atractivo hizo el resto.

Pero ese hombre pacífico, simpático y guapo tiene otra cara que nadie conoce: se llena de violencia en circunstancias especiales. Al menos allí, en aquella colonia, no habrá nada capaz de sacar esa otra personalidad que lleva dentro. No sabe lo equivocado que está.

Lo que tampoco sospecha es que la misma tranquilidad que ahora valora puede convertirse también en su cilicio.

Permanece tumbado en la cama pero no tiene intención de dormir. No ha dejado de pensar en una cosa desde que llegaron, algo que no se le va de la mente, algo que va a intentar esa misma noche.

Cae también el silencio sobre una Miss que, por más que busque, no encuentra el sueño por ningún lado. En el poco tiempo que llevan allí se ha dado cuenta de que no hay demasiadas oportunidades para ejercer de modelo. Quizás no ha sido tan buena idea abandonar la Tierra: allí tenía una prometedora carrera, allí todos la saludaban por la calle, allí podía ir a las mejores fiestas, allí podía hacer tantas cosas...

Se sienta sobre la cama, apoyada en la pared. Comienza a pensar en su pasado, en todo lo que ha sido capaz de ocultar durante el concurso. Si alguien se hubiera enterado, si en la organización lo hubieran averiguado... ¿Qué pensarían de ella si algún día salía a la luz?

* * *

—Nel, ¿por qué decidiste jugar?

Era una pregunta que, en realidad, había estado esperando. Me había preparado mil respuestas, mil mentiras, pero decidí que ninguna de ellas iba a ser mejor que la verdad.

—¿A qué te refieres? —le contesté.

—Vamos, Nelly, aunque llevemos tantos años sin vernos nos conocemos. Los dos sabemos que nunca habrías vuelto a la cabaña sin una buena razón, si este juego no te llevase a algo que de verdad te pudiera interesar. ¿Tan importante era ese deseo que pediste?

Le sonreí.

—Te aseguro que no he vuelto por eso.

—Entonces ¿por qué lo estás haciendo?

Suspiré, abrí lentamente la puerta y salí. Mi hermano salió también y ambos nos sentamos sobre el capó del coche. Permanecimos durante unos minutos uno al lado del otro en silencio.

Me metí la mano en el bolsillo y saqué el anillo.

—Es por esto.

Lo miró y sonrió.

—Lo suponía —me dijo mirando hacia la carretera—, sabía que había algo más... ¿La lista eXo?

—Sí, la lista.

—¿Y por qué no me lo habías dicho?

—No lo sé, quizás porque no sé si formas parte de este circo, si estás con papá en todo esto.

—¿Sabes, Nel? Yo también tengo un anillo así, bueno..., dos.

* * *

Llega también la noche sobre un Militar que tiene una hoja de servicio impecable. Un hombre que ha estado en muchas más batallas de las que hubiera deseado; que ha visto todas las caras del ser humano, incluso las que nunca aparecen en las noticias; que se ha enfrentado al demonio pero que también ha conocido a muchos ángeles.

Un hombre que nunca se presentó voluntario, fue elegido directamente por la organización. Las negociaciones no fueron difíciles, es un militar acostumbrado a recibir órdenes y a cumplirlas. Ellos lo necesitaban y él estaba dispuesto a tomarse aquello como una misión más. Solo había puesto una condición: tener un pequeño privilegio.

Está tranquilo, de momento todo va bien.

Llega la noche sobre una Doctora que se acuesta en la cama feliz. Está ilusionada con esta nueva etapa de su vida. Ella sí se presentó voluntaria, pero en la primera selección apenas obtuvo votos, a nadie le interesó. Era una mujer muy inteligente, que había salvado miles de vidas; alguien que había hecho del mundo un lugar mejor. Pero no estaba en ninguna red social, no tenía un canal propio de vídeos, no había aparecido en ningún programa importante, y alguien así, evidentemente, no podía competir con el último *influencer* de moda.

Sin embargo, al estudiar su perfil la organización detectó algo muy interesante en su currículum, algo que, sin duda, iba a servirles en el futuro, una capacidad que ya tenía muy poca gente.

Esa fue la razón por la que en un tiempo récord consiguieron adulterar los resultados: su nombre siempre aparecía entre los candidatos más interesantes, a pesar de que nadie la estaba votando, nadie real, claro.

* * *

—Papá me los dio el día que me fui de la empresa. Según él eran un regalo por todos los años que había estado a su lado.

—¿Te dio dos?

—Sí, uno para mí, y me dijo que el otro lo utilizara para la persona que lo mereciera.

—Pero ¿cómo? ¿Cómo se codifican esos anillos para pertenecer a la lista?

—Ni idea, me dijo que mi única responsabilidad era encontrar a una persona que mereciera llevarlo.

—¿Y la has encontrado? —le pregunté.

—Sí, pero me acaba de decir que ya tiene uno.

Me quedé en silencio.

Vi al hermano de mi infancia, al que, después de pelearnos, venía a mi cama con esos mismos ojos: los que le temblaban con solo mirarme.

—¿Sabes algo de la lista? —desvié el tema.

—Cuando me dio los dos anillos me fui a hablar con los responsables de la empresa eXo... y ya sabes...

—Lo de siempre, ellos dicen que solo hacen joyas, nada

más. Que el precio lo pone el comprador y mientras haya gente que se gaste cien millones en un anillo, ellos seguirán vendiéndolos.

—Así es, la versión oficial.

—Bueno, llevo años intentando averiguar la otra versión. —Y en ese momento me levanté del coche. Me fui hacia el asiento del conductor: era el momento de relevar a mi hermano.

Nos pusimos en marcha de nuevo. Él volvió a coger el ordenador y estuvo ausente durante casi una hora, hasta que de pronto...

—Nel, hay algo muy curioso: esta universidad ha estado recibiendo muchos ingresos de la fundación de papá, pero no son ingresos genéricos para colaborar o patrocinar algún determinado evento. Son ingresos que van asociados a personas concretas.

—¿Y está el de Andrea? —le pregunté sin girarme.

—Sí, está, hay varios ingresos a su nombre, el dinero se pasó a una cuenta cuyos titulares eran Andrea y papá. ¿Y sabes lo más curioso? Le puso muchísimo dinero, más del que una persona normal puede gastarse en toda su vida, pero Andrea apenas gastó nada.

* * *

Avanza la noche sobre un hombre que ha ido superando las sucesivas fases del programa sin ayuda de nadie, por los cauces normales. Es un enamorado de las plantas, pero no es solo una afición, en realidad son su refugio. Cuando él mismo, en un accidente de coche, acabó con toda la vida que había a su alrededor decidió que, a partir de ese momento, debía dedicarse a lo contrario: a crearla.

Asume también que se ha ganado el cariño del público gracias a lo ocurrido en el pasado, gracias a una historia que no quiso ocultar, por eso decidió contarla nada más entró al concurso. Aquella confesión, unida a su atractivo físico, generó un cóctel que lo hizo posicionarse rápidamente entre los favoritos.

Se sienta ahora en la cama, pero no tiene sueño. Se le pasa la idea de coger el portátil para ver qué hay en las redes sociales, pero ya hace tiempo que lo aburren, finalmente abandona la idea. Y aunque él aún no lo sabe, si esa noche se hubiera conectado, habría descubierto lo que iba a pasar a apenas unos metros de su habitación. Y quizás aquello le habría hecho cambiar de planes.

Por último, la noche envuelve a una chica que no sabe dónde está el botón para dar marcha atrás al capricho. Se acaba de dar cuenta de que va a vivir en una habitación más pequeña que la caseta de su perro. Tiene, ahora que la realidad ha llegado, la esperanza de dormir y que, al día siguiente, todo haya sido una pesadilla. Y así volver a despertar en la preciosa cama de su mansión; pedir que le hagan el desayuno y, después de una ducha caliente, coger uno de sus coches, el deportivo rojo, por ejemplo. Y volar con él hacia la casa de sus amigas para, todas juntas, irse a tomar el sol en la playa privada que tiene papá.

Tiene la esperanza de despertar para poder contarles a sus seguidores que estuvo en Marte, que el viaje fue movido, la habitación pequeña y la puesta de sol magnífica; para decirles que paseó por el planeta con sus zapatillas nuevas, que se puso un traje muy chulo, que la comida era asquerosa y el agua no sabía a agua. Le gustaría poder contarles todo eso desde la terraza del hotel de moda, bailando al ritmo de la música y con una copa en la mano.

Cierra los ojos, los aprieta con fuerza para conseguir que le duelan más que sus pensamientos. Pasan los minutos, las horas... y no duerme. No puede porque sabe que esta vez el problema no se va a solucionar llamando a casa.

Y de pronto, dentro del silencio que cubre toda la colonia, una de las cámaras del pasillo detecta movimiento y se activa.

Una sombra comienza a andar por el pasillo.

Al instante, como un organismo vivo que nunca descansa, las redes sociales empiezan a moverse intuyendo que algo extraño ocurre.

* * *

Llegamos a la universidad una hora antes de lo previsto. No habíamos avisado a nadie, pero nuestro apellido solía abrir las puertas en cualquier lugar. Hicieron una llamada y en apenas unos minutos nos estaban acompañando al despacho del rector.

—Buenos días —nos dijo el hombre mientras nos estrechaba la mano—, es todo un honor recibirlos. Por favor, pasen y siéntense.

Nos sentamos justo frente a él en una estancia pequeña pero elegantemente decorada.

—No teníamos noticia de su visita, de lo contrario podríamos haberles preparado algo, podríamos haber hecho algo especial...

—No se preocupe, en realidad, la visita será corta, estamos cerrando unos asuntos pendientes de nuestro padre, nada más —intervine.

—Siento mucho lo de su padre, se ha ido un hombre increíble. Fue tan... No sabría cómo explicarlo, al verlo allí, en directo. Lo siento mucho.

—Gracias —le contestó mi hermano.

—Se nos fue uno de los grandes.

Nos quedamos todos en silencio.

—Ustedes dirán...

—Queríamos preguntarle por una de sus alumnas, una muy especial.

El hombre nos miró a ambos.

—Supongo que se refieren a Andrea, ¿verdad?

—Sí, así es. Verá, más que de ella, queríamos tratar un tema económico —intervino mi hermano intentando llegar al tema de la llave a través de las transferencias—. Como usted ya sabrá, era yo quien llevaba casi todas las cuentas de la organización de mi padre. Y ahora que ha muerto estamos revisando todos los movimientos, todas las aportaciones...

—Entiendo —contestó el rector.

—Al revisar lo relacionado con esta universidad nos hemos dado cuenta de que hay varias transferencias a nombre de Andrea y no sabemos muy bien las razones.

—Bueno... como ustedes ya sabrán, su padre donaba mucho dinero a la comunidad educativa, sobre todo a las universidades. Por supuesto no solo a esta, pero deben entender que eran acuerdos privados entre su padre y nosotros.

—Sí, pero entienda usted también que ahora mismo estoy al cargo de su fundación y debo controlar cada dólar que se gaste. Y en el caso de Andrea, digamos que el dinero transferido era mucho más del necesario.

—Ya le he dicho, teníamos un acuerdo privado para que su fundación sufragase gastos de alumnos... digamos especiales.

—¿Especiales?

—Sí, especiales, no podría decirle nada más.

—Creo que deberá decirnos algo más —intervine ante la sorpresa del rector—, de lo contrario tendremos que cancelar las transferencias pendientes que, según me consta, tienen otros alumnos.

En ese momento algo cambió en su rostro. Supe que le había ganado, eran muchos años de experiencia realizando interrogatorios. Siempre había dos tipos de personas, esas a las que a través del tacto y la paciencia se les sacaba todo, y las otras, las que requerían de menos paciencia. Este hombre era de las últimas.

—Díganme qué quieren saber... —claudicó, negando con la cabeza.

—La verdad sobre Andrea —sentencié.

—La verdad... —repitió mientras se levantaba de la silla y se quedaba de espaldas a nosotros, mirando hacia la ventana—. ¿Y qué hacemos si no nos gusta la verdad? ¿Qué hacemos si después de conocerla hubiéramos deseado no preguntar por ella?

«La verdad sobre Andrea... —se dijo aquel hombre—, ojalá supiera yo el poder que hay dentro de esa mente.»

* * *

Las cámaras persiguen a una sombra que recorre lentamente el pasillo. Las tenues luces que permanecen encendidas no son suficientes para desvelar la identidad de un cuerpo que, además, va con una especie de capucha sobre su cabeza. La sombra se detiene sobre una puerta, la abre despacio y se introduce en la habitación.

La audiencia se dispara. Los obreros han decidido dejar por un momento su trabajo; en la universidad el profesor ha interrumpido la clase para conectar el proyector en directo y que así todos sus alumnos puedan ver lo que ocurre: es historia. En el quirófano, la próxima cirugía programada se va a retrasar unos minutos. En los supermercados, en las calles y en los aeropuertos las personas interrumpirán por un momento la rutina de su vida para ver qué está ocurriendo en Marte.

Son las cámaras de la habitación las que captan ahora como la sombra se acerca a la cama y, poco a poco, con delicadeza, se sienta al lado de un cuerpo que, por sus movimientos, parece estar despierto.

Este nuevo cuerpo se incorpora. Es una mujer y, a pesar de que no ha encendido las luces de la habitación, su perfecta silueta junto al reflejo de su pelo rubio da demasiadas pistas: Miss.

Ambos cuerpos hablan en silencio.

Él parece susurrarle algo al oído, ella parece reír.

Se cogen ambas manos. Se abrazan.

Vuelven a reír, a moverse de un lado a otro.

Ambos comienzan a quitarse la ropa en la oscuridad hasta que, finalmente, se introducen bajo las sábanas.

Y ahí, en una pequeña habitación de Marte, dos cuerpos comienzan un baile que todos los espectadores conocen: por primera vez en la historia dos seres humanos están haciendo el amor en otro planeta.

Las redes echan humo, los servidores apenas tienen tiempo de procesar los millones y millones de mensajes que la población mundial envía: más del 95% de los mismos nunca serán leídos por nadie.

Rápidamente hay dos etiquetas que se sitúan en las primeras posiciones: #quién_es? #se_le_levantará?

Con respecto a la primera, todos los espectadores tienen clara la identidad de la chica, pero hay más dudas con él, pues hay dos candidatos: #manitas o #jardinero. En las casas de apuestas no deja de entrar dinero.

Con respecto a la segunda etiqueta, parece que, por los movimientos que se observan bajo las sábanas y contrariamente a lo que se había dicho, el protagonista no tiene ningún problema con su erección: ambos cuerpos continúan moviéndose entre gemidos. La juventud importa.

En el centro de control del programa saben perfectamente quién ha ido a visitar la habitación de Miss, lo tienen grabado en varias cámaras, pero han preferido mantener la intriga. Esa es una de las principales misiones de los realizadores. De ahí la importancia de emitir con un retardo adicional.

* * *

—Les aseguro que Andrea fue la alumna más inteligente que ha pisado estas aulas. Mucha gente dijo que era un milagro que una niña que vagaba por las calles de Pekín, entre ratas y basura, pudiera llegar a estudiar en una de las universidades más prestigiosas del mundo.

El rector se giró hacia nosotros.

—Pero no fue un milagro, su padre tenía ojos en todos los rincones del mundo. Y a él siempre le fascinaron ese tipo de personas, seres humanos con una inteligencia excepcional... por eso se convirtió en su tutor.

—¿Qué? —dijimos los dos casi a la vez.

—Sí, así es. Entre todas sus fundaciones, hay una especial que casi nadie conoce. Una a la que dedicó gran parte de su fortuna. Su padre invirtió mucho dinero en hacer este mundo mejor, aunque no de la manera, digamos, ordinaria.

El rector nos miró a ambos y se sentó de nuevo.

—Es cierto que jamás invirtió un dólar en ayudar a las personas desfavorecidas sin más. Su padre se fijaba en la gente inteligente y que además se esforzaba. Y de las personas que enviaba a la fundación, él apadrinaba a las mejores, a las más brillantes. Las tutelaba a través de unas becas muy especiales.

—Becas muy generosas —le comentó mi hermano.

—La generosidad es relativa —contestó el rector—. En realidad para él era poco dinero, casi nada, pero sí, para una persona normal es toda una fortuna. En fin, que me estoy desviando de la historia. El problema que tenemos en esta universidad, y en realidad en todas, es que cada vez el nivel de los alumnos que llegan es más bajo. La educación, al igual que la sociedad, se va degradando año a año. Hemos llegado al punto que se nos exigen responsabilidades a los profesores si algún alumno suspende. Pero no solo por parte de la comunidad educativa, sino por parte de los padres, de las asociaciones, de los partidos políticos...

»Ningún alumno puede sentirse menos que otro, los estudiantes no pueden sufrir, no deben esforzarse, todos deben ser iguales. Es la idea del comunismo extrapolada a la educación. Y claro, eso exige homogeneizar los niveles hacia abajo, hacia el vago. Siempre es más fácil que el estudioso se convierta en un gandul que lo contrario. Hemos creado una sociedad de auténticos idiotas.

»Estamos con alumnos que apenas saben escribir, que no entienden lo que leen. Por esa razón ya no hacemos exámenes escritos, son tipo test. Hemos llegado al extremo de que, en el remoto caso de que un alumno suspenda un examen, son sus padres los que vienen a la revisión.

»Aquí los estudiantes solo quieren ocio: sexo, dormir, comer y sobre todo fiestas: fiesta de bienvenida, fiesta de otoño, fiesta de invierno, fiesta de primavera, fiesta de despedida, fiesta de graduación... En eso se ha convertido la universidad, en una guardería para adolescentes.

—Pero ¿y por qué no suben el nivel?

—Porque entonces no querrían venir, sus papás no nos pagarían las cuotas y se irían a otra universidad en la que aprobasen con más facilidad.

Silencio.

—Afortunadamente, de vez en cuando nos llega alguien extraordinario como Andrea.

—Una estudiante que acabó dos años antes la carrera.

—En realidad la obligamos a acabarla.

* * *

Tras varios minutos de movimientos y jadeos, ambos cuerpos se quedan inmóviles. No ha durado demasiado.

Es ella la primera que se incorpora en la cama.

Hablan en susurros, parece que él quiere quedarse pero ella se niega. Finalmente el cuerpo escondido bajo una capucha sale de allí y se dirige hacia el pasillo. La realización corta las últimas imágenes para no desvelar a qué habitación vuelve y así mantener la intriga y, por supuesto, el ritmo de las apuestas.

Justo en ese momento varias marcas de productos eróticos aparecen en pantalla, celebrando el primer acto sexual fuera de la Tierra.

Lo que nadie imagina, ni siquiera la organización, es lo que va a ocurrir a continuación.

Cuando aún no ha dado tiempo a que pase el torbellino de imágenes, comentarios, vídeos y opiniones, cuando todo eso aún no ha llegado a los dispositivos de los habitantes de la colonia aparece de nuevo otra sombra por el pasillo.

En esta ocasión la sombra no lleva capucha, pero la realización hace las modificaciones necesarias para que no se le vea el rostro.

De una forma similar, se mete en la habitación de Miss. Esta se levanta de la cama y mantienen una pequeña conversación cerca de la puerta.

Se cogen las manos, se vuelven a soltar, se las vuelven a coger. Ella se ríe, él se ríe, se abrazan, y, finalmente, repitiendo el ritual anterior, se meten bajo las sábanas y comienzan a hacer el amor.

Las redes vuelven a explotar, las casas de apuestas también.

* * *

—Andrea era un prodigio en matemáticas, fue capaz de resolver algunos de los problemas que llevaban años sin solución. Tenía una intuición excepcional para colocar cada número en su sitio. Pero claro, era un bicho raro aquí. Cuando el principal objetivo de la educación es que todos sean iguales por debajo, que alguien destaque no es bueno. Si a eso le sumamos que no le gustaban las fiestas, ni el alcohol, ni las drogas... y además con esos tatuajes, ese pelo negro, esa ropa de segunda mano, su coche viejo...

—Pero Andrea tenía mucho dinero, ¿no?

—Sí, y justamente era para eso, para que no hubiera demasiada diferencia entre los niños ricos y ella. Pero nunca quiso integrarse, apenas gastó lo indispensable.

El rector se dejó caer en el asiento.

—No cayó bien a nadie, y menos a unas chicas rubias, altas, guapas y con ropa de princesa. Nunca se integró. Se estuvieron metiendo con ella desde el principio. Los dos primeros años lo pasó fatal, yo no lo habría aguantado, pero ella venía de la calle, estaba acostumbrada a cosas mucho peores.

—Entonces decidió que era mejor para ella que se fuera, por eso le regaló la carrera dos años antes, usted lo hizo para protegerla.

El rector nos miró y comenzó a reír.

—No, no..., todo lo contrario, la invité a irse para proteger al resto de los alumnos, para protegernos a todos.

* * *

Al día siguiente, gracias a las redes sociales, en la colonia sabían lo que había ocurrido la noche anterior en la habitación de Miss. Pero nadie dijo nada, nadie quiso sacar un tema que podía generar un conflicto. Manitas y el Jardinero simplemente decidieron ignorarse uno al otro.

Con el paso de los días la situación se volvió a repetir muchas veces, tantas que lo que al principio fue novedoso para la audiencia acabó perdiendo parte de su interés.

Ocurrió lo mismo con el resto de las actividades, pues pasada la novedad inicial cada uno de los participantes comenzó a adquirir su rol dentro de la colonia.

Manitas se dedicaba al mantenimiento de todo aquello que se estropeaba. Y a pesar de que no le faltaba trabajo en el día a día, comenzaba a sentir una especie de claustrofobia. Alguien acostumbrado a salir cada noche, a viajar de aquí para allá, a visitar camas ajenas en distintas ciudades, veía como su vida se había reducido a unos pocos metros cuadrados. Es cierto que no tenía a nadie esperándolo en la puerta para pegarle un tiro, pero también es cierto que ni siquiera había puerta.

Ninguno de los concursantes había salido aún al exterior, a excepción del viaje que hicieron desde la nave a la colonia. Se les había advertido de que antes debían acabar un entrenamiento que se alargaba demasiado.

El Jardinero, por su parte, no se quejaba demasiado, dedicaba cada minuto de su vida a cuidar unas plantas que, poco a poco, iban floreciendo en aquel entorno tan hostil. Una pequeña flor, una hoja nueva, un brote... Era feliz allí, rodeado de vida aún por estrenar.

Andrea apenas hablaba con nadie. Los indispensables saludos por la mañana y por la noche, conversaciones que se reducían a monosílabos y poco más. Se pasaba la mayor parte del tiempo aislada con su ordenador. Nadie sabía muy bien a qué dedicaba el tiempo, pero tampoco preguntaban.

Sin duda era Veruca quien peor lo estaba pasando: ya no había historias nuevas que compartir; no había lugares nuevos donde hacerse un selfi... Su canal se había convertido en un diario que cada día interesaba menos.

Después del primer mes, la audiencia comenzó también a aburrirse. Lo único que de vez en cuando la animaba era alguna pelea o alguna escena de sexo diferente en aquella relación triangular..., pero ni siquiera en eso había morbo ya, casi siempre era lo mismo.

Fue en la quinta semana cuando se filtró una noticia que lo cambió todo. Ni siquiera la organización más poderosa del mundo pudo controlar aquello.

La exclusiva la publicó uno de los principales grupos editoriales del país.

Era cierto que en la empresa ya conocían esa información desde hace tiempo, pero habían hecho lo imposible para que no se difundiera. Miss generaba tanto dinero que les convenía guardar el secreto. La principal marca deportiva del mundo, una de las grandes marcas de cosméticos, un imperio de la moda... todos esos y muchos más eran los patrocinadores de una chica que hasta ahora lo único extraño que había hecho era acostarse con dos personas a la vez. En la doble moral mundial aquello era más o menos molesto, pero aceptable. La línea se rompió cuando se publicó la noticia.

* * *

—Andrea golpeó donde más duele, en el único lugar que puede causar daños a los ricos.

—En su imagen exterior —contesté.

—Así es, todos los peces gordos saben que sus hijos e hijas vienen aquí a practicar sexo, a emborracharse, a drogarse, a no hacer absolutamente nada... Pero una cosa es saberlo en la intimidad y otra muy distinta, que se haga público. La imagen, hay que mantener una imagen de santo aunque seas todo lo contrario.

El rector se levantó hacia un pequeño minibar y sacó tres vasos.

—Fue tan bueno... Tan bien calculado...

Trajo los vasos y nos los dejó sobre la mesa.

Se sentó de nuevo.

—Verán, era la fiesta de primavera, una fiesta que nunca había existido en la facultad, pero que tuvimos que crear, pues desde Navidades hasta la graduación había demasiado tiempo sin diversión.

»La fiesta consistía en lo de siempre: emborracharse, drogarse y follar. Se organizó en un gran jardín apartado de la universidad, justo al lado del lago. Aquel día todos llegaron disfrazados de hippies pero con ropas de primeras marcas, presumiendo de joyas y de coches.

»En aquel momento lo último era tener un Tedison, coches de miles de dólares. Quien llegaba a la fiesta con alguno de esos modelos tenía..., digamos, el polvo asegurado. De los dos mil alumnos unos cien llegaron con alguno de esos coches.

»Todo ocurrió a las 00.00 en punto, supongo que los ceros tenían algún significado para ella; de hecho, llevaba tatuados dos, uno en cada palma de la mano.

»La fiesta transcurría de forma normal: música, alcohol, risas, y sobre esa hora había muchas parejas practicando sexo en los coches. Todo parecía como de costumbre, hasta que de pronto los acontecimientos se precipitaron.

»Alguien consiguió acceder al sistema operativo de los coches y conectó las cámaras interiores. En unos segundos las imágenes comenzaron a retransmitirse en directo por las redes sociales. De pronto, los papás y las mamás vieron a sus hijos e hijas follando, haciendo felaciones, drogándose...

»Pero no quedó todo ahí. A las 00.03 se bloquearon las puertas de los vehículos y estos comenzaron a circular por todo el campus a una velocidad exacta de diez kilómetros por hora. Quien lo hizo no tenía intención de hacer daño, solo de sembrar el caos. Aun así, aquello acabó con diecisiete jóvenes en el hospital y miles de minutos de imágenes esparcidas por internet.

—¿Y cómo supieron que fue ella?

—Nunca lo supimos, Andrea no dejó ni una sola pista, jamás se la podría haber acusado de nada.

—Entonces...

—Al día siguiente vino a este despacho y me dijo que ya había acabado su tesis de fin de carrera, ¡dos cursos antes! Me dejó una carpeta sobre la mesa en la que ponía: «Acceso remoto a vehículos autónomos». En su interior no había nada.

»Le pusimos un *cum laude* y no tuvo que hacer nada más, le dimos el título sin haber acabado la carrera, sin duda se lo merecía.

Suspiró.

—Aquel fue el último día que la vi. A los pocos meses supimos que se había apuntado al concurso.

—Menuda historia...

—Y eso es todo. Creo que poco más les puedo contar sobre Andrea.

Se generó un silencio.

—Si puedo ayudarles en algo más... —insistió.

—Sí, verá, supongo que los alumnos tienen algún tipo de taquillas aquí —le pregunté.

—Sí, claro.

—Y es posible que Andrea todavía la conserve.

—No, no es probable, seguro que ya está asignada a otro alumno.

—De todas formas... ¿Podríamos verla?

—¿Con qué motivo?

—Verá, es que...

En ese momento le contamos por encima todo el tema del juego de las llaves y las pistas y cómo habíamos llegado hasta su universidad. Le dijimos que pensábamos que la llave que teníamos podría ser de la taquilla de Andrea o de alguna pertenencia suya.

Mi hermano le mostró la llave y el hombre nada más verla sonrió.

—Creo que han venido al sitio equivocado.

* * *

—Conozco esa llave, pero no es de ninguna taquilla. Ese tipo de llaves abren unas cajas tan especiales como desconocidas. Unas cajas que están repartidas por varios países a lo largo de todo el mundo: pueden estar en orfanatos, en hospitales, en casas de acogida, en pequeñas escuelas...

—¿Y qué hay en esas cajas? —pregunté.

—Vidas que vale la pena salvar, esa fue la respuesta que me dio su padre cuando vino a hablarme de Andrea y me trajo una llave parecida. Cuando acepté la propuesta de tener a Andrea me llevó a visitar un lugar: un pequeño orfanato situado a unas tres horas de aquí. Allí me habló del objetivo de su fundación: encontrar a personas especiales. Entramos en una pequeña sala llena de cajitas amarillas, y cada caja tenía su llave, como esa que traen. Me dio la 010 y al abrirla pude ver todo el historial de Andrea.

El hombre cogió un boli y apuntó algo en un papel.

—Esta es la dirección del lugar. Si puedo ayudarles en algo más.

—Creo que con esto es suficiente, muchas gracias.

Nos levantamos y él se acercó a estrecharnos la mano.

—¿Una última pregunta? —le dije.

—Claro, dígame.

—Este anillo, el que lleva en la mano, si no es indiscreción, ¿cómo lo ha conseguido?

El hombre comenzó a reír.

—Es cierto que tengo un buen sueldo, pero no me da para gastarme un millón de dólares en un anillo, mi mujer me mataría —continuó riendo—. Fue un regalo de su padre, me dijo que quizás algún día podría servirme. No acabé de entenderlo...

Ambos nos miramos mientras manteníamos las manos estrechadas, fue en ese momento cuando noté cómo su mano me giraba suavemente la muñeca.

—¿Puedo hacerle yo a usted también una pregunta? —me dijo sin soltarme.

—Por supuesto.

—¿Tiene algo que ver este trébol que lleva tatuado en la muñeca con la forma de la llave?

Aparté la mano suavemente.

—No lo creo... —le respondí.

Nos despedimos y salimos de aquel gran edificio. Subimos en el coche y pusimos la dirección en el GPS.

El rector volvió al despacho, se asomó a la ventana y vio como los dos hermanos atravesaban el patio interior hacia la salida. Y desde allí, sabiendo que no podían escucharlo, les dirigió unas últimas palabras.

—La verdad sobre Andrea... Algún día conoceréis el poder que tiene esa chiquilla, algún día...

A las tres horas llegamos a aquel orfanato. Era una casa en medio del campo con una granja al lado y un pequeño huerto. Alrededor del edificio había varias furgonetas amarillas, todas iguales.

Nada más llegar nos recibió una mujer mayor que nos llevó hasta la persona encargada. Le mostramos la llave y nos condujo a una sala donde había varias cajas también amarillas.

—¿Cuál es la caja que buscan?

—La 010 —le contesté.

—Vaya, qué extraño, hace unos días un hombre vino a ver esta misma caja. Creo que se llevó todo lo que había dentro.

—¿Un hombre? ¿Cómo era? —le pregunté.

—Pues no sabría decirle: alto, grande, muy grande, iba con un sombrero y gafas de sol. Recuerdo que tenía mucha barba, casi no se le veía la cara. Ah, y llevaba guantes, no sé muy bien por qué, pues aquí no hace tanto frío.

La mujer nos dejó a solas.

Probamos la llave. Era la correcta.

La caja solo contenía dos objetos: una llave idéntica a la que habíamos utilizado pero sin número y un papel con un nombre escrito: Margaret Fride. Nada más.

* * *

La noticia cayó como una bomba: Miss había sido prostituta de lujo. La modelo había entrado en el país como inmigrante ilegal. Estuvo trabajando en mil sitios hasta que se dio cuenta de que la belleza vendía más que cualquier otro producto y creó su propia empresa, una empresa donde la única trabajadora era ella misma.

En las redes aparecieron algunos de los anuncios que aún se conservaban en papel. Evidentemente, todo lo digital se había borrado, la organización tenía millones de dólares para hacerlo, pero el papel... Fue un pequeño recorte en una revista lo que consiguió descubrirlo todo.

Allí aparecía una foto suya mucho más joven, con unos catorce años, el límite legal para ejercer la profesión.

Aunque era algo de lo que no se hablaba en los medios, un 50 por ciento de los jóvenes de entre catorce y dieciocho años habían descubierto que era mucho más rentable alquilar su cuerpo que estudiar o trabajar, y la prostitución *teennet* se había normalizado de tal manera que el gobierno tuvo que rebajar la edad legal para ejercer de los dieciocho a los cator-ce, eran demasiados los detenidos cada fin de semana.

Muchos de los *influencers* vendían su cuerpo por cantida-des muy altas que los millonarios de turno no dudaban en pagar. Cuanto más seguidores tenían en las redes, más alto era el caché.

Miss, en sus inicios, solo había sido una de tantas. Con la diferencia de que nunca se publicitó en redes sociales debido a que estaba de manera ilegal en el país, lo hizo en otros me-dios más discretos, como el papel.

Sus clientes habían sido hombres con mucho dinero, hom-bres que no siempre se comportaban como debían, pues el hecho de ser *teennet* e inmigrante ilegal era un cóctel peligro-so, un cliente podía hacer contigo lo que quisiera.

Y un día ocurrió: se acostó con la persona equivocada, una persona que casi acaba con la vida de Miss.

La publicación de aquella noticia en las redes sociales fue el detonante de la primera gran crisis en la colonia, aunque eso vino un poco más adelante.

* * *

—¿Quién es Margaret Fride? —le pregunté a mi hermano.

—Creo que esta vez será más rápido ir directamente a la contabilidad, ¿verdad? —me dijo con una sonrisa.

Nos fuimos a la pequeña cafetería que había allí, y mientras él abría de nuevo el ordenador yo salí para intentar aclarar las ideas.

¿Qué estaba pasando? ¿A dónde nos llevaba todo eso? ¿Por qué las llaves tenían el mismo trébol que mi muñeca? ¿Y si solo estaba jugando con nosotros?

Me senté en un banco de madera y comencé a revisar todos los patrones de nuevo. El concurso, ese podía ser uno; teníamos dos concursantes, Frank y Andrea, pero ¿y Margaret Fride? ¿Y si era el verdadero nombre de alguna de las otras concursantes? En ese caso se reforzaría ese patrón.

Pero lo que no entendía era qué tenía que ver todo eso con mi deseo. Nada, no era capaz de encontrarle sentido. Y después estaba la lista eXo. Saqué el anillo del bolsillo y decidí ponérmelo en el dedo.

Me levanté y estuve un rato paseando por la parte exterior

de la granja, intentando encontrar alguna solución a todo aquello.

Tras casi una hora en soledad volví a la cafetería. Allí me encontré a mi hermano sonriendo.

—Supongo que lo has encontrado, ¿verdad?

—Sí, hay una transferencia a su nombre.

—Déjame que lo adivine —lo interrumpí—, es el verdadero nombre de otra de las concursantes.

—No. Yo también lo había pensado, eso nos habría dado un patrón estable, pero no, no tiene que ver con ninguno de los concursantes, aunque sí con el concurso.

—Entonces ese podría ser el patrón: el concurso.

—Sí, parece que sí.

—¿Y qué podemos sacar de las transferencias? ¿Algún dato interesante?

—Solo se le hizo una, pero muy, muy grande.

—¿Cuánto?

—Lo suficiente para quitarte las ganas de investigar.

—¿De investigar qué?

—La muerte de tu marido.

—¿Qué? —le pregunté sorprendida.

—Verás, Margaret era la mujer de uno de los empleados de la empresa —me dijo mientras yo me acercaba al ordenador—, su marido estuvo trabajando durante dos años, hasta que murió.

—Vaya... ¿Y de qué murió? —pregunté instintivamente.

—Ahí viene lo bueno. Solo pone que sufrió un accidente en Islandia, nada más.

—¿En Islandia?

—Sí.

—¿Y qué hacía allí?

—Bueno, en Islandia estaba uno de los centros de respaldo de todo lo que se grababa para el concurso. Supongo que sería alguno de los encargados del mantenimiento de los equipos.

—¿Entonces el pago es algún tipo de indemnización?

—Sí, eso parece, pero es una indemnización muy alta, demasiado. No es normal, nada normal.

—Quizás murió por culpa de la empresa y quisieron taparlo...

—Imagino que eso es lo que debemos averiguar.

Mi hermano introdujo en su buscador el nombre de la mujer y nos apareció su última dirección. A pesar de que no estaba demasiado lejos, aquella noche preferimos dormir en algún hotel de la zona.

* * *

Desde la organización ya conocían la información, pero lo averiguaron demasiado tarde, cuando Miss ya era una de las personas con más popularidad del concurso, cuando las mejores marcas pujaban por patrocinarla.

Se trabajó intensamente para borrar toda su huella digital: se eliminaron fotos, menciones y textos, y se llegó hasta los rincones más oscuros de internet con la intención de modificar todo su pasado.

El problema era el papel, el gran enemigo, el último reducto de libertad. Existía una revista muy exclusiva, a la que solo podías acceder por suscripción. Una revista que hablaba de los yates más modernos, de los destinos turísticos de moda, de los últimos vehículos de edición limitada. Una revista que adornaba sus páginas con mujeres y hombres posando desnudos. Casi todos ellos jóvenes, casi todos ellos alquilables por una buena cantidad de dinero.

Era muy difícil que te seleccionaran para aparecer en esa revista: debías ser joven, desconocido en las redes sociales y tener un cuerpo prácticamente perfecto. Miss cumplía las tres condiciones, por eso, en cuanto envió sus fotos la llamaron, y ella no se lo pensó dos veces.

La organización consiguió la dirección de las personas suscritas a la revista. Pudieron comprarlas casi todas, pero fue ese casi el que trajo el desastre.

De alguna forma una de esas revistas llegó a un medio de comunicación de la competencia.

En apenas unas horas, los principales patrocinadores de Miss —joyerías exclusivas, empresas de cosméticos, talleres de alta costura— decidieron rescindir el contrato.

* * *

Al día siguiente, a primera hora de la tarde, llegamos a un barrio de lujo. Mi hermano había conseguido su dirección, al menos la última que figuraba en la base de datos. Comenzamos a buscar hasta que llegamos a una preciosa casa con un inmenso jardín.

—Según lo que tengo apuntado, aquí es.

—¡Menuda casa! —exclamé—. Bueno, supongo que con el dinero que le pagaron podría haberse comprado tres como esta.

Aparcamos frente a la verja, avanzamos a pie por un pequeño camino de piedra y llamamos a la puerta.

A los pocos segundos apareció una mujer. Por su uniforme dedujimos que era alguien del servicio.

—Buenos días —nos dijo de forma amable—. ¿En qué puedo ayudarles?

—Buenos días —le contesté yo—. Verá, buscamos a Margaret, a Margaret Fride.

—¿Margaret? —preguntó la mujer sorprendida—. Lo siento, creo que se han equivocado, aquí no vive ninguna Margaret.

—¿Está segura? —insistí—. La última dirección que tenemos es esta.

—No, lo siento, pero esperen un momento, voy a llamar al señor a ver si puede ayudarles.

Apareció un hombre alto, fuerte, bien vestido, de mediana edad.

—Hola. ¿En qué puedo...? —Y en ese momento supe que me acababa de reconocer—. Vaya, pero ¿no es usted Nel, la periodista?

—Sí, soy yo —contesté.

—Qué sorpresa, aquí en mi casa. ¿En qué puedo ayudarles? —nos dijo mientras nos estrechaba la mano.

—Verá, es que estamos buscando a Margaret Fride.

—Ah, sí, la antigua dueña de la casa.

—¿La antigua dueña?

—Sí. Es una historia larga... y también un poco dura. Tuvo que vender la casa hace un tiempo, se la quedó un banco. Después salió a subasta y hubo varios litigios. Finalmente me surgió la oportunidad de comprarla.

—¿Tuvo que vender la casa? Pero con el dinero que tenía... —dije más para mí misma que para los demás.

—Bueno, como les he comentado, es una larga historia. Si no tienen prisa y quieren acompañarme a tomar un té, un café...

Mi hermano y yo nos miramos, y aceptamos.

Atravesamos la entrada y nos dirigimos hacia un pequeño salón en el que había una sencilla mesita y cuatro sillas.

—Siéntense, siéntense, ¿Qué desean tomar?

—Yo con un café... —respondió mi hermano.

—¿Y usted? —me preguntó.

—Yo también, gracias.

—Perfecto —dijo mirando a la empleada del hogar—. Como les decía, es una historia un poco dura, pero, si me permiten la indiscreción, ¿esto es para algún documental, para algún libro?

—Discúlpenos usted, hemos entrado aquí sin explicar nada. Mi hermano y yo estamos repasando varios detalles del testamento de nuestro padre, y entre esos detalles está Margaret.

—¡Su padre! Es cierto, qué maleducado, lo siento mucho, siento mucho lo ocurrido, no la había relacionado a usted con él. Lo siento.

—No se preocupe.

—Bueno, yo tampoco es que sepa mucho, lo básico. Su marido murió en un accidente, ¿lo sabían?

—Sí, hemos estado haciendo averiguaciones.

—Bien, antes del accidente del marido la pareja vivía, junto a su hijo, en una casa normal en un barrio modesto del otro lado del río. Y de pronto le llaman para decirle que su marido ha muerto de una forma extraña en Islandia. Nada menos que en Islandia.

»Sé que fue allí, lo enterró y varias semanas después le llegó una indemnización millonaria. Recibió tanto dinero que pudo comprarse esta casa. El problema vino cuando tuvo que administrarlo, no supo hacerlo.

—Pero ¿cómo pudo arruinarse?

—Bueno, en realidad es sencillo. Cuando uno gana dinero muy rápido y no sabe gestionarlo comienza a comprar cosas, cosas muy caras a crédito. Uno firma documentos que no entiende, se deja aconsejar por gente equivocada... y de pronto los préstamos comienzan a comerte. Finalmente la única opción que tuvo para no ir a la cárcel fue vender esta casa.

—Y ahora, ¿dónde vive? ¿Lo sabe usted?

—Pues sí, desgraciadamente sí. Vive en un descampado que hay en las afueras del pueblo, en una pequeña caravana.

Durante unos segundos todos nos quedamos en silencio.

—Esa es la historia, no sé si he podido ayudar en algo.

—Sí, claro que sí, tenemos que hablar con ella, vamos a ir a verla. Muchas gracias por la información.

—De nada, ha sido un placer.

Nos tomamos el café mientras el hombre nos preguntaba mil cosas sobre la televisión, sobre el mundo periodístico, sobre los secretos de los famosos...

Después de casi una hora salimos de la casa en dirección a nuestra nueva pista.

En apenas diez minutos llegamos al descampado que nos había indicado. Aquello era aún peor de lo que nos habíamos imaginado.

* * *

La noticia llegó, con unos cuantos minutos de retraso, también a la colonia. En un principio nadie dijo nada, se prefirió ignorar el tema. Pero había algo raro en el ambiente, como si aquel día las horas no pasaran nunca, la sensación de incomodidad se colaba en cada rincón de las instalaciones.

Miss notó que nadie se dirigía a ella, y si alguien lo hacía, los nervios entorpecían las palabras. Quizás por eso, porque aquello no podía continuar así, justo antes de comenzar a cenar, cuando todos estaban sentados, decidió hablar.

—Veréis —comenzó a hablar nerviosa—, quería comentaros lo que se ha publicado en las redes sociales, creo que os debo una explicación.

—A mí no me debes ninguna explicación —la interrumpió John levantándose de la silla—, de hecho no quiero saber nada, absolutamente nada. Todos hemos venido aquí a comenzar de nuevo, todos tenemos un pasado del que tal vez no estemos orgullosos. De lo que sí estoy orgulloso es de lo que estamos construyendo ahora, en el presente. Estoy orgulloso de todos vosotros, orgulloso también de ti.

Y sin decir nada más, se acercó a Miss y la rodeó con un abrazo.

Miss apretó los ojos para evitar las lágrimas, apretó también a John, y en ese abrigo de sensaciones se permitió regalarle una amnistía a su corazón.

—Yo tampoco necesito ninguna explicación —añadió en ese momento la Doctora mientras se acercaba a Miss. Se puso frente a ella, le dio un abrazo y un beso infinito en la mejilla.

—Ni yo —afirmó Frank.

Y así, uno tras otro, se acercaron a ella.

Todos excepto Andrea, que solo dijo cuatro palabras mientras continuaba tecleando en su ordenador: «El pasado es pasado».

El problema es que, a los pocos días, ese pasado casi destruye el presente.

* * *

Aquello era un cementerio de caravanas. La mayoría estaban destrozadas, sin ruedas, sosteniéndose sobre maderas y ladrillos. Las mesas y sillas se desparramaban alrededor como si acabara de pasar un huracán y los servicios de emergencia estuvieran aún por llegar.

Caminamos unos metros hasta que encontramos a un hombre tumbado sobre una hamaca. Llevaba una camiseta que le venía estrecha dejando ver una enorme barriga de grasa como un globo a punto de explotar.

—Perdone —le dijo mi hermano acercándose a él—, estamos buscando a Margaret, Margaret Fride.

—Ey, *mi no entender*, preguntad allí —nos contestó el hombre señalando una pequeña caravana rosa y azul.

Nos acercamos y golpeamos suavemente la puerta.

Apareció una mujer en camisón.

—¿Sí?

—Disculpe, estamos buscando a Margaret Fride.

—Ah, Margaret, sí, la rica. Miren, sigan por allí y verán una caravana verde con unas macetas en el techo. Esa es.

—Muchas gracias.

—No hay de qué. —Y la mujer se quedó mirando cómo nos alejábamos.

Tras apartar unos tablones y una barca que a saber cómo habían llegado allí, encontramos la caravana. Una mujer estaba regando unas plantas en el exterior. En cuanto nos vio se asustó.

—Hola —le dijimos a unos metros de distancia.

—Hola —nos contestó, apartándose tímidamente.

—¿Es usted Margaret Fride? —le pregunté.

—Sí, la misma —nos dijo sin acercarse.

—Verá, querríamos hablar un momento.

—¡No se van a llevar a mi hijo! ¿Me oyen? ¡No se lo van a llevar! Aquí podemos vivir los dos —comenzó a gritar.

—No, no —la interrumpí—, no queremos llevarnos a su hijo. Hemos venido a hablar de otro tema. Mi nombre es Nel Miller, y él es mi hermano Alan.

—Miller... Ustedes, ustedes son... los hijos de...

—Sí —le dije mientras veía cómo le desaparecía la tensión del rostro.

—Vaya, siento todo esto, todo este desastre... Lo siento, lo siento...

En ese momento nos dimos cuenta de la vergüenza que empezaba a crecer en el interior de aquella mujer. Nos sentimos incómodos por ella.

—Lo siento... —no dejaba de decir.

—No tiene que disculparse por nada. Somos nosotros los que nos hemos presentado aquí sin avisar.

—Bueno, este no es el mejor lugar para recibirlos.

—No se preocupe, solo será un momento.

Nos sentamos en unas sillas alrededor de un barril que hacía las veces de mesa.

Le estuvimos explicando el juego de las llaves y cómo habíamos llegado hasta ella.

—Y aquí se acaban las pistas —le comenté.

—Pero yo no sé nada de ninguna llave, no sé cómo puedo ayudarlos.

—¿Le importa si le preguntamos por la indemnización? —le dije, asumiendo que aquel tema podía ser delicado.

—Sí, claro. Fue por el accidente de mi marido, una compensación económica.

—Pero es una cantidad elevada —intervino mi hermano—. ¿Tiene usted idea de por qué le pagaron tanto?

—No lo sé...

—¿Le importaría contarnos qué ocurrió?

—Bueno, no hay mucho que contar. Mi marido siempre había trabajado en la construcción, en obras que salían, chapuzas... Cuando no había faena en la obra hacía lo que podía, le daba igual trabajar de camarero, de reponedor en un supermercado o de lo que hiciera falta.

»El caso es que un día lo llamaron para darle un trabajo en el que iba a ganar mucho dinero. El problema es que no era aquí, tenía que irse lejos. Le dijeron que era para un centro de seguridad de datos o algo así que iban a construir en Islandia.

—Así es, aquella fue una inversión millonaria. Lo que no entiendo muy bien es por qué traer obreros de aquí pudiendo contratarlos allí. ¿Estaba su marido especializado en algo en particular? ¿Algo que lo hiciera imprescindible?

—No, no, en nada. Por eso me extrañó también. Él simplemente era peón de obra, nada más. Y si les digo la verdad, no era de los más responsables. Lo echaron más de una vez por faltar al trabajo, por llegar tarde o incluso por acudir un poco bebido —dijo avergonzada.

—Todo esto es muy raro, no tiene sentido. ¿Y qué ocurrió?

—Estuvimos pensando varias opciones. Una era irme a vivir allí, pero yo tenía mi negocio aquí, mi hijo también y al final decidimos que fuera solo él, que probara un tiempo y ya después veríamos. El sueldo era muy alto y la empresa nos pagaba a mí y a mi hijo el viaje a Islandia para verlo una vez al mes.

—¿Y a qué se dedicaba allí? —le pregunté.

—Eso era lo extraño...

* * *

A pesar de que millones de personas lo vieron en directo, no se supo la verdad hasta el día siguiente. Ocurrió durante la madrugada marciana, cuando todos ya dormían.

La escena, a pesar de ser relativamente habitual, no pasó desapercibida: un cuerpo se levanta en la noche, una de las cámaras del pasillo se activa y las imágenes entran en el primer canal.

Las redes sociales despiertan gracias a miles de personas cuya vida se movía en torno al concurso; personas para las que ser de las primeras en compartir una nueva noticia era motivo de orgullo.

El cuerpo continúa avanzando por el pasillo, entre el silencio y la oscuridad, hasta que se detiene frente a una puerta, la misma que siempre.

La audiencia continúa aumentando, ocurre cada vez que hay un encuentro sexual. Como en las anteriores veces, el principal morbo radica en descubrir quién de los dos será el que comparta cama con Miss. Las casas de apuestan envían avisos automáticos a sus usuarios.

La figura, oculta bajo una capucha, abre la puerta, se introduce lentamente en la habitación y se acerca a la cama. Se sumerge despacio bajo las sábanas para comenzar un juego del que la audiencia ya ha sido testigo en otras ocasiones.

La cámara situada en el techo capta como ella abre los ojos en la oscuridad. Sus dientes muestran una sonrisa.

Él comienza a jugar con su cabeza entre las piernas de una mujer que se estremece con cada contacto. Continúa allí durante unos minutos hasta que, poco a poco, su silueta va ascendiendo hacia su ombligo, hacia sus pechos, hacia su cuello... hasta que, con un movimiento brusco, ambos cuerpos se unen. Ella grita.

Y las redes sociales echan humo.

Y él le tapa la boca, quizás para silenciar el sonido del placer en la noche, mientras continúa empujando bajo las sábanas. Ambos cuerpos se mueven con fuerza, con mucha fuerza: parece que hay mucha más pasión que en otras ocasiones. Quizás es esa misma pasión la que hace que todo acabe rápido, muy rápido.

El cuerpo del hombre se deja caer a un lado, le da un beso en la mejilla y, ya fuera de la cama, se sube los pantalones. Se coloca la capucha y abandona rápidamente la habitación. En las redes sociales se ha bautizado el momento como #elmascorto.

* * *

—Nunca me lo explicó del todo, o quizás fui yo quien no supo entenderlo. Siempre me decía que la empresa no le permitía hablar de ello. Me comentaba cosas sobre copias de seguridad, ordenadores, datos... Yo me quedé con la idea de que era un centro para hacer copias de todo lo que emitía la cadena.

—Bueno, más o menos así era —intervino mi hermano—, allí se guardaba todo lo que se grababa en el programa. Evidentemente solo se emitía una pequeña parte, pero por ley debíamos guardar todo lo que ocurría por si en algún momento era necesario.

»Supongo que su marido tuvo que firmar algún contrato de confidencialidad, esa es la razón por la que no podía contarle lo que ocurría allí.

—Sí, al final siempre me decía que no podía hablar del tema. Pero yo lo notaba asustado, preocupado. Cada vez que iba a verlo a Islandia... era como si me quisiera contar algo y no pudiera hacerlo.

—Seguramente tenía miedo —le dijo mi hermano—. Lo

más probable es que estuviera siendo vigilado, quizás por eso era usted quien tenía que ir allí a visitarlo. Seguro que en su casa hubiera cámaras y micrófonos ocultos.

—¿Qué? —Me miró sorprendida.

—Sí, así mi padre se aseguraba de que ningún contrato de confidencialidad se rompiera.

—Pero ¿qué ocurrió? ¿Cómo murió su marido? —intenté dirigir la conversación hacia la indemnización.

Apretó ligeramente los dientes.

—Era ya de noche, todos estábamos acostados, y sonó el teléfono. Aquel día aprendí que nunca hay buenas noticias cuando el teléfono suena de madrugada.

Permaneció en silencio durante unos instantes.

—Una voz me pidió disculpas por la hora y me preguntó mi nombre. La siguiente frase fue: «Lamento comunicarle que su marido ha muerto». Así, rápido, sencillo, directo al dolor. Me quedé unos segundos sin habla, como si hubiera sido una pesadilla.

»Cuando por fin reaccioné, me explicaron que habían hecho una excursión por un glaciar y que mi marido había tenido un accidente. Mala suerte, cosas que pasan. El hielo que había bajo sus pies cedió y cayó más de veinte metros, chocó contra el suelo. La muerte fue instantánea, no sufrió.

La mujer dejó de hablar.

—Lo siento mucho —le dije mientras la abrazaba.

—La verdad es que la empresa se portó muy bien con nosotros. Fuimos a Islandia, nos pagaron todo, nos enseñaron el informe de la policía. Pudimos tener acceso a las fotos que se habían hecho, a los detalles del rescate. Me enseñaron el cuerpo de mi marido...

—Todo parecía en regla —dijo mi hermano.

—Sí, así es.

La mujer se separó lentamente de mí, se limpió los ojos.

—Y eso es todo. Nos dieron una indemnización. Sí, era mucho dinero, pero yo no sabía si era o no lo normal.

—En realidad no es nada normal, es demasiado —intervino mi hermano.

En ese momento me hubiera gustado preguntarle cómo una persona es capaz de gastarse todo ese dinero y quedarse en la ruina, pero no era el momento. Era el momento de seguir pensando, mi padre nos había llevado hasta esa mujer por algo. Pero en esta ocasión ella no era una concursante. Teníamos que buscar otro patrón, algo que nos llevara hasta la siguiente llave.

Miré a mi hermano y me di cuenta de que estaba tan perdido como yo.

Tras unos minutos en silencio me vino una idea a la cabeza. Mi hermano me miró sorprendido en cuanto hice la pregunta.

—Una cosa más: ¿por casualidad su marido no sería huérfano?

* * *

Comenzó un nuevo día en la colonia. Las cámaras volvían a mostrar la rutina que lo cubría todo: el aseo matinal en seco, tan breve; la ropa de ayer, la visita a la cocina para preparar la comida encapsulada... Lejos quedaban ya esos pequeños placeres de la vida, como una ducha de agua caliente, el olor a tostadas recién hechas o estrenar la ropa comprada el día anterior.

Tras recoger y reciclar los envases, lo primero que hacía cada uno de los componentes de la colonia era conectarse a sus dispositivos para alimentar el ego. Deseaban saber qué había ocurrido en la Tierra mientras dormían, qué habían dicho sobre ellos, cuánto habían aumentado sus seguidores o cuál había sido la foto con más *likes*.

Algunos como Miss, Manitas y Veruca, se pasaban horas contestando a sus seguidores, enviando vídeos en directo, desmintiendo noticias, aclarando situaciones que se malinterpretaban con las imágenes de las cámaras.

—Vaya, parece que anoche hubo movimiento por los pasillos —comentó el Militar sin ningún tipo de intención.

Nadie dijo nada.

—Por cierto, ¿dónde está Miss? —preguntó la Doctora—. ¿Alguien la ha visto?

Ni Manitas ni el Jardinero dijeron nada, uno sospechaba que había sido el otro quien había pasado con ella la noche, y el otro, que había sido el uno. Habían accedido a mantener aquella extraña situación a tres, pero ninguno quería reconocer que esa noche no había sido el elegido.

—Bueno, veo que hoy no estáis muy habladores. Voy a ver si está bien, es extraño que no haya desayunado con todos —dijo la Doctora mientras se alejaba.

Las cámaras persiguen a una mujer que recorre el pasillo y llega a la habitación de Miss. La audiencia es muy alta en comparación con otra mañana cualquiera: todos quieren saber quién estuvo en la habitación anoche. Y no solo por el morbo, sino porque hay dinero en juego: las apuestas iban tres a uno a favor de Manitas.

La Doctora llama a la habitación pero no responde nadie. Vuelve a llamar, nada. «Es extraño», piensa, y empuja suavemente la puerta. Y allí se encuentra con una situación que la sorprende: Miss está acurrucada sobre la cama, en posición fetal, tapada con las sábanas.

Se acerca a ella en silencio, le pone la mano sobre la espalda y lentamente le da la vuelta para descubrir un desorden en sus ojos: están demasiado hinchados.

Miss la abraza con fuerza, como a ese salvavidas que uno encuentra justo cuando el mar parece estar ganando.

—Tranquila..., cuéntame... ¿Qué ocurre? —le susurra temiendo lo peor.

Sabe que una enfermedad allí puede ser mortal.

* * *

—¿Huérfano? No, no, qué va —nos contestó la mujer.

—Pensé que podía ser un patrón... —dije mirando a mi hermano, con la esperanza de que a él se le ocurriera algo mejor.

—Yo tampoco sé por dónde continuar —admitió mirando a la mujer—. ¿Se le ocurre algún lugar donde hubiera una puerta que abrir, alguna caja fuerte, algún baúl...?

—Déjenme que piense...

Estuvimos unos minutos en silencio pero no supo decirnos nada más. Me levanté y comencé a dar vueltas alrededor, intentando pensar en algún detalle en el que no nos hubiéramos fijado.

—Tiene que haber algo más, algo que se nos escapa... —continué hablando para mí misma pero en voz alta.

Al repasar todos los datos que habíamos recopilado me di cuenta de que no sabíamos cómo había llegado hasta la empresa de nuestro padre. Intenté tirar de ese hilo.

—A ver..., usted dice que su marido había tenido muchos trabajos.

—Sí, él se apuntaba a cualquier cosa. Sobre todo en obras, él sabía hacer de todo.

—¿Y cómo consiguió la empresa de nuestro padre contactar con su marido?

—No lo sé, en realidad lo llamaron a través de una agencia de empleo temporal.

—Aquí hay algo extraño... No entiendo cómo, sin tener una relación previa, de pronto llegan hasta su marido para que vaya a trabajar a Islandia. ¿Seguro que no tuvo contacto con la empresa de mi padre anteriormente? Alguna entrevista, alguna prueba a la que se presentó...

En ese momento vi que algo cambiaba en el rostro de la mujer, vi ese momento que todo periodista espera.

—Bueno, ahora que lo dice, hubo algo. Unos meses antes de ir a Islandia mi marido se presentó a unas pruebas que hacían para buscar figurantes. Él era guapo, alto, fuerte. No era la primera vez que había trabajado en eso y pagaban bien.

—¿Recuerda el nombre del casting, o quién lo organizaba?

—Sí, eso, era como un casting, mi marido me dijo que era algo para buscar parecidos de gente famosa o algo así, para hacer de dobles en algunas películas.

—¡El programa de parecidos! —gritó mi hermano—. Puede ser eso.

* * *

—Cuéntame... ¿Qué ocurre? —le pregunta ante la atenta mirada de millones de personas, que suben el volumen de sus dispositivos.

Pero no hay respuesta, solo silencio en el interior de un abrazo que Miss desea no acabe nunca. Busca allí, en el cuerpo de la Doctora, el cariño que lleva echando de menos desde que llegó a Marte, no el de quien persigue sexo, sino el de quien ofrece amor sin nada a cambio.

—Cuéntame qué ha ocurrido —le susurra de nuevo mientras ambos rostros se separan y quedan frente a frente, a la distancia del aliento.

Y mientras la Doctora le aparta suavemente el pelo de la cara e intenta borrar las lágrimas de sus mejillas, los labios de Miss se separan para dejar escapar una frase que arrastra dolor en cada palabra.

—Me han violado.

Y sin decir nada más, como un animal herido, vuelve a hundir su cuerpo en los brazos de la Doctora. Permanecen así, unidas, «Durante todo el tiempo que necesite», piensa la Doctora; «Nunca será suficiente», piensa Miss.

—He visto las redes sociales —le habla al oído—, y parecía que habías tenido visita como en otras ocasiones, que os lo habíais pasado bien. De hecho decían que había sido más intenso que nunca. —Y es ahí cuando la Doctora se da cuenta de lo ocurrido.

Miss continúa llorando.

—¿Quién? —le pregunta en voz baja la Doctora.

Miss se separa lentamente de ella y, entre lágrimas, dolor y saliva, le contesta:

—Ninguno de los dos, de eso estoy segura, conozco sus cuerpos, su tacto, su olor... Ha sido otro. Mientras estaba ahí, bajo las sábanas, con la excitación del momento no me di cuenta, pero en cuanto me... En ese momento noté algo extraño y grité.

—Y te tapó la boca.

—Sí..., fue... —continúa llorando.

La Doctora deja que se desahogue, que permita salir todo el dolor que lleva dentro. Deja pasar muchos minutos hasta la próxima pregunta.

—Pero ¿entonces quién? Solo hay dos opciones.

—El Militar creo que no fue... —susurra—, es demasiado grande, supongo que lo habría notado al ponerse sobre mí.

—Pues... solo queda una opción. ¿Frank?

—Pero Frank... —contesta una mujer inundada por el dolor, no el físico sino el otro, el que te destroza al recordar que te han obligado a hacer algo que no querías, el que te recuerda que han derrumbado lo más preciado que tienes: tu intimidad... —. ¿Por qué? ¿Por qué iba a hacer algo así?

—No sé, no lo sé... —responde la Doctora intentando buscar una explicación.

—No lo entiendo —balbucea entre lágrimas—, no lo entiendo... Hui de la Tierra justamente por eso, porque allí me sentía un objeto, porque cometí el error de aparecer en aquella revista, porque después de aquello algunos hombres me obligaron a hacer cosas horribles... Me arrepentí mil veces, pero ya nadie me tomaba en serio y me convertí en una muñeca con la que obtener placer y después tirar...

Respira.

—No soy una muñeca, soy una persona... por eso me pareció bonito venir aquí, porque pensé que íbamos a empezar de cero, en un lugar donde hombres y mujeres fuéramos iguales, un lugar donde hubiera libertad, donde pudiera vivir sin sentir miedo.

Se quedan en silencio, abrazadas una a la otra.

Y mientras ambas mujeres continúan unidas, las redes sociales hace ya minutos que han dictado sentencia.

Millones de mensajes de odio inundan internet, todos ellos tienen un objetivo común, todos ellos incluyen alguna de las siguientes etiquetas: #Frankculpable, #Frankviolador, #muerteaFrank. No hay pruebas, pero tampoco hay dudas. La sentencia es clara: culpable.

Quizás lo mejor que le pudo pasar a Frank en ese momento fue estar lejos de la Tierra, de lo contrario cualquier loco no habría tardado más de una hora en localizarlo y pegarle un tiro. Había muchos antecedentes. No era la primera vez que las redes sociales habían dictado sentencia y un desequilibrado la había ejecutado.

En apenas unos minutos varias asociaciones feministas se organizaron para realizar protestas en las principales capitales del mundo. Todas ellas pedían un castigo ejemplar que, en muchos de los casos, incluía la muerte.

La Doctora y Miss no han sido conscientes de que cada una de sus palabras, con el retardo habitual, ha llegado ya a la Tierra y ha vuelto de nuevo a la colonia. No son conscientes de que los mensajes de odio están apareciendo ahora mismo en los dispositivos del resto de habitantes de la colonia.

Por eso les ha sorprendido tanto que, de pronto, se escuchen gritos que llegan desde la Sala Común. Gritos de odio, dolor y rabia.

Ambas se levantan y corren hacia allí temiéndose lo peor.

* * *

—¿Qué es el programa de parecidos? —le pregunté a mi hermano.

—Bueno, era una especie de casting en el que seleccionábamos a personas que se parecían mucho a alguien. El proceso era sencillo, un candidato se sentaba en una habitación y le hacíamos unas cuantas preguntas. Durante el cuestionario a su alrededor había cámaras que captaban cada uno de sus gestos: su sonrisa, el movimiento de sus ojos, si apretaba los dientes o relajaba la mandíbula ante determinada pregunta... Con esto conseguíamos que un software especializado nos dijera si su rostro se parecía en un determinado porcentaje al de otra persona.

—¿Y para qué? —preguntó la mujer.

—Había muchas razones: por si teníamos que inventar una exclusiva, por si había que fabricar una coartada, por si hacía falta un doble para proteger a alguien... A veces eran los propios interesados los que nos lo pedían, otras veces eran trabajos que nosotros iniciábamos por cuenta propia.

—Pero mi marido no se parecía a ningún famoso.

—A veces es complicado saberlo a simple vista, por eso utilizábamos el software. El programa seleccionaba a un candidato si este tenía un 80 por ciento o más de similitud con otra persona. A simple vista hay parecidos que nosotros no veíamos, pero el software sí. La aplicación era capaz de saber si realizando pequeños retoques de maquillaje, pelo, pestañas o incluso cirugía, un candidato podía llegar a parecerse a otra persona.

—Entonces tenemos que averiguar a quién se parecía su marido —intervine—, quizás ahí está la clave, quizás esta vez no debemos buscar una llave sino a una persona.

Estuvimos unos minutos más hablando con la mujer, dándole las gracias por su ayuda, por su paciencia.

Nos levantamos y nos despedimos.

Cuando ya nos habíamos alejado unos metros mi hermano se dio la vuelta y se dirigió de nuevo hacia ella.

—Esto hay que arreglarlo, algo haremos, le doy mi palabra —le dijo mientras le daba un abrazo.

Yo intenté aguantar las lágrimas, porque por primera vez en muchos años había vuelto a ver a mi hermano, a ese que siempre fue mi héroe.

—Gracias —le dije cuando llegó de nuevo a mi altura.

—Por...

—Porque sé que vas a ayudar a esa mujer.

—Sí, pero no le voy a dar dinero. Se lo gastaría y volvería a estar igual. Hay personas a las que nunca se les puede dar dinero.

Caminamos hacia el coche.

—Bueno, ¿y ahora qué? —le pregunté.

—Ahora voy a necesitar pedir ayuda a alguien. Sé dónde

se guardan todos esos datos, pero yo no tengo acceso a ellos.

—¿Pedir ayuda a quién?

—A gente que ni siquiera conozco.

* * *

La primera imagen que vieron la Doctora y Miss al entrar en la sala fue desoladora: el pediatra estaba en el suelo con la boca sangrando. A unos metros, el Militar sujetaba a Manitas con el brazo derecho. La serpiente tatuada parecía más viva que nunca.

La escena completa se convirtió en viral en cuanto llegó a la Tierra. Todo había comenzado con un primer plano de Manitas mirando en su dispositivo las redes sociales, contestando mensajes, cuando de pronto le cambió el rostro. Su expresión comenzó a endurecerse conforme pasaba a toda velocidad los mensajes que le iban llegando. Continuó durante dos o tres minutos hasta que ya no pudo más y se levantó.

No preguntó, se fue directo a Frank, que en ese momento estaba tomando un café, y le puso el móvil a cinco centímetros de la cara.

—¿Es esto cierto? —le preguntó gritando.

—¿El qué? ¿Qué? No entiendo —contestó un Frank sorprendido y asustado.

—¡Esto! ¡Esto! ¡Hijo de puta! —continuó gritando—. ¡Esta noche has violado a Miss!

—¡¿Qué?! ¿Yo? ¡No, no! Yo no he hecho na...

Manitas no se pudo contener. Lanzó su puño, que cayó como un yunque sobre la mandíbula de Frank. El impacto lo tiró al suelo.

El pediatra, aturdido, se llevó la mano a la boca de la que comenzaba a salir un hilo de sangre.

En ese mismo instante John levantó sus ciento y pico kilos de músculo del sofá y agarró a Manitas para detenerlo.

—¿Estás loco? —le gritó mientras lo cogía fuertemente por la espalda—. ¿Por qué has hecho eso?

Fue justo en ese momento cuando Miss y la Doctora aparecieron por la puerta.

Veruca, tras el shock inicial, se fue corriendo a un rincón y se acurrucó en el suelo. Desde allí comenzó a llorar sin soltar un móvil que continuaba retransmitiendo en directo para su canal.

Andrea cogió su ordenador y se escondió tras el sofá.

El Jardinero, durante los primeros instantes, también se quedó paralizado por lo ocurrido. Él aún no había mirado las redes sociales, casi nunca lo hacía por la mañana, siempre esperaba a la tarde, cuando podía compartir sus avances con las plantas.

—¡No he sido yo, no he sido yo! Sea lo que sea no he sido yo, no me he movido de la cama en toda la noche... —se lamentaba Frank desde el suelo escupiendo sangre en cada palabra.

—Claro que has sido tú, ¿a que sí? —le preguntaba Manitas a la modelo, intentando escapar de John.

Miss se abrazó de nuevo a la Doctora y comenzó a llorar.

—¿Qué ha pasado? Vamos a calmarnos y a intentar aclararlo todo —le gritó el Militar sin soltarlo.

—¡Que esta noche alguien ha violado a Miss! ¡Joder, que la han violado! ¡Joder, joder, joder! —gritó Manitas.

De pronto, todas las miradas apuntaron al rostro de una Miss incapaz de decir nada. Sus ojos no miraban a ningún sitio.

—Yo no he sido, y él tampoco —continuó Manitas señalando al Jardinero—, entonces solo han podido ser dos personas.

—¡Bien! —gritó el Militar—, pues en ese caso también podría haber sido yo.

—¡No! —gritó de nuevo—. Ella ha dicho que no era tan grande, a ti te hubiera reconocido. Ha sido él.

—Pero ¿qué pruebas tienes? —insistió John.

—¡No hay nadie más aquí! ¿Qué pruebas quieres? —Y con un gesto brusco intentó escaparse de los brazos del Militar para pegar de nuevo a Frank. John pudo cazarlo a tiempo.

—Os juro que yo no he sido —se lamentaba Frank desde el suelo.

La Doctora soltó lentamente a Miss y ayudó al pediatra a levantarse.

—Me lo llevo a la enfermería. John, intenta calmarlo hasta que sepamos lo que ha ocurrido.

—¡Hijo de puta! —gritó Manitas—. Aquí no hay donde ir. ¡No puedes escapar!

* * *

—Tenemos un problema, un problema de cojones.

—Pero ¿cómo coño ha podido pasar algo así?

Dos horas después de la confesión de Miss, tres aviones salieron de tres lugares distintos en dirección a un pequeño hotel perdido entre la nada. Los tres fundadores del proyecto se reunieron de urgencia en un lugar alejado de todo. Debían tomar una decisión, y rápido.

Las redes sociales pedían, más que justicia, venganza. Habían encontrado al culpable, habían dictado sentencia... esperaban que la organización la ejecutara.

—Si cae Frank, cae el 20 por ciento de nuestro patrocinio, y eso es mucho dinero.

—Demasiado.

—Hay que buscar otra salida.

—Pero ¿cómo coño lo ha hecho, cómo ha sido capaz de hacerlo? ¿No hay nadie vigilando?

—Ha manipulado las cámaras exteriores, por eso nadie se ha dado cuenta hasta que Miss lo ha contado, por eso nadie pudo verlo cuando se acercó.

—Pero ¿está grabado?

—Sí, está grabado, pero se las ingenió para que las imágenes no nos llegaran. Sabe que no seremos capaces de emitirlo, ¡qué hijo de puta! ¡Mirad!

Los tres hombres ven lo que realmente ha ocurrido. Saben que esas imágenes jamás podrán ver la luz, deben borrarlas inmediatamente o...

—Podemos modificarlas —dice uno de ellos.

—¿Cómo?

—Bueno, basta con buscar a personas de esas que tienes en plantilla, modificar algunas secuencias y ya está. No será la primera vez que creamos nosotros la mentira y la mezclamos con la realidad. Apenas son unos segundos... Hay que hacerlo, si no el ambiente en la colonia será insostenible.

—Bueno... Puede salir bien, eso sí, habrá algunos efectos secundarios.

—¿Y esos efectos secundarios se pueden arreglar con dinero?

—Sí, creo que sí.

Los tres hombres se quedan pensando.

—De acuerdo, pero esto llevará un tiempo, unas cuantas horas, mientras lo arreglamos debemos decir algo.

A los pocos minutos se emitió el siguiente comunicado.

Estimados espectadores: En la organización lamentamos muchísimo lo ocurrido. Jamás pensamos que algo así pudiera suceder, y menos ahora que estamos intentando crear una nueva civilización en un planeta nuevo, una humanidad distinta y más justa. Vamos a revisar minuciosamente todas las cámaras y en cuanto sea posible emitiremos lo ocurrido. Estamos totalmente destrozados.

Por favor, pedimos que se mantenga la presunción de inocencia, no podemos cometer los mismos errores que las civilizaciones anteriores.

Gracias.

Tras el comunicado oficial de la organización, las calles de las principales ciudades del mundo se llenaron de manifestaciones pacíficas que pedían la pena de muerte para Frank. Se reclamaba también una cárcel marciana, incluso los había que demandaban la creación de una silla eléctrica marciana.

La etiqueta más compartida a nivel mundial fue #muereFrank. Que lo maten, que lo encierren, que lo expulsen fuera... Las redes sociales transmitían el odio de dispositivo a dispositivo, de persona a persona. Unas redes sociales que, en ese momento, ya nadie podía detener, quizás ni siquiera la realidad.

* * *

Era ya tarde. Decidimos dormir en aquella ciudad.

—No tenía ni idea de eso de los parecidos —le comenté a mi hermano mientras nos dirigíamos al hotel.

—La empresa tenía una base de datos inmensa con millones de rostros. Un programa se encargaba de rastrear todas las redes sociales e iba almacenando fotos. Al principio se hacía así, pero era complicado tener las imágenes en 3D con todos sus gestos, expresiones... por eso pensaron en la idea de los castings. La inversión fue grande, pero los resultados, espectaculares. Hoy en día hemos mejorado el proceso y ya no hace falta pedir los rostros a los usuarios, ellos mismos nos los dan sin saberlo.

—¿Cómo?

—Simplemente lanzamos aplicaciones de esas que te cambian la cara, que te ponen gafas o bigote, que te dicen cómo serás de aquí a unos años, y conseguimos millones de fotos sin mover un dedo. Actualmente tenemos almacenado el 70 por ciento de los rostros de la población mundial. Así conseguimos afinar aún más la publicidad.

Lo miré sorprendida.

—¿Con los rostros?

—Claro, analizando los rostros se puede sacar muchísima información. A los que tienen arrugas o manchas se les pueden mostrar anuncios de cremas faciales específicas; a los que llevan gafas, de lentillas u operaciones oculares; a los rubios tintes para ser morenos; a los morenos tintes para ser rubios; a los calvos no hace falta que se les muestren anuncios de champú pero sí tratamientos para recuperar el pelo; a los blancos de piel, protectores solares... Las posibilidades son infinitas.

Llegamos al hotel.

Cenamos algo rápido mientras intentábamos poner todo lo que teníamos en común.

—Necesito descansar un poco —le dije tras la cena.

—Perfecto, voy a ver si consigo averiguar algo, en cuanto lo tenga te aviso.

—Vale, yo también pensaré en ello, a ver si puedo sacar algo más de este rompecabezas.

Nos despedimos en el rellano que separaba las dos habitaciones, una junto a la otra.

* * *

Afortunadamente, Frank no tenía rota la mandíbula, pero había perdido un diente. En la Tierra no habría problema, pero allí aquello tenía difícil arreglo.

Le había jurado mil veces a la Doctora que él no había hecho nada; y esta lo había creído. Le administró unos calmantes y le aconsejó reposo.

La Doctora se fue a ver a una Miss que se había encerrado en su habitación y no quería hablar con nadie. Se sentía culpable por todo lo ocurrido, se sentía también sucia, débil e indefensa. Lloraba porque en realidad no sabía cómo sentirse. La Doctora se acostó junto a ella.

Veruca no había hablado desde el incidente, ni siquiera había publicado en las redes sociales. Permanecía también encerrada en su habitación. Tenía ganas de continuar llorando pero ya no había lágrimas, tenía ganas de gritar pero no encontraba la voz, tenía ganas de irse de allí pero tampoco podía.

Andrea, tras lo ocurrido, se preparó dos cafés en la cocina; uno se lo tomó allí, de un solo trago, el otro se lo llevó a su habitación. Se sentó en la cama, se puso los cascos y abrió el ordenador. Sabía que iba a ser una noche muy larga...

El Militar decidió acompañar a Frank a su cuarto y estar con él durante toda la noche. Durmió en el suelo, no le importaba, era algo a lo que estaba acostumbrado, y sabía que no podía dejarlo a solas.

Manitas y el Jardinero, ahora aliados, eran los únicos que aún permanecían en la Sala Común.

—¿Frank? Pero ¿por qué? No tiene sentido —preguntaba el Jardinero.

—Yo tampoco lo sé, quizás tiene algo que ver con esa enfermedad que dijo que tenía en la Tierra, igual era algún tipo de trastorno mental, igual es un depredador sexual. Pero no me importa, solo quiero justicia.

—Parece que no buscas eso, sino venganza.

—Me da igual cómo le llames, esto no puede quedar así. ¿O a ti te da igual? ¿En serio no te importa lo que ha pasado?

—Sí, sí, claro que me importa, me duele tanto como a ti. El muy cabrón —dice un hombre que se está dejando influir por Manitas—. Pero John se ha quedado con él.

—Los sorprenderemos esta noche. Entraremos en silencio, si lo pillamos dormido podemos reducirlo, por ejemplo, con un cuchillo, y así coger a Frank.

—¿Y qué quieres hacer con él?

—Justicia, solo eso, justicia, que confiese, vamos a darle la oportunidad de que confiese.

—¿Y si lo admite?

—Entonces decidimos entre todos cuál es el castigo, pero necesito que lo admita.

—Está bien —contesta el Jardinero sabiendo que en realidad no está bien.

—Esta noche, a las dos, cuando todos duerman, quedamos aquí, en esta sala.

Evidentemente toda esta conversación la habían mantenido entre susurros, directamente al oído, para evitar que ningún micrófono captase sus palabras, para evitar que John se enterase de todo por las redes.

* * *

Y llegó la hora. Las dos de la madrugada.

Las cámaras captaron dos sombras que comenzaron a avanzar por el pasillo hasta la habitación de Frank.

Abrieron la puerta en silencio y los vieron: al pediatra en la cama y a John en el suelo. Estaban durmiendo. Pero en el momento en que Manitas dio un paso hacia Frank, el Militar se levantó de un salto.

—¿Qué haces tú aquí? —preguntó.

—¡Quiero justicia! —gritó Manitas, y despertó al pediatra, que se quedó inmóvil sobre la cama.

Para su sorpresa, John vio que Manitas sacaba un cuchillo. Calculó las posibilidades de reducirlos: las había, pero eran bastante fuertes y mucho más jóvenes que él. Si ya le costó controlar a uno, con los dos iba a ser mucho más complicado. Calculó rápidamente la probabilidad de que alguien saliera herido: muy alta.

—Déjanos que nos lo llevemos y nadie saldrá herido —dijo Manitas levantando el cuchillo con su mano derecha.

—No vas a llevarte a nadie —contestó John.

—Claro que sí, y tú no lo vas a impedir —replicó Manitas mientras se acercaba a él con el cuchillo en alto.

Sangre, dolor, violencia, caos... John había vivido eso en tantas ocasiones... Algo así se sabe cómo empieza pero no cómo acaba, porque a veces las cosas se tuercen y todo puede descontrolarse. Y allí no hay ambulancia. Le han contratado para minimizar los riesgos, por eso en apenas dos segundos evaluó las alternativas, sabe que la más eficaz es la que no debería mostrar, pero quizás ha llegado el momento... aun así decide intentarlo por la vía pacífica de nuevo.

—Manitas, déjalo, vete a la cama, mañana será otro día —contestó el Militar, acostumbrado a momentos mucho más tensos que ese.

—¿Qué? —Comenzó a reír—. Serás muy grande, pero somos dos, voy armado, podemos contigo —contestó con rabia.

El momento era realmente tenso. El Jardinero miraba asustado, Frank también. Manitas y John estaban a apenas dos metros de distancia.

—No lo creo, porque yo no estoy solo, también he traído a una amiga —dijo John sacando una pequeña pistola que apuntó a la cabeza a Manitas.

—Pero ¡¿qué haces?! —gritó mientras se detenía.

—Defenderme.

—¿De dónde la has sacado? ¡No puedes tener eso aquí!

—Bueno, es un pequeño privilegio por servir a la patria. Silencio.

—Mirad —intentó hablar suavemente sin bajar el arma—, vamos a hacer una cosa. Vamos a relajarnos todos. Vamos a irnos a dormir, a descansar. Vamos a esperar a ver qué dicen las cámaras y cuando lo tengamos claro, y solo entonces, discutiremos qué castigo merece el culpable, pero de momento no tenemos culpable, solo sospechas, nada más. Aquí no hay jueces, pero sí testigos, millones. Las cámaras mostrarán lo que ocurrió, hasta entonces vamos a mantener la cordura.

Manitas y el Jardinero sabían que habían perdido. Se dieron la vuelta con rabia y se marcharon.

* * *

Manitas ha regresado a su habitación temblando de rabia, pensando en otras formas de hacer daño. Y ese odio acumulado en su mente lo dirige también hacia el Militar. ¿De dónde ha sacado la pistola? Le pega un puñetazo a la cama, otro a la puerta, a la pared... Se hace daño, pero no le importa, el odio le anestesia el dolor.

Se tumba en la cama, coge el móvil y mira las redes sociales; cada mensaje le genera más odio.

El Jardinero vuelve asimismo a su habitación pero con un ánimo distinto. Se siente mal por acusar sin pruebas, por contagiarse con rabia ajena. Él también cometió errores. Ha decidido esperar a que todo se aclare. Prefiere no mirar las redes sociales, sabe que la multitud solo mira en una dirección, y a veces no es la correcta.

Veruca ha intentado bloquear la puerta. Se ha sentado en la cama, nerviosa. Se da cuenta de que no controla nada de lo que ocurre a su alrededor. Tiene mucho miedo. Y es ahora cuando le echa la culpa a su padre por haberla dejado ir. Sigue sin entender cómo le permitió apuntarse, cómo permitió que llegara hasta el final... ¿por qué no hizo nada para impedirlo?

Mira su móvil y no se cuestiona lo que dicen las redes sociales, ha nacido ya en la época donde la frontera entre la realidad y la mentira solo depende del número de *likes* que tenga un mensaje o el contrario. Por eso asume que Frank es culpable y que está allí, a solo dos habitaciones de distancia de la suya.

Frank y el Militar continúan juntos en la habitación. El primero se ha dormido; el segundo, acostumbrado a la vigilia, teme que todo se descontrole. Es el único que sospecha lo que ha podido ocurrir, es el único que tiene la información necesaria para saber que hay más opciones.

La Doctora se mantiene despierta junto a una Miss que de tanto llorar se ha quedado dormida. Ella la entiende perfectamente, ha pasado por esa situación varias veces en su vida. Conoce ese dolor que le recorre las entrañas, ese dolor que, como un cristal, desgarra los sentimientos, que atraviesa de forma cruel la intimidad.

* * *

El hombre más rico del mundo se dispone a enviar uno de los mensajes más incómodos de su vida.

Hace unos minutos que ha dado las instrucciones necesarias para que fabriquen rápidamente una historia que sustituya brevemente a la realidad.

«Ahora viene lo peor», piensa. Se pone frente a la cámara y comienza a grabar un vídeo.

> Hola, aquí William Miller. Este mensaje va dirigido única y exclusivamente al astronauta y capitán, de la misión Centinel, Marcus Z. N. Si usted no es el capitán, le recuerdo que podría incurrir en un delito contra la intimidad.
>
> Capitán, tenemos que hablar de un tema delicado, un tema que le incumbe a usted directamente.

A las nueve de la mañana, hora de Estados Unidos, se interrumpió la programación de varias de las cadenas que emitían el concurso. Se iba a ofrecer un comunicado oficial sobre lo sucedido en Marte.

La audiencia comenzó a subir, las redes sociales hervían,

las casas de apuestas también... Y el dinero continuó entrando porque llegaron nuevos anunciantes. Eran ahora las empresas de armas, seguridad y alarmas para los hogares las que aparecían bajo las imágenes.

Nadie pudo imaginar lo que había ocurrido en realidad. Ni una sola persona lo hubiera acertado. Las casas de apuestas ganaron millones aquel día.

* * *

Me tumbé en la cama mirando al techo, observando la nada. Intentando recopilar toda la información que teníamos. Frank, Andrea y ahora un hombre que se había ido a trabajar a Islandia y había muerto. ¿Qué relación había entre esas tres personas? Nos faltaba una pieza más, la que ahora mismo estaba buscando mi hermano. ¿A quién se parecía el marido de esa mujer? ¿Por qué le habían dado una indemnización tan alta? Me toqué de nuevo el anillo. ¿Tenían algo que ver esas personas con la lista?

Escribí en un papel todas las posibles relaciones entre ellos, busqué nuevos patrones, pero no encontré nada, solo nos quedaba continuar jugando.

De pronto me vino otra pregunta a la mente: ¿De dónde sacaba mi hermano la información? ¿A quién iba a preguntar lo del programa de parecidos?

Fue a la hora cuando me llegó un mensaje al móvil. Era mi hermano: «Ya lo tengo». Nada más.

Me levanté de la cama y fui directa al servicio. Me lavé la cara y me miré al espejo. Y juro que por un momento vi su rostro, el mismo que, cuando era pequeña, se asomaba por la espalda y me daba un susto.

Salí hacia su habitación.

—¿Lo tienes?

—Sí, bueno, me ha costado un poco, yo no tenía las herramientas para acceder, he necesitado pedir ayuda.

—¿Ayuda? ¿A quién?

—A alguien que cobra mucho por hacer su trabajo, a gente que ni siquiera conozco.

—¿Un *hacker*?

—Varios, en realidad, un grupo organizado. Yo envío una petición, ellos me indican la cantidad y una cuenta corriente. Yo la ingreso y ellos buscan. Así de simple.

—Así de ilegal.

—Bueno...

Nos quedamos en silencio hasta que volvió a hablar.

—Apenas les ha costado acceder al sistema, en una hora me han enviado toda la información. No imaginarías a quién se parecía... con un 84 por ciento de similitud.

—Dispara.

* * *

Para sorpresa de toda la audiencia, las primeras imágenes que se emitieron no pertenecían al interior de la colonia, sino al exterior.

Las cámaras detectaron movimiento en la parte exterior de la colonia. Justo a un kilómetro, la primera cámara exterior captó la presencia del Rover. Ahí se corta la comunicación. A los pocos minutos se activa la cámara que está justo sobre la puerta de entrada: capta la sombra de un astronauta que se acerca rápidamente y con una mano tapa la lente.

La siguiente toma es la del interior de la colonia, una cámara lateral que apenas puede grabar dos segundos. El hombre se detiene en la entrada y, tras unos momentos de duda, accede a través del pasillo. Ahí ya se emiten las imágenes que todos conocen. Se evita poner de nuevo la escena de la violación.

Finalmente se muestran las imágenes de la huida. Es ahí donde hay un nuevo corte. Las cámaras exteriores han quedado inutilizadas.

Durante unos minutos el mundo quedó en silencio. Nadie había pensado en la gente de Centinel.

En ese mismo instante, el Jardinero rompió a llorar.

Manitas se quedó inmóvil, observando a la pantalla, durante varios minutos. Finalmente suspiró, miró al resto de los presentes en la sala.

—Lo mataré, juro que lo mataré —fue lo único que se le ocurrió decir.

Tras la proyección apareció un presentador con un comunicado oficial.

Lo que acabamos de ver ha sido un shock para todos, jamás esperamos que uno de los hombres más laureados de la historia haya podido hacer algo así. Hemos descubierto que gracias a un control remoto pudo desconectar las cámaras durante el intervalo de tiempo necesario para no poder identificarle. Pero cometió un error, las cámaras siempre continúan grabando en segundo plano aunque no emitan, por eso hemos podido recuperar los fragmentos que nos han ayudado a desvelar lo ocurrido.

Hemos podido acceder también a las grabaciones de las cámaras de Centinel y hemos detectado que, exactamente a las 00.34, hora marciana, uno de los tres camarotes estaba vacío, el de Marcus Z. N. Sus dos compañeros continuaban durmiendo.

Queda de esta forma aclarada la inocencia del concursante Frank Smith, al cual creo que toda la comunidad le debe una disculpa.

Desde la organización se está deliberando qué castigo imponer, y cómo lograr que se cumpla, al astronauta y capitán de la misión, Marcus Z. N.

El delito es muy grave, pero en Marte no hay cárcel, por

eso debemos evaluar distintas alternativas. En cuanto se haya tomado una decisión se lo haremos saber.

Pedimos disculpas de nuevo por lo ocurrido, en primer lugar a Miss y en segundo a todos los que han tenido que presenciar unas imágenes y una situación tan terribles.

¿Y ahora qué?

Esa era la gran pregunta que todo el mundo se hacía.

¿Cómo se castigaba a alguien que estaba a tanta distancia? ¿Cómo se castigaba a una de las tres personas que, en caso de incidencia grave, debía tomar el control para intentar salvar la vida de toda la comunidad?

* * *

—Marcus Z. N. —me contestó mi hermano.

—Pero ¿ese no fue el astronauta que violó a Miss?

—Sí, el mismo.

—¿Qué sentido tiene todo esto?

—Ninguno. Pero hay un pequeño detalle que nos lleva a un patrón.

—¿Cuál?

—Bueno, «mis amigos» me han enviado un documento con la biografía completa de Marcus. Como podrás suponer, para llegar a ser una de las tres primeras personas que llega a Marte en una misión científica hay que ser listo, muy muy listo.

—Una persona muy inteligente..., excepcional.

—Exacto —contestó entusiasmado mi hermano—. Pero aún hay algo más: no tenía padres, ni hermanos, no tenía familia conocida.

—¡Huérfano! —exclamé—. Igual que Andrea, exactamente igual que Andrea. Entonces solo debemos saber en qué lugar lo cuidaron de pequeño para poder utilizar la llave, por eso esta llave es igual que la de Andrea, porque también es la de una de esas cajas... —dije entusiasmada.

—En eso estoy, buscando dónde se crio de pequeño, bueno, lo están mirando...

—Así de fácil.

—No, así de caro. Pero si hay algún dato en la red, lo encontrarán, y seguro que lo hay; se convirtió en un tipo muy famoso.

—Me encantaría tener un equipo de investigación así... —murmuré para mí misma mientras me dirigía a la puerta.

—Solo hay que tener dinero, mucho dinero, más dinero del que nunca tendrá ningún periódico, por eso siempre es más fácil ocultar la información que encontrarla.

Decidimos que ya era hora de dormir, había sido un día intenso.

—Buenas noches —le dije.

—Buenas noches —me respondió.

Volví a mi habitación.

Me acosté pero, a pesar de estar agotada, no podía dormir, mi cabeza estaba a cien, comencé a pensar en otros patrones, en otras opciones, en lugares...

Tras varios minutos de ideas que no llegaban a nada apagué la luz. En la oscuridad comencé a pensar que mi hermano estaba ahí, al otro lado de la habitación, como en nuestra infancia. Como cuando dábamos golpes a la pared para decir al otro que seguíamos despiertos. Como cuando nos aprendimos el código morse para comunicarnos en el interior de la noche. Estuve a punto de golpear la pared, pero no lo hice.

Al otro lado de la pared, un hombre también permanece tumbado sobre la cama intentando atar cabos, intentando resolver ese rompecabezas...

Finalmente se abraza a la almohada, se pone de lado y se queda mirando hacia la pared, hacia la otra parte de la habitación: donde está su hermana. Se siente afortunado porque es lo más cerca que la ha tenido desde hace mucho tiempo.

Levanta la mano y, en el silencio de la noche, justo en la frontera entre el arrepentimiento y el amor, se escuchan varios golpes.

Un golpe fuerte.

Un golpe suave.

Silencio.

Dos golpes fuertes, uno suave y uno fuerte.

Dos golpes suaves y uno fuerte.

Dos golpes suaves...

Y caen las lágrimas a ambos lados de una pared que ahora, a pesar de ser física, es mucho más débil que la anterior, la que ambos construyeron con el olvido.

* * *

Después de la violación nada volvió a ser igual: era como si la pequeña familia que formaban los ocho elegidos hubiera perdido la inocencia. Se acabaron las puertas abiertas por las noches, las pequeñas bromas que de vez en cuando se hacían entre ellos, la alegría que salpicaba muchos momentos... Todo aquello fue desapareciendo conforme avanzó la rutina.

Se dieron cuenta de que el pasar de los días no garantizaba la existencia de un futuro. El mismo espacio reducido de siempre, los mismos horarios, las mismas tareas repetitivas, los mismos límites y, sobre todo, los mismos rostros, las mismas personas...

Pero si había algo aún peor que la rutina era, sin duda, la ausencia de posibilidades. Uno puede acostumbrarse a repetir una y otra vez las mismas acciones, a que cada día sea igual que ayer e igual que mañana —de hecho en la Tierra la mayoría de la gente vive así—, pero las personas necesitan las posibilidades. Aunque no las usen, aunque nunca salgan de esa noria de hámster que ellos mismos se han creado, aunque basen su existencia y su esperanza en la frase «Algún día lo haré», pero deben saber que existe la posibilidad de salir de la jaula.

Pero allí no existía la posibilidad de conocer a nuevas personas, de salir a tomar una copa y bailar con un desconocido, de apuntarte a cualquier club para hacer amigos, de ver a la mujer de tu vida en una fiesta... No había ciudades que visitar, restaurantes que descubrir, parques por los que pasear, mares que navegar... Nada.

Fue también esa ausencia de posibilidades la que comenzó a aburrir a una audiencia que, pasada la novedad, se fue desinteresando por el programa como un niño lo hace con un juguete. Una audiencia que fue sustituyendo la curiosidad marciana por los últimos cotilleos de los nuevos *influencers* en la Tierra.

Y, finalmente, fue esa rutina la que inyectó en la mente de los concursantes la idea de que habían elegido la opción equivocada: quizás se estaba mejor en la Tierra.

Después de la violación todo cambió.

Frank ya no volvió a ser el mismo. A pesar de que perdonó públicamente a Manitas, la rabia siempre iría por dentro; intentaba controlarla y disimularla, hasta que al mirarse al espejo veía un diente menos.

Manitas, por su parte, se aburría continuamente. Él era un hombre nervioso, activo, acostumbrado a trapichear por las calles de su ciudad, acostumbrado a ir de bar en bar, de local en local; ya no soportaba la rutina de aquel lugar. Durante las primeras semanas después del incidente, había intentado en más de una ocasión salir al exterior sin permiso para poder ampliar los límites de su existencia. Había generado varios altercados por ese motivo, había discutido con la organización y con John, pero últimamente ya no tenía ni ganas de molestar.

John se había arrepentido muchas veces de mostrar la pistola. Ahora todos sabían que existía, al menos un arma y que él era el único que conocía su ubicación. Eso lo colocaba en una situación de poder sobre los demás, y John sabía que las desigualdades casi siempre conducían al conflicto. Lo había visto demasiadas veces a lo largo de su vida.

Miss perdió el interés por el contacto físico. Tras lo ocurrido fue más reservada, se aisló del grupo. Sus noches ya no volvieron a ser las mismas, pasó mucho tiempo hasta que alguien volvió a visitar su habitación. Cada día, al acostarse, intentaba bloquear la puerta con cualquier objeto, y el mínimo ruido en la madrugada era suficiente para que se despertara llorando.

Lo que ella aún no sabía es que, en unas semanas, su vida iba a cambiar totalmente.

* * *

Apenas pude dormir esa noche, estuve pensando en el anillo, en los golpes en la pared, en el deseo que le pedí a mi padre, en todo aquel juego sin sentido.

A la mañana siguiente me duché, me vestí y le envié un mensaje a mi hermano para decirle que estaba abajo, en la cafetería del hotel.

Pedí un té y permanecí allí casi una hora, a solas, observando a la gente.

Te quiero. Mi hermano me había dicho que me quería, aunque lo hubiera hecho a través de una pared. En ese pensamiento estaba cuando apareció. Lo vi venir hacia la mesa, sonriendo, quizás con la intención de darme un beso que nunca llegó.

—Buenos días —me dijo sentándose frente a mí.

—Buenos días. ¿Conseguiste averiguar algo?

—Pues sí..., no fue difícil, pero tengo que admitir que yo no tengo ningún mérito, simplemente esperé a que llegara la respuesta. A veces llega, a veces no.

—Buen servicio, ojalá lo tuviéramos en el periódico. ¿Conoces a los que te pasan la información?

—¿Conocerlos? No, qué va, nadie los conoce. Lo único que sé son sus *nicks*: gnr20, gunswagger, zerozero...

—Curiosos nombres —le contesté mientras el camarero le traía un café con hielo que se había pedido. Lo mezcló, echó el azúcar, lo removió y se lo tragó de golpe.

—¡Vamos al aeropuerto! —dijo sonriendo.

—¿Al aeropuerto?

—Sí, está bastante lejos.

Nuestro objetivo estaba casi en la otra punta del país. En cuanto aterrizamos cogimos un coche de alquiler con el que recorrimos carreteras solitarias hasta llegar a una gran casa junto a una pequeña iglesia.

Como en la anterior ocasión, cuando fuimos a visitar el orfanato donde estuvo Andrea, fuera de la casa también había varias furgonetas amarillas.

Llamamos a la puerta y nos abrió un hombre mayor que, tras mirarnos de arriba abajo, nos invitó a entrar. Le explicamos brevemente nuestra historia y le preguntamos por la caja.

—Sí, aquí tenemos algunas de esas cajas, pero también es cierto que se llevaron otras hace tiempo. ¿Qué número tiene su llave?

—No lleva número —le respondí.

—Extraño... —dijo el hombre, sorprendido.

—No lleva número pero creemos que es la caja de Marcus —le expliqué.

—Bueno, si es la llave, abrirá la caja, si no, no la abrirá... Acompáñenme.

Caminamos a través de un estrecho pasillo.

—Es curioso…, casi nunca viene nadie por aquí, y, en cambio, esta semana son ustedes los segundos que preguntan por esta caja.

—¿Qué?

—Sí, hace dos días vino un hombre pidiendo lo mismo. Es raro que haya dos llaves para una misma caja, pensaba que eso era imposible, la suya sí tenía el número…

—¿Podemos preguntarle cómo era ese hombre? —le dije; cualquier dato nos podía servir.

—Era alto, fuerte, con barba y cara de pocos amigos. Llevaba unas gafas de sol enormes. No es que fuera antipático, no, no era eso, estaba serio.

Llegamos a una pequeña habitación. Entramos, miró alrededor y cogió una caja, la 133.

—Aquí la tienen, la caja de Marcus, el astronauta —dijo mientras la colocaba sobre una mesa—. ¿Saben que pasó parte de su infancia aquí? Estamos tan orgullosos de él.

—¿Orgullosos? —le contesté indignada—. ¿Después de lo que hizo?

—¿Después de lo que hizo? ¿Qué es exactamente lo que hizo? —me contestó con el rostro serio.

—Bueno, pues ya lo sabe, violó a aquella chica…

El hombre nos miró fijamente y comenzó a reír.

—¿Y quién lo dice? —nos preguntó el anciano.

—La televisión, las redes sociales, internet; salieron las imágenes en todos los medios.

—Ah… la televisión, las redes sociales, internet… —repitió con un tono de desprecio. Y mirándome directamente a los ojos me hizo una pregunta que me dolió—. ¿Y se supone que usted es periodista?

Aquello me pilló desprevenida, durante mi carrera había tenido muchos desencuentros con compañeros de otros medios, con empresarios, con delincuentes, pero creo que nunca había sentido un desprecio tan crudo.

—En mis tiempos, un periodista debía tener agallas, ser valiente, tener una buena cámara y no esa mierda de móvil que llevan ustedes ahora. En mi época un buen periodista se lo cuestionaba todo, hacía lo imposible por buscar la verdad, pero hoy en día...

—Oiga... —lo interrumpí. No estaba dispuesta a que alguien me hablara así, por muy anciano que fuera.

—Le aseguro que Marcus no fue quien violó a aquella chica, se lo juro por mis hijos, por toda mi familia.

—Pero... —intenté calmarme—, ¿cómo puede estar tan seguro?

—Bueno, porque lo criamos aquí, porque fue uno de los niños más cariñosos que ha pasado por esta granja. Porque ese hombre no sería capaz de hacer daño ni a una mosca, porque era dulce, tierno, de los que lloraban con cualquier película de amor, y, sobre todo, porque era gay, y no creo que Marte sea capaz de cambiar eso.

Me quedé sin palabras.

—Bueno, aquí está la caja, prueben la llave.

—¿Y usted? —le preguntó mi hermano.

—Yo me quedo para ver si esa llave abre la caja, si es así me iré y los dejaré aquí.

La llave abrió. Y el hombre salió de la habitación.

—¿Qué significa todo eso de Marcus? —le pregunté a mi hermano.

—No lo sé, quizás la respuesta esté en esta caja.

Al abrirla vimos que en su interior solo había un papel,

nada más. Leímos el nombre que estaba escrito en él. Ambos conocíamos a esa persona.

Ambos sabíamos que iba a ser un encuentro difícil.

* * *

Andrea era, sin duda, la que mejor se había adaptado a la vida de la colonia, quizás porque estaba acostumbrada a vivir así: aislada. Se podría decir que era feliz. Nadie se burlaba de ella, nadie la atacaba, nadie la menospreciaba. No tenía que estar vigilando continuamente su alrededor, ya estaban las cámaras para eso. Cumplía con todo lo que le pedían desde Tierra, desde Centinel, colaboraba en las tareas comunes.

Ella era, junto al Jardinero, las dos personas más reservadas de la colonia. Este, por su parte, también se sentía feliz viendo cómo las plantas crecían en un entorno tan extraño como aquel. Cada nueva hoja, cada flor era motivo de felicidad en el interior de su propia rutina.

De vez en cuando se acordaba de su pasado, de esa mujer que ya no estaba, de esas vidas que desaparecieron a escasos metros, a su lado. Intentaba olvidar aquello pensando ahora en ella, en una Miss de la que estaba enamorado pero a la que no se acercaba por vergüenza, por miedo a hacer daño de nuevo.

La médica era la que, junto al Militar, se consideraba de alguna forma responsable del resto de los habitantes de la colonia. Quizás por su edad, quizás por su experiencia, el hecho es que sus opiniones eran las que más se tenían en cuenta.

Entre ella y el Militar hubo pequeños brotes de atracción que, alguna que otra vez, acabaron con sexo. Aun así intentaban que su interés mutuo pasara desapercibido. Amor quizás no había, pero necesidades sí. La gravedad y la presión tampoco afectaron a John.

Pero si hubo una persona que día a día cavaba más en su propia perdición, fue Veruca. Ella era la flor que se moría en el desierto, la gota de agua que se evaporaba al amanecer, la vida que se marchitaba en el paraíso...

Poco a poco dejó de hablar, cada día publicaba menos en las redes sociales... y eso era peligroso, pues para ella desaparecer de ahí era como morir en vida. Pasaba sus días en la habitación entre lágrimas, sueño y tristeza.

De vez en cuando Miss o la Doctora se acercaban a hablar con ella, pero cada vez había menos respuestas.

¿Qué hacer cuando te levantas cada mañana en el sitio equivocado? ¿Cuando lo único que quieres al despertar es volver a dormirte para ver si todo ha sido un sueño?

—¿Habéis visto cómo está Veruca? Hay que hacer algo, lleva demasiados días sin apenas salir de la habitación. No come, no habla con nadie, creo que ni siquiera duerme... Al final va a caer enferma —comentó la Doctora en la Sala Común.

—Lo que tiene que hacer es trabajar, no puede seguir así —contestó bruscamente Manitas—. Aquí todos colaboramos, pero ¿qué hace ella? Yo también querría irme de este puto sitio, de esta puta mierda...

—Ya, pero es una cría, sigo sin entender cómo su padre permitió que viniera, no olvidemos que es una chica que ha pasado de tenerlo todo a no tener nada —intentaba justificarla la Doctora.

—Quizás la trajo para darle una buena lección. Y no es tan niña, es mayor de edad, ella tomó la decisión, igual que todos nosotros, ¿o es que a mí no me gustaría volver a mi casa, con mis amigos, volver a mi cama, a mi...? —Y en ese momento explotó, por primera vez el Manitas comenzó a llorar ante las cámaras.

Se levantó y se fue directo a Frank.

Y lo abrazó.

—Lo siento, lo siento mucho, siento haberme comportado así, lo siento, lo siento... Ojalá estuviéramos en la Tierra para poder arreglar lo de tu boca, para poder arreglarlo todo, para... —Se separó bruscamente y se fue corriendo a su habitación.

* * *

Fue a los dos días cuando la cadena emitió el comunicado que la población estaba esperando, un comunicado que no iba a gustar demasiado.

Una presentadora apareció ante las cámaras.

Buenos días, buenas tardes, buenas noches a todos los espectadores. Hemos interrumpido la retransmisión porque una vez reunidos los expertos jurídicos y, en base a la legislación aplicable en Marte, se ha realizado un juicio privado que ha contado con la presencia de tres prestigiosos jueces, un abogado y, desde Marte, el propio capitán Marcus a través de videoconferencia retardada.

Se ha tenido en cuenta la gravedad de los hechos y la indefensión de la víctima, pero también la intachable trayectoria del capitán.

Se ha aplicado como atenuante la excepcional situación que se vive allí: dos años de soledad pueden llegar a afectar a la mente más lúcida.

Con esto no estamos justificando ningún acto, simplemente estamos intentando buscar una explicación.

Este es el veredicto:

Marcus Z. N. es culpable de la violación de Amelie Borowski, más conocida como Miss, en Marte. El castigo sería de veinte años de prisión, pero como allí no hay cárcel y es imposible repatriar al acusado para que cumpla la pena aquí, el tribunal ha determinado que será desterrado de por vida de la colonia, jamás podrá acercarse a ella, deberá mantener una distancia mínima de diez kilómetros.

Se pensó también en mantenerlo encerrado durante varios años en la nave sin permitirle salir, pero es una pena inviable, pues su trabajo en el exterior es necesario para la supervivencia de todo el proyecto.

Muchas gracias por su atención.

Feliz día, feliz tarde, feliz noche.

En apenas unos segundos la indignación recorrió las calles y las redes sociales. A todos les había parecido un castigo demasiado blando. Pero ¿qué otra opción había? La vida de todos los que estaban allí dependía de ese hombre, de una de las mentes más brillantes que había dado la Tierra.

* * *

Y otro aeropuerto. Y otro viaje.

Y otro estado distinto. Y otro coche de alquiler.

Y entre los kilómetros...

—¿Cómo vuelves a vivir después de que te ocurra algo así? —le pregunté a mi hermano.

—No lo sé, no lo sé...

—¿La conocías mucho?

—Sí, bastante, papá y yo íbamos muchas veces a su casa, fue cuando tú ya no estabas... —Mi hermano dejó de hablar, se dio cuenta de que había rozado el dolor.

Creció el silencio entre ambos. Un silencio que me ayudó a ver otra perspectiva de mis actos. Quizás fui injusta, demasiado egoísta, y castigué a mi hermano cuando, en realidad, solo quería huir de mi padre.

«Y papá, ¿sabes por qué quise huir de ti? Porque me acostumbraste a tus besos, a tus cosquillas, a tus bromas... Porque nada más verme me cogías y volaba en tus brazos, y me hacías sentir que era capaz de todo, que era capaz de derrotar a cualquier malvado, que era capaz de salvar el mundo. Y de

pronto, todo eso se acabó. Te fuiste olvidando de mí: cada día los besos eran más pequeños; tus cosquillas apenas me hacían reír y los abrazos solo me llegaban en las vísperas de tus ausencias, esas que cada día duraban más y te llevaban más lejos.»

—¿Y conociste a su hija? —volví a la conversación.

—A Veruca, sí. A veces venía a la oficina. Su padre la adoraba. ¿Sabes que su nacimiento fue casi un milagro?

—¿Por? —le pregunté.

—La pareja no podía tener hijos. Eran una de las parejas más ricas del mundo y aun así no podían tener hijos. Realizaron todos los tratamientos posibles, hasta que, al final, un día lo consiguieron. Por eso Veruca era tan importante para ellos, por eso estaba tan mimada.

—Lo que no entiendo es por qué su padre la dejó ir allí, prácticamente era una condena a muerte.

—No lo sé, no lo sé. Siempre pensé que habría algún plan B, que de alguna forma él sabía que en un futuro podría traerla de vuelta, que podría sacarla de allí con alguna nave de última generación, algún proyecto secreto... quizás solo quiso darle una lección,

—Quizás hoy lo averigüemos.

—Quizás...

* * *

Pero si había algo que realmente hundía a Veruca no era estar allí sola sin nada que hacer, de hecho muchas veces en su casa tampoco hacía nada; si había algo que la hundía eran las opiniones negativas en las redes sociales. Desde su infancia había sido una niña pública. Con apenas cinco años tuvo su primer canal, con nueve consiguió su primer millón de seguidores, con veinte tenía varios millones. Su felicidad o tristeza dependía de la cantidad de *likes* de una foto. Varios comentarios negativos podían destrozarle el día.

Y a pesar de que le continuaban llegando mensajes de apoyo de sus fans más incondicionales, la realidad es que la gran mayoría eran de odio. Una de las etiquetas que más utilizaban era #Verucanovuelvas.

Y Veruca, en lugar de alejarse de aquel nido de odio, hacía todo lo contrario. Se pasaba las horas, los días, tumbada en la cama leyendo cada uno de esos mensajes. Al final, aquel virus la fue envenenando de tal forma que llegó a pensar que las redes sociales eran la realidad y no lo que tenía alrededor.

De vez en cuando era la Doctora quien intentaba hacer

algún tipo de terapia con ella, al menos mantener una conversación. Siempre comenzaba con la misma pregunta, y casi siempre la respuesta era también la misma.

—¿Cómo estás hoy?

—Yo no puedo estar aquí, no quiero estar aquí.

—Veruca, es lo que has elegido —le contestaba en un tono tranquilo—, y esta vez la elección no consistía en escoger un jersey rosa o uno amarillo, esta era una decisión importante.

—No puedo estar aquí para siempre —decía Veruca—, esto es una cárcel.

—Sí, es cierto, pero una cárcel que has elegido tú. Aun así, estoy segura de que en cuanto la tecnología lo permita, tendrás la oportunidad de volver.

—Eso puede tardar mucho...

—No tanto, en menos de dos años vendrá otra nave. Quizás entonces...

—Dos años... —se lamentaba Veruca.

—Mientras tendrás que adaptarte, nada es fácil para ninguno de nosotros, mira a Miss, mira lo que le ha pasado. Debemos intentar crear una sociedad día a día...

—Pero yo no quiero estar aquí.

* * *

Llegamos a una gran mansión.

Al fallecer su marido se había convertido en la sexta persona más rica del mundo.

Detuvimos el coche frente a unas puertas exteriores. Un guardia de seguridad nos pidió la documentación y entramos. Un mayordomo nos estaba esperando.

—Bienvenidos. Acompáñenme, por favor.

Lo seguimos hasta una gran estancia cubierta de mármol, oro y soledad, sobre todo soledad.

—Vendrá en unos instantes.

Casi sin darnos cuenta, a los pocos segundos, apareció el espejismo de una mujer. Allí no había trampas: no había maquillaje, ni postizos, ni un decorado con focos estratégicamente colocados. No, aquello no era el reportaje de ninguna revista. Allí solo vimos un vestido que cubría un interior de huesos y pena.

En cuanto llegó a nuestra altura se abrazó a mi hermano y comenzó a llorar en silencio, como si cada lágrima pidiera disculpas por salir.

* * *

Era casi la hora de comer cuando Veruca recibió un nuevo mensaje de su padre, uno de tantos. Prácticamente le escribía a diario y siempre le daba ánimos, siempre le decía que fuera fuerte, que la quería.

Estuvo leyéndolo durante varios minutos, después cerró el ordenador y se quedó tumbada en la cama, mirando a la nada. Hacía dos días que apenas comía.

A los pocos minutos las cámaras muestran cómo la Doctora entra en su habitación para interesarse por ella.

—¿Cómo va todo? ¿Qué tal con tu padre?

—Bueno... —contesta sin ganas—, como siempre.

—¿Alguna novedad por la Tierra?

—Lo de siempre, me ha dicho que tengo que ser fuerte, que no me hunda..., tonterías de esas. —Y mientras habla se da la vuelta en la cama y se queda mirando la pared.

Silencio. La médica le da un beso en la mejilla y sale de allí.

* * *

Dos de los tres fundadores del proyecto están muy preocupados, saben que nunca deberían haber permitido que aquella niña entrara en la colonia.

Veruca se estaba derrumbando, era una bomba con muchas posibilidades de explotar; además, ofrecía una imagen perpetua de tristeza, de hastío, de desesperación, y aquello no era bueno para nadie, ni para los demás miembros de la colonia, ni para el programa, ni para la audiencia. Y, por supuesto, no era bueno para los patrocinadores, que lo último que querían es que alguien así publicitara sus productos.

Deberían haberlo pensado antes, deberían haber prohibido su participación mucho antes, pero claro, dependían del dinero de ese tercer hombre. Un hombre inestable, caprichoso —igual que su hija—, prepotente, pero rico, muy rico. El dinero.

* * *

Fue unos días después de cumplirse los primeros seis meses de la llegada a Marte cuando, por segunda vez, la Tierra se quedó en silencio. Nadie quiso darse cuenta de que entre tantos seres humanos a veces es complicado encontrar humanidad. Nadie se tomó en serio los avisos, nadie quiso interpretar las palabras —tanto las que se dicen como las que se tragan—, nadie se fijó en las miradas, sobre todo en las que se apartan...

Apenas pasaban unos minutos de las dos de la madrugada, hora marciana, la colonia estaba en silencio. Las cámaras, inmóviles, apuntaban hacia la oscuridad, y en el principal canal del concurso se emitían reposiciones de los mejores momentos del día...

El cuerpo que se acaba de despertar sabe que, en cuanto se levante de la cama, activará la cámara que tiene en la pared, por eso la tapó anoche. Ha inutilizado también la cámara interior que hay justo sobre la puerta. Comienza a vestirse en la oscuridad. Se pone los pantalones y una sudadera con capucha.

Sale al pasillo. Conocía un ángulo muerto pero sabía que, en cuanto camine dos metros, la cámara que hay en el techo captará su presencia y retransmitirá de forma automática. Comienza a moverse.

Y eso desencadenaría una sucesión de acciones en la Tierra. Cuando unos minutos después comiencen a llegar las imágenes, las redes sociales avisarán a los que están despiertos y despertarán a los que están durmiendo. La audiencia aumentará porque todos sospecharán que puede ocurrir de nuevo, y todos querrán ser testigos. ¿Sería otra vez Miss la víctima?

El cuerpo continúa caminando en dirección a la habitación de Miss. Se detiene ante la puerta y la empuja, pero no se abre, parece que está bloqueada por dentro.

El cuerpo abandona la habitación de Miss y se dirige a otra, a la de la Doctora. Todos saben que es la suya porque desde el primer día hizo marcar una cruz en la puerta por si había una emergencia en la noche.

Empuja y esta vez la puerta se abre con facilidad.

Y la sombra entra.

Y en cuanto esas imágenes llegan a la Tierra, la audiencia contiene de nuevo el aliento.

* * *

—Alan —le dijo mientras le agarraba la mano, como si él fuera el pequeño apoyo donde poder estar en paz—, ¿cuánto tiempo ha pasado desde la última vez?

—Mucho... Siento no haber venido más a verte.

—No te preocupes, me bastaba con tus llamadas.

—Mira, esta es Nel, mi hermana.

En ese momento la mujer se acercó a mí y me ofreció su mano. Una mano de hueso y metal. Cinco dedos que apenas tenían carne adornados con varios anillos que sin duda le venían grandes. Reconocí uno de ellos.

Mi hermano la cogió suavemente y la acompañó hasta una sala contigua. Allí se sentó junto a ella en un gran sofá.

Un mayordomo se acercó para ofrecernos infusiones de todo tipo, dejó una bandeja con galletas.

—Pero bueno, decidme, ¿qué os trae por aquí, en qué puedo ayudaros?

—No sé por dónde empezar. Verás, nuestro padre nos dejó un encargo, un último encargo, ya sabes cómo era. Y estamos tan perdidos —le dijo mi hermano.

—Sí, ya sé cómo era, siempre jugando, siempre haciendo las cosas diferentes... Hubo una época en la que quise mucho a vuestro padre, muchísimo —quiso sonreír—. Pero eso fue antes de que comenzara a odiarlo, claro. Eso fue antes de que hiciera... —Se quedó en silencio durante unos instantes—. Pero bueno, decidme...

Le explicamos el juego de las llaves, las cajas, las pistas, cómo habíamos llegado finalmente hasta ella; le dijimos que en la última caja no había una llave, estaba su nombre. Le preguntamos, pero la mujer no recordaba haber tenido una llave con un trébol, o una caja amarilla...

—Suponíamos que pasaría algo así —dijo mi hermano—, que no sería tan fácil, por eso me gustaría hacerte unas preguntas. Pueden ser dolorosas, pero por alguna razón las pistas de mi padre nos han llevado a ti.

—¿Dolorosas? —Mostró una sonrisa que no llegó a ser real—. Más doloroso que el propio dolor creo que ya no hay nada. Ya no me duele ni el alma, llega un momento en que lo único que me da miedo es olvidar. Los días pasan y los recuerdos, como los dibujos en la arena, se los llevan las olas del tiempo. Una intenta hacer lo imposible para que no ocurra: miro fotos, leo sus cartas, recuerdo los momentos, los buenos y los malos, pero llega un instante en el que olvido su cara, sus caras... Eso, eso es el dolor puro.

Mi hermano le apretó suavemente la mano.

—Perdonad... Decidme.

—Nos gustaría saber tu opinión, tu opinión sobre lo que ocurrió con tu marido, quizás eso pueda ayudarnos.

Mi hermano había tenido mucho tacto, teníamos dos hilos de los que tirar, el de su marido y el de su hija, supo comenzar por el menos doloroso.

Y cuando ambos pensábamos que iba a contarnos la historia conocida, la que apareció en todos los periódicos, la del accidente de coche, dijo algo que nos dejó sin palabras.

—A mi marido lo mataron —afirmó sin modificar el rostro.

—¿Qué? Pero ¿cómo, quién? —fue lo único que se me ocurrió decir.

—A mi marido lo mataron —nos contestó de nuevo sacando la voz desde la nada—. ¿Cómo?... en un coche. ¿Y quién? —Y ahí respiró profundamente.

Nos miró a los ojos.

—Vuestro padre.

* * *

El cuerpo se acerca lentamente a la cama, agacha la cabeza y le da un beso. Se da la vuelta y sale de la habitación.

Las cámaras del pasillo continúan activándose una tras otra, persiguiendo a una sombra anónima que parece no saber adónde va.

En la Tierra la audiencia es mundial, no hay nadie que duerma. Todos han cogido sus dispositivos para ser testigos de lo que está ocurriendo. En las redes se preguntan por qué a esas alturas la organización no ha enviado una señal de emergencia a Centinel para que hagan algo. Quizás, dicen algunos, porque es de Centinel de donde viene el peligro.

El cuerpo llega a la Sala Común. Permanece allí durante unos instantes mirando el alrededor. Y es ahí, en esa habitación que tiene más luz, cuando la audiencia detecta algo extraño: la complexión es diferente.

El cuerpo se dirige ahora hacia la puerta exterior.

Quizás se ha arrepentido, publican las redes.

Llega a la pequeña sala donde están los trajes y se coloca uno de ellos, parece que se va. Un suspiro de alivio recorre la Tierra.

Con el traje ya puesto, el cuerpo pulsa el código de salida y abre la primera compuerta de aislamiento.

Cierra y abre la siguiente.

La cierra de nuevo y sale.

Se activa ahora la cámara que hay en el exterior, justo a tres metros de la puerta. Una cámara capaz de captar el cuerpo, pero incapaz de ver las lágrimas que nacen en el interior del casco.

El cuerpo se aleja unos diez metros de la puerta y se detiene en mitad de la nada.

* * *

—¿Nuestro padre?

—Bueno, él directamente no, claro, pero estoy segura de que fue quien dio la orden.

Apretó la mano de mi hermano y, de pronto, cambió de conversación. Como si la muerte de su marido no fuera más que la consecuencia de lo que empezó con Veruca.

—Siempre estuve en contra, me pareció una locura, un capricho más de una niña malcriada. Ambos tuvimos claro desde el principio que no iba a ir a Marte, de hecho fue él, su padre, quien más claro lo tenía. Habíamos pasado por tanto para que naciera... Pero Vera era Vera y continuó insistiendo. Ella pensaba que, como siempre, al final se saldría con la suya. Cuando quiso un coche, su padre le regaló un Ferrari; cuando quiso una casa propia, su padre le regaló un apartamento en Nueva York, y otro en París. Nos sobraba el dinero y ella era hija única.

Respiró.

—Un día su padre me dijo que había conseguido que la aceptaran en las pruebas de acceso al concurso. Aquel día me desplomé, literalmente, me desmayé en la cocina. Porque yo ya sabía que la selección de los concursantes estaba amañada y que, si querían, ella podía llegar a la final, y entonces se iría y me quedaría sin mi niña. Le supliqué, hasta me puse de rodillas...

»La niña quería vivir la experiencia, me dijo su padre.

»Yo les avisé de todo lo que le podía pasar, pero cuanto más les decía más ganas tenía ella de ir. La ataqué donde más le dolía, le dije que las redes sociales se pondrían en su contra, si llegaba a la final sabrían que estaba todo amañado, le enviarían mensajes despectivos...

—¿Y eso no le hizo replanteárselo?

—Qué va, llegaron algunos mensajes negativos, sí, pero la mayoría era de ánimo, de sus seguidores, de sus fieles...

»Mi marido decía que no pasaba nada, que eso le vendría bien para madurar. Es curioso que me dijera eso la misma persona que la había creado así, la misma persona que le había consentido todo.

»Pero yo sabía que no aguantaría, nunca estuvo preparada. Por eso, aquel día, en cuanto vi salir aquel cuerpo por la noche...

* * *

Un cuerpo anónimo continúa varado en medio de la nada, la oscuridad es todo lo que lo rodea. De sus ojos salen unas lágrimas que ninguna cámara puede captar. Aprieta los dientes, quizás lo que va a ocurrir a continuación es lo más real que ha hecho en su vida.

Respira hondo.

Silencio.

Y comienza a correr.

Y la imagen pasa a la siguiente cámara exterior, y a la siguiente, y a la siguiente... y, de pronto, el cuerpo agotado se para. Ahí la imagen ya no es tan nítida, pero sigue siendo aceptable, lo suficiente para ver cómo ese cuerpo, en medio del dolor, se lleva lentamente las manos a la cabeza; para ver cómo se quita el casco, lo tira al suelo y en apenas tres segundos cae al suelo.

Todo el mundo ha visto su rostro.

Y la Tierra se muere de vergüenza.

Son las redes sociales las que después de la conmoción comienzan a atacar a todos aquellos que alguna vez habían insultado a una chica que quiso tenerlo todo.

De forma masiva los usuarios comienzan a borrar mensajes anteriores, se eliminan cuentas, frases, imágenes... Nadie quiere ser ahora culpable.

Fuimos todos, fue la sociedad, fueron las redes sociales... dirán.

Pero eso no servirá de nada porque detrás de las redes sociales también hay personas, y cada una de ellas, con su granito de arena, ha conseguido acabar con una vida.

#RIPVeruca fue *trending topic* durante varios días.

* * *

—En cuanto vi las imágenes supe que era ella. Una madre es capaz de reconocer a su hija aunque esté en el interior de un traje de astronauta, aunque la separen de ella millones de kilómetros.

Suspiró, bajó la mirada y continuó hablando como si al dejar caer las palabras al suelo estas dolieran menos.

—En cuanto vi aquel cuerpo caminando hacia la nada me entró el pánico. Estaba sola en casa, no sabía qué hacer, a quién llamar, y comencé a gritarle a una pantalla, sabiendo que aquello ya había pasado. Las imágenes se emitían con mucho retardo, y mientras yo estaba viendo cómo mi hija se suicidaba, ella estaría muerta haría muchos minutos...

Pude ver en el rostro de aquella mujer la expresión pura del dolor.

—Jamás he sentido tanta impotencia en mi vida. Llamé a mi marido, pero no me cogió el teléfono. Estaba pasando unos días en Islandia, se iba de vez en cuando porque había algunas instalaciones allí. Cuando conseguí contactar con él ya había ocurrido todo.

Suspiró y levantó la cabeza. Nos miró pero sin vernos, como si sus ojos hubieran perdido el rumbo.

—Vi cómo se quitaba..., vi cómo mi niña, esa niña que había estado dentro de mí, esa niña que había aprendido a andar conmigo, esa vida..., vi cómo se quitaba el casco y os juro que jamás he sentido más dolor en mi vida. Porque era una parte de mí la que moría allí.

La mujer buscó la mano de mi hermano y la apretó con todas sus fuerzas. Quizás le dolían ya tanto los ojos que intentaba que las lágrimas le salieran de entre los dedos.

—Y cayó..., mi niña cayó al suelo, y yo caí con ella.

Mi hermano la abrazó. Ambos se mantuvieron así, en el interior del dolor durante unos minutos.

—Durante mucho tiempo estuve buscando culpables —continuó—, necesitaba descargar mi rabia. Al principio lo hice con mi marido, él la había dejado ir, él era el culpable... después me di cuenta de que si había alguien a quien Vera hacía caso eran las redes sociales. Vivía por y para ellas... Ellas se llevaron a mi niña, y, después, ellas se llevaron también a mi marido.

»La muerte de Vera fue la muerte de nuestro matrimonio. Es cierto que no éramos la pareja ideal, pero al menos nos soportábamos, convivíamos juntos... pero después, cuando lo único que nos unía desapareció, toda mi pena se convirtió en odio que cayó sobre él.

»Después vino lo demás: las pintadas en nuestra casa, los insultos, las amenazas... La masa buscaba un culpable: mi marido. Cada día recibía miles de mensajes de odio, de muerte...

»Decidió irse definitivamente a Islandia, alejarse de todo, buscar un lugar donde pasar desapercibido.

—¿Y ya no volvisteis a veros? —preguntó mi hermano.

—Alguna vez venía, pero después salieron todos esos rumores, esas fotos donde se lo veía con todo tipo de chicas, unos días con una rubia, otros con una morena... Todas más guapas y, sobre todo, más jóvenes que yo. Pensé que había perdido la cabeza, que no estaba bien mentalmente, por eso sospeché que podía pasarle algo.

—Te refieres al accidente —le pregunté.

—No fue un accidente. Él era uno de los fundadores del proyecto y sabía demasiado, pero se había convertido en alguien inestable, en alguien demasiado peligroso. Tenían que quitárselo de en medio.

—Pero, ¿cómo puedes saber que no fue un accidente? Quizás iba borracho, quizás había estado de fiesta...

Tomó aire.

—Lo sé porque ese día tenía previsto hacer un viaje muy especial. Iba en dirección al aeropuerto de Keflavik, a coger una avioneta privada. ¿Y sabéis a dónde iba a volar?

—¿A dónde?

—Aquí. Venía a verme a mí.

* * *

El primer suicidio de un ser humano fuera de la Tierra, eso era lo que acababan de presenciar millones de personas. Una muerte que nadie supo prever, la de una chica que se había equivocado tanto que decidió no equivocarse nunca más.

Aquello fue un gran golpe para una colonia que parecía ir, día a día, en decadencia.

Contrariamente a lo que cabría pensar, desde el punto de vista comercial la muerte de Veruca fue un éxito: todos los medios de comunicación volvían a hablar del concurso. Se hicieron multitud de programas especiales que repasaron la biografía completa de Veruca y la de sus padres, sus mejores momentos en las redes sociales, las últimas imágenes de ella en Marte... Aquello consiguió despertar a una audiencia que permanecía dormida.

Se celebró un pequeño funeral en Marte. Fueron los robots de Centinel los que la enterraron. Los habitantes de la colonia se organizaron en dos grupos para hacer una salida al exterior cada uno y visitar la pequeña tumba de una niña que quiso vivir una aventura para la que no estaba preparada. Todo se retransmitió.

En la Tierra se decretaron varios días de luto mundial. Fueron millones de personas las que mostraron su cariño dejando flores, velas y cartas en las calles.

Su muerte logró la desaparición de la mayoría de los mensajes de odio que se habían publicado contra ella. Los propios autores los borraron, bien por vergüenza, bien por miedo a represalias. Y todos los que hasta ese momento la habían bombardeado con insultos ahora se preguntaban cómo se había llegado a eso, por qué nadie había hecho nada por evitarlo.

El mismo odio que acabó con la vida de Veruca ahora se dirigía hacia su padre: no paraban de llegarle mensajes con insultos, amenazas de muerte. Su casa había sido atacada en varias ocasiones, por eso finalmente decidió huir y vivir en un lugar perdido en Islandia, donde nadie pudiera localizarlo. Abandonó cualquier dispositivo electrónico: no tenía móvil, ni ordenador, ni televisión, ni siquiera tarjeta bancaria. No tenía ningún objeto por donde se pudiera colar el odio.

Así estuvo durante un tiempo, viviendo en la invisibilidad, entre los rumores de gente que lo había visto conduciendo por la isla, paseando cerca de los acantilados, bañándose en alguna piscina o emborrachándose en los pubs con alguna mujer de compañía.

Su protagonismo fue desapareciendo hasta que, unos meses después de la muerte de Veruca, saltó la noticia: su coche se había salido de la carretera. Había muerto.

* * *

—¿Aquí?

—Sí, me llamó el día anterior. Fue muy extraño porque hacía ya semanas que no sabía nada de él. Lo único que había oído era los rumores de que vagaba borracho por algunos pubs, acompañado por chicas jóvenes, de que alguna vez lo habían visto durmiendo en la calle. Por eso me extrañó tanto cuando recibí su llamada. Dijo que venía a verme, que tenía que contarme algo muy importante.

—¿Y qué era?

—Según varios rumores que me llegaron parece que últimamente ya no iba con varias mujeres, sino siempre con la misma. Quizás se había enamorado y venía a pedirme el divorcio. Creo que esa es la explicación más probable. Y quizás por eso lo mataron.

—¿Por pedirte el divorcio?

—No, no por pedírmelo, sino porque al hacerlo seguramente discutiríamos, de eso estoy segura. Y nos gritaríamos, y nos echaríamos en cara tantas cosas, y... quién sabe..., en momentos con tanta tensión un hombre que no estaba demasiado equilibrado podía decir cosas que no debía decir. Pero no sé, no me hagáis caso. No llegó al aeropuerto, así que nunca lo sabremos.

La mujer me miró fijamente.

—Algunos medios de comunicación trataron de camuflarlo como un suicidio. Demasiada presión, culpabilidad... mentiras de periodistas comprados por el sistema. Yo sé que lo mataron.

La mujer dejó de hablar. Quizás porque ya no tenía nada más que añadir.

Me di cuenta de que después de dos horas de conversación no habíamos avanzado nada con respecto a la siguiente llave.

—Gracias —dijo mi hermano—, gracias por contarnos todo esto, no era necesario...

—Para mí sí, en realidad, las gracias os las doy yo a vosotros. A veces viene bien que te escuchen, que se sepa la verdad aunque no sea lo que aparece en las noticias. Mirad alrededor. ¿Qué veis?

Mi hermano y yo nos quedamos sin saber qué decir.

—Solo hay dinero, mucho dinero, pero no hay vida, no hay nada por lo que me merezca la pena levantarme cada día... Ya no hay nada.

Se hizo el silencio. Yo quería preguntarle algo que tuviera que ver con las llaves, pero no sabía si era el momento adecuado. Ella fue más directa.

—No parece que os haya podido ayudar mucho en vuestro juego, lo siento.

—No te preocupes —le contestó mi hermano—, pero debe haber algo. Si papá nos ha traído aquí debe haber alguna llave en algún sitio. ¿Seguro que no recuerdas ninguna con un trébol?

—¿Unas llaves con un trébol? No.

—¿Recuerdas si tenía alguna caja fuerte en casa, algún sitio secreto?

—Sí, tenía varias pero todas van con combinaciones... si queréis...

—No, no creo que vaya por ahí —le dijo mi hermano.

Nos tomamos un té con galletas, y finalmente nos quedamos a cenar. Ella necesitaba compañía. «Hace mucho tiempo que no tengo invitados en casa», nos dijo.

Fue allí, en la cena, cuando finalmente apareció la pista.

—¿Y de esa casa de Islandia donde vivía tu marido se sabe algo? ¿Te la quedaste tú? —le preguntó mi hermano mientras nos servían el postre.

En ese momento aquella mujer se quedó mirando a la nada. Tardó unos segundos en hablar.

—Sí... Hay unas llaves. Se me había olvidado totalmente.

* * *

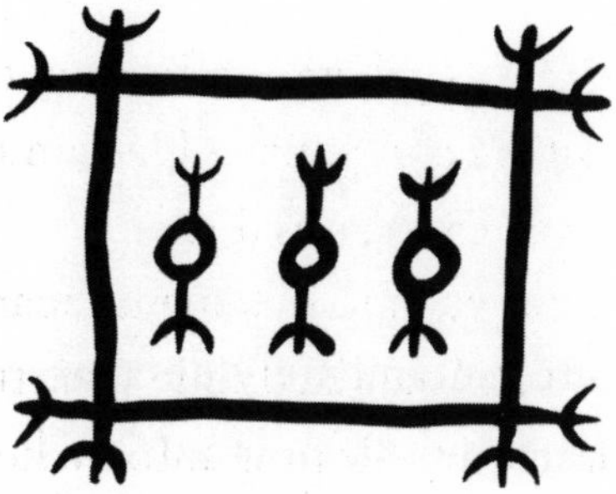

La mujer se levantó lentamente y desapareció por el pasillo. Nos quedamos esperándola en la sala. A los pocos minutos volvió con una pequeña caja en la mano.

—Esto es lo único que me llegó de mi marido cuando murió —dijo mientras le daba la caja a mi hermano.

La caja tenía inscrito en la tapa un símbolo extraño: era un rectángulo que en su interior contenía tres símbolos más, tres rayas con un círculo en medio. La abrió lentamente, con cuidado de no romperla, y descubrimos en su interior una llave junto a un llavero con ese mismo símbolo.

—¿Esta llave es de la casa de Islandia? —pregunté.

—Sí, de la casa de Islandia donde mi marido estuvo viviendo. Me la dejó en su testamento.

—¿Y nunca has querido ir? —le pregunté de nuevo.

—¿Ir allí? ¿Allí, donde según mis fuentes estuvo compartiendo su vida con chicas más jóvenes, más guapas y sin duda más putas que yo? No, no voy a ir nunca allí. Lo que no entiendo es por qué me las dio a mí. Él nunca fue un hombre malo, por eso no entiendo...

Se quedó pensando.

—Aunque quizás no eran para mí, igual alguien me las envió para que algún día os las diera a vosotros.

—¿Y sabes la dirección de la casa?

—No, no quise saberla. Las metí en un cajón, y las había olvidado hasta hoy. Son vuestras —nos dijo haciendo un gesto con las manos que indicaba que no quería saber nada de ellas.

—Muchas gracias... —le contestó mi hermano—. Según los patrones que estamos siguiendo es muy posible que nuestro próximo destino sea Islandia.

—Ojalá os pudiera ayudar más.

—Creo que nos has ayudado mucho —le dijo mi hermano sonriéndole con la mirada.

Terminamos de cenar, estuvimos una hora más hablando con ella y finalmente nos despedimos. La mujer le dio un abrazo a mi hermano, en cambio a mí solo me ofreció la mano. En ese momento no pude aguantarme, me ganó mi parte de periodista.

—Perdone, ¿podría preguntarle por el anillo que lleva en ese dedo, el plateado?

—Ah, sí, la lista eXo... Pero este es distinto al que tú llevas, querida. —Me sorprendió su cambio de tono—. Este es uno de los tres primeros que se hicieron. A partir de estos se crearon todos los demás. Este era de mi marido, me lo regaló antes de irse a Islandia, antes de que pasara todo lo de Vera.

—Entonces ¿sabe lo que es? —le pregunté emocionada—. ¿Sabe para qué sirven esos anillos?

—Sí, claro que lo sé.

Ambas nos quedamos en silencio, mirándonos. Estuve esperando a ver si me decía algo más, estuve a punto de casi exigírselo con las palabras, pero en su rostro adiviné que no iba a hablar del tema.

Tenía allí, delante de mí, a alguien que sabía la respuesta a todas mis preguntas y en cambio no podía sacarle nada.

Me despidió con la mirada.

* * *

Las redes sociales no saben de duelo, respeto o empatía, porque eso está reservado a los seres humanos, y no a todos.

Quizás eso explique que, apenas una semana después de la muerte de Veruca, las mismas redes que la habían atacado dirigieran esa rabia hacia su padre. Su delito: permitir que una inocente niña que no sabía nada de la vida muriera en Marte.

Veruca, antes niña mimada, ahora heroína.
Veruca, antes caprichosa, ahora sin experiencia.
Veruca, antes la pija, ahora la víctima.
Veruca, antes Veruca, ahora Vera.
Veruca, antes viva... y ahora muerta.

Las redes le escupían odio. Algunas de las imágenes que acompañaban los mensajes eran realmente crueles: su padre poniéndole una soga al cuello a su hija; Veruca sin el casco de astronauta con la cabeza destrozada; su padre crucificado con la palabra culpable en la frente... Pero la ley lo permitía: libertad de expresión lo llamaban.

Todo aquello comenzó a destruir aún más a un hombre que recibía odio cada vez que activaba un dispositivo. No se pudo culpar a una sola persona, no fue un perturbado el que enviaba todo aquello, fue una turba de opiniones colectiva que comenzó a perseguirlo día y noche.

Y aquel desprecio virtual se contagió a la televisión: los presentadores, los periodistas y los famosos que en un primer momento lo felicitaron por haber permitido que su hija se presentara al concurso, ahora le recriminaban su falta de humanidad.

Finalmente, aquel hombre no pudo aguantar más y desapareció. Abandonó la organización y traspasó sus poderes a los otros dos socios. Fue el precio que tuvo que pagar por haber puesto en peligro todo el proyecto. No hubo rueda de prensa, no hubo despedida oficial.

Decidió abandonar internet, huir del mundo digital. No tenía móvil ni ordenador. Se convirtió en un habitante anónimo de un lugar perdido de Islandia, un rico jubilado que ha decidido pasar sus últimos días en plena naturaleza, alejado de la civilización. Un viejo que, perfectamente disfrazado, de vez en cuando se tomaba unas copas en el pub local o se bañaba en alguna de las piscinas calientes de la isla.

* * *

Tras la muerte de Veruca, una tormenta de silencio arrasó la colonia durante varios días. Nadie hablaba con nadie. «Hola», «Adiós», «Buenos días» o «Buenas noches»... eran las conversaciones más largas en un lugar donde la sensación de culpabilidad estaba escrita en cada rincón, en cada rostro, en cada mente.

Una palabra de cariño de vez en cuando; una mirada de esas que dicen «Estoy aquí si me necesitas», caminar a su lado aunque ella no quisiera moverse... Casi nadie hizo nada. Para muchos de ellos Veruca estuvo ahí como ese jarrón chino que molesta pero no te atreves a quitar por si, algún día, quien te lo regaló te visita.

Miss y la Doctora fueron las dos únicas personas que, de vez en cuando, se daban cuenta de la existencia de ese jarrón, las únicas que, de vez en cuando, se preocupaban por ella. Quizás por eso fueron las dos únicas habitaciones que visitó antes de irse.

Evidentemente, ese pasar plano de los días provocó que la audiencia fuera también perdiendo el interés por un programa que había generado unas expectativas que no se estaban cumpliendo, y la ilusión de crear una sociedad nueva, más justa y mejor, estaba desapareciendo.

Aunque la organización tenía claro que las audiencias iniciales iban a ir disminuyendo por el paso del tiempo, jamás pensaron que iba a ser tan rápido.

Afortunadamente pronto llegó la solución que llevaban tanto tiempo esperando, estaban seguros de que, por simple probabilidad, tenía que ocurrir. Y ocurrió, y lo supieron los primeros porque vieron unas imágenes que lo confirmaban, unas imágenes que, por supuesto, no emitieron.

Unas imágenes que les sirvieron para cerrar contratos millonarios con un tipo de empresas que, en un principio, nunca hubieran invertido un solo dólar en promocionarse en el concurso. Pero las cosas iban a cambiar.

Y, por supuesto, con la audiencia volvería el dinero que necesitaban para continuar con el proyecto de su vida, el proyecto eXo.

La maquinaria se pondría de nuevo en marcha. Solo les quedaba por zanjar un asunto delicado: una bomba que vivía en una casa perdida de Islandia y que podía explotar en cualquier momento.

* * *

—Bueno, entonces a Islandia —le comenté a mi hermano mientras conducía en dirección al aeropuerto.

—Sí, a Islandia.

—A buscar esa maldita cabaña. Tú has estado allí, ¿verdad?

—Sí, fui varias veces con papá, cuando estuvo construyendo el centro de respaldo. Recuerdo que se hizo una inauguración por todo lo alto. Aunque eso fue hace años, he seguido teniendo contacto con una persona que quizás nos pueda ayudar.

—¿Quién es?

—Era uno de los jefes de mantenimiento, un tipo listo y muy simpático; coincidimos varias veces y al final hicimos amistad. Creo que en total pasé más de dos meses allí y me enseñó muchas de las zonas de la isla. De vez en cuando aún tenemos contacto, algún email, alguna llamada. Él estuvo cuando sucedió lo del padre de Veruca, supongo que puede saber algo.

—Es una opción...

Ambos nos quedamos en silencio, él mirando al frente, a través de una carretera en la que apenas había tráfico; yo observando un anillo que ya formaba parte de mí. Ahora ya sabía que detrás había algo, el rostro de la madre de Veruca me lo había confirmado. Me lo quité, me lo acerqué a la cara, le di la vuelta, lo miré por dentro...

Varios kilómetros más en silencio.

—¿Cómo es Islandia? —le pregunté.

—Es lo más parecido a la Tierra que aún puedes encontrar en la Tierra —me contestó sonriendo.

* * *

Era una tarde normal de un día normal en el mismo lugar de siempre. Cada uno de los componentes de la colonia estaba realizando sus tareas correspondientes cuando una de las cámaras detectó que Miss se acercaba a la Doctora para decirle algo en voz baja.

—Tengo que hablar contigo —le susurra mientras le coge de la mano.

—¿Qué pasa? —le contesta la Doctora, asustada.

—Aquí no, vamos a mi habitación.

En ese mismo instante las cámaras de movimiento del pasillo comienzan a activarse una tras otra y, desde control, esas imágenes pasan al primer canal de la cadena.

Las redes sociales también se mueven. La audiencia aumenta.

Las dos mujeres se dirigen a la habitación de Miss y cierran la puerta, más por costumbre que por utilidad, pues las cámaras y los micrófonos interiores continúan grabando. Se sientan una junto a la otra en la cama.

Miss intenta hablar, pero antes de decir una palabra se derrumba en los brazos de la Doctora, quién sabe si buscando algo de humanidad en un lugar repleto de frío, metal y silencio. Un lugar donde uno se acostumbra tanto a la soledad que la compañía de alguien parece una anomalía del entorno.

—Tranquila... —intenta consolarla mientras le acaricia el pelo y mantiene la cabeza en su regazo—. ¿Qué ocurre?

—Aquella noche, cuando el astronauta... —Y Miss deja a medias la frase cerrando los ojos.

La Doctora la abraza de nuevo, sabe por lo que está pasando. A ella le ocurrió lo mismo, y sabe que los recuerdos no entienden de tiempo. Cuando duelen, duelen; porque desafortunadamente los recuerdos siempre duelen en presente.

—Se pasará, de vez en cuando te acordarás, pero cada vez dolerá menos. No te voy a mentir, siempre estará ahí, pero llegará un día en el que tendrás otras cosas maravillosas a tu alrededor. Cuando estuve participando en misiones humanitarias tuve que ver como delante de mí... muchos hombres..., muchos salvajes... violaban a mujeres, a niñas... Eran niñas, y las cogían, les arrancaban la ropa, las tiraban al suelo... —Y por primera vez la concursante más dura de la colonia, el faro en el que mirar... se derrumba ante millones de espectadores.

Y llora.

Y no llora solo por lo que le ha ocurrido a Miss, llora porque a veces duda, a veces se pregunta si merece sobrevivir el ser humano. Y eso le hace replantearse toda su vida, una vida dedicada a los demás.

—Lo siento... —Es ahora Miss quien intenta consolarla.

Se abrazan fuerte. La audiencia sigue aumentando.

Tras unos minutos en silencio es la modelo la que continúa hablando.

—Pero no es eso... No me encuentro bien...

Y la preocupación inunda el rostro de la Doctora, sabe que ponerse enfermo allí puede ser demasiado peligroso: apenas hay medicinas, no hay material médico, no hay ambulancias esperando en la puerta para llevarte al hospital. Una simple apendicitis puede ser mortal.

En las redes, las opiniones vuelan libres alimentando cualquier rumor creado por la duda. La opción que cobra más fuerza es, sin duda, el cáncer. Es lo que tiene estar expuestos a tanta radiación, comentan en los principales canales y foros.

Las casas de apuestas ven la oportunidad y en apenas cinco minutos lanzan propuestas con diferentes opciones:

a) Cáncer de piel.
b) Cáncer de mama.
b) Cáncer de pulmón
c) Cáncer de estómago.

Millones de personas apuestan su dinero.

—¿Qué te ocurre? ¿Es físico o es mental? —le pregunta la Doctora recordando lo sucedido—. No te vengas abajo como Veruca, ¿eh? Eso no, no me puedes dejar aquí sola, no te derrumbes tú también. Pídeme lo que quieras, hacemos lo que me digas, pero no te derrumbes, por favor, tú no...

Tras lo ocurrido con Veruca, las redes sociales estallan con mensajes de apoyo, los más rápidos comienzan a grabar vídeos dándole ánimos, los *influencers* más famosos se apresuran a enviar mensajes con el *hashtag* #AnimoMiss...

Ambas se abrazan y la modelo se acerca tanto como puede al oído de la Doctora para que los micrófonos no puedan captar sus palabras.

La Doctora se separa de ella y la mira a los ojos.

Ambas se quedan en silencio durante unos segundos.

—Estoy muy asustada —confiesa una mujer cuyas palabras escapan temblando entre sus dientes, sus labios y su propio miedo.

* * *

El avión se colocó lentamente en la pista, rugió a través de sus motores y aceleró hacia el futuro. Y de pronto una inmensa masa metálica estaba en el aire en dirección a una isla de hielo y fuego.

¿Cómo iba a saber yo en aquel momento que cumplir mi deseo significaba quedarme a vivir allí?

Durante el vuelo estuvimos hablado de los patrones, intentamos enlazar todo lo que teníamos. Después de buscar varias teorías, mi hermano me hizo una pregunta que me pilló por sorpresa.

—Nel, ¿estamos preparados para esto?

—¿Preparados? No te entiendo... —le mentí.

Sabía a qué se refería, lo había estado pensando desde el mismo momento en que supe que íbamos a visitar el centro de respaldo.

—Allí estaban las copias de seguridad de todo lo que pasó. Seguro que hay imágenes que nunca se emitieron, imágenes que han quedado guardadas desde entonces. He estado pensando que quizás era eso lo que papá quiere que encuentres.

—Es posible... —le contesté—. Sí, como periodista, mostrar esas imágenes al mundo sería una gran exclusiva.

—Nel, sería el empujón definitivo a tu carrera.

—Lo he pensado, la gran exclusiva, todo el mundo hablando de Nel Miller, la gran periodista que nos ha descubierto lo que ocurrió de verdad allí, todo lo que no se emitió, las imágenes que se cortaron, el dolor en estado puro, ¿verdad? Veríamos al ser humano intentando sobrevivir.

—Sí... —me dijo—. ¿Y merecería la pena mostrarlo?

—No lo sé, al fin y al cabo sería la verdad.

Mi hermano comenzó a hablar, pero sin dirigir su mirada hacia mí.

—Nel, a veces pienso en todo lo que te molestaba de papá: su poco respeto por los seres humanos y por su intimidad, cómo jugaba con los sentimientos de los demás para hacer dinero, y te entiendo, entiendo perfectamente que lo odiaras por eso.

Dejó pasar unos segundos y continuó hablando.

—Él organizaba esos concursos jugando con las personas, mostrando imágenes que no deberían aparecer... y todo eso lo hacía para ganar dinero. Y los periodistas, de alguna forma, hacéis lo mismo, sois capaces de mostrar cualquier imagen por dura que sea, por violenta que sea, y también por dinero.

Se quedó en silencio.

—Sí, aunque hay una pequeña diferencia —le contesté—. Nosotros nos ganamos la vida mostrando la verdad y él lo hacía mostrando la mentira.

Silencio.

—No sé, no me hagas caso, pero he pensado que si tu último deseo era convertirte en la mejor periodista del mundo, esto puede hacerlo realidad.

* * *

La audiencia comienza a subir.

Las dos mujeres se abrazan de nuevo. Lentamente se separan, se limpian las lágrimas y hablan en susurros.

Salen juntas en dirección a la Sala Común y allí utilizan el micrófono central para reunirlos a todos, como hacían durante los primeros días, cuando siempre había una excusa para encontrarse.

Por eso, cuando a través de los altavoces de la colonia, se escucha la voz de la Doctora anunciando una reunión, a todos los pilla por sorpresa. Poco a poco van llegando los integrantes y se van sentando en los sofás.

Es el Jardinero, al estar en el invernadero exterior, el último en acudir. Se sienta junto a John.

La modelo y la Doctora se quedan de pie, con las manos unidas. Se miran entre sí. Silencio. Miss suspira y se limpia los restos de lágrimas que aún le cubren la cara.

—Creo que estoy embarazada.

* * *

Y todo es silencio: el aire que no se llega a respirar es silencio; las miradas que se quedan varadas en Miss son silencio; las lágrimas que aún no han salido son silencio; y el miedo, la sorpresa y la alegría, en un principio también son silencio.

Silencio en la sala de control, silencio en cada uno de los hogares del mundo; silencio en las calles, en los hospitales, en las cárceles, en las empresas, en los aviones, en las televisiones, incluso, y eso es algo inaudito, silencio en las redes sociales.

El zoom de la cámara se acerca tanto a Miss que puede detectar el temblor de sus pupilas, el que precede al desborde. Y de ahí, esa misma cámara, lentamente, baja hacia su barriga.

Silencio.

Y de pronto todo es ruido.

La modelo comienza a llorar como nunca lo ha hecho.

Y la Doctora llora también con ella, y se abrazan, y sus compañeros olvidan las peleas, y al astronauta, y la pistola, y el diente de Frank, y a Veruca, y se abrazan todos. Y lloran, porque al final todos lloran.

Y la Tierra sonríe, por primera vez en muchos años, la Tierra en su conjunto sonríe.

Y de pronto, de una forma que parece improvisada pero que estaba preparada ya desde hace tiempo, en todas los dispositivos aparece un único mensaje en centenares de idiomas: ¡FELICIDADES!

Al instante siguiente, varias empresas de productos para bebés ocupan la zona inferior de las pantallas. Nadie se pregunta cómo es posible que estuvieran ya preparados los anuncios, nadie piensa cómo han podido fallar los controles de esterilización, nadie piensa de momento en el riesgo que supone que nazca un bebé allí. Nadie piensa tampoco en el padre.

Y nadie piensa porque ahora mismo la colonia necesita una alegría, un pequeño milagro que justificara todo el proyecto, algo en común por lo que luchar, una esperanza dentro de la imposibilidad.

Aquel bebé no iba a ser solo el hijo de Miss, aquel bebé iba a ser de todos los que estaban allí y, sobre todo, aquel bebé iba a ser de la humanidad.

* * *

Los dos hombres que lideran el proyecto brindan desde una espectacular terraza situada en uno de los edificios más lujosos de la ciudad. Les llegan los datos de audiencia y estiman los ingresos por la nueva publicidad orientada a madres, padres y bebés.

Conectan con la sala de control para ver si ha surgido algún problema en las redes sociales. De momento todo tranquilo, hay preguntas incómodas que se borran, comentarios que después de unos minutos desaparecen misteriosamente, usuarios que no pueden entrar en sus cuentas, esas desde las que siempre se está criticando el programa... Vamos, lo normal.

Uno de los dos hombres hace unos minutos que ha enviado un mensaje a Centinel.

> Hola, les saluda William Miller desde la Tierra.
> Este mensaje va dirigido al capitán Marcus Z. N.
> Necesitamos un listado con todo lo necesario para poder

ubicar a cien personas más en Marte. En breve tendremos el dinero, pero el tiempo va en nuestra contra: el proceso, tal y como nos temíamos, se acelera. Utilizando el símil de una torre de cartas, en cuanto una se venga abajo, caerán todas las demás irremediablemente.

Informen del estado de las instalaciones en el momento actual.

Gracias.

W. Miller.

Pasada media hora llega la respuesta desde Marte.

Hola, Willam, aquí el capitán Marcus.

En breve le enviamos el listado con el material necesario. Las instalaciones están casi completadas. Hay pequeños desajustes en la central energética, necesitamos bastantes más paneles solares de los previstos, asumo el error en el cálculo.

Con respecto a las plantas, ese sigue siendo nuestro principal problema, apenas crecen. Aunque creemos que ya hemos encontrado la solución, los resultados tardarán en llegar. Por eso solicitamos que en el próximo envío se tripliquen los víveres y alimentos, por si aún no podemos abastecernos de forma totalmente autónoma.

Lamento escuchar que ahí en la Tierra el proceso de destrucción se acelera, nuestros cálculos así lo confirman también.

Sin más, le enviamos un saludo desde Marte.

Centinel.

Marcus Z. N.

Los dos hombres han leído el mensaje. Aparte del tema de las plantas, no hay nada que no supieran. Al menos, ahora tienen dinero, mucho más dinero. Ese bebé les va a reportar los ingresos necesarios.

Ambos hombres brindan.

—Menos mal que lo hicimos, ese niño será nuestra salvación —le comenta Dmitry mientras se lleva la copa a la boca.

—Ojalá nazca sano, ojalá el parto no se complique.

—Esperemos que sí, tranquilo. Para algo elegimos a la que seguramente es una de las mejores comadronas del mundo. Aun así, es tan arriesgado...

—Es cierto, pero vamos a pensar que todo va a salir bien —se anima a sí mismo—, que el niño vendrá sano, que a la madre no le pasará nada. ¿Sabes que ya he pensado hasta el nombre?

—¿Cuál? —pregunta Dmitry.

Y el hombre le dice dos nombres, dependiendo de si es niño o niña.

—¿En serio? No serás capaz.

—Claro que sí.

—Eres un hijo de puta.

Y ambos sonríen. Y ambos brindan de nuevo por no haber esterilizado a ninguno de los concursantes.

* * *

Inevitablemente, tras la alegría inicial, llegaron las preguntas, esas que siempre están ahí para llevarnos hacia la realidad. Preguntas que desde ese día llenarían los programas de televisión, los foros y las redes sociales. Y entre esas preguntas dos destacaban sobre las demás: ¿cómo había podido ocurrir?, y ¿quién era el padre?

Con respecto a la primera hubo varias posibilidades, pero ya se encargaron algunos periodistas de convencer a la audiencia de que simplemente habían fallado los sistemas, porque todo puede fallar.

Y con respecto a la segunda cuestión, el padre podía ser Manitas, el Jardinero o Marcus. Con esta última opción surgió una pregunta que también alimentó encendidos debates: ¿tendría derecho a ver a su hijo?

De todas formas en Marte no se podían hacer pruebas de paternidad, así que solo quedaba esperar a ver a quién se parecía más el bebé cuando creciera.

Pero lo que realmente preocupaba a la población mundial era el tema de la salud del bebé. ¿Nacería sano?

En Centinel tenían algún equipamiento, pero no demasiado. En una época en la que solo un 10 por ciento de partos se producían de forma natural, donde la mayoría estaban programados, donde un partido de fútbol podía decidir la hora de un nacimiento, que un bebé naciera de forma natural era casi primitivo.

Frank y la Doctora dijeron que no había problema, que durante siglos los seres humanos habían nacido solos. También era cierto que eso había ocurrido en la Tierra y no fuera de ella.

Pero para el nacimiento aún quedaban varios meses, de momento la gran noticia era que, por primera vez en la historia, iba a nacer un ser humano fuera de la Tierra.

Si aquel bebé vivía, sería el hito más grande de la humanidad, en cambio si aquel niño moría, seguramente moriría también la colonia con él.

* * *

El avión aterrizó sobre una isla donde, a pesar de ser de noche, era de día.

Llovía.

Atravesamos el pequeño aeropuerto de Keflavik hasta la salida. Allí habíamos quedado con un hombre que nos estaba esperando para entregarnos el vehículo que habíamos alquilado: un potente todoterreno. Mi hermano me había comentado que para circular por muchas de las carreteras del país era necesario un 4×4.

Entramos en el coche y, bajo una lluvia que parecía querer devorar el alrededor, arrancamos en busca de respuestas, en busca de la verdad.

Fue al final de aquel viaje cuando me di cuenta de que el principal problema de buscar la verdad es encontrarla y no saber qué hacer con ella.

* * *

Los siguientes meses fueron, sin duda, los más felices de la colonia. Aquel bebé fue como esa recompensa que todo el mundo espera en algún momento de su vida; aquel bebé llegó en el momento justo para salvar una minisociedad que había ido perdiendo la ilusión incluso por seguir existiendo.

Todos los integrantes de la colonia hicieron lo imposible para que aquello saliera bien; eran conscientes de las altas probabilidades que existían de que el bebé naciera con malformaciones, problemas de salud o, en el peor de los casos, muerto.

Por fortuna, tenían varias medicinas que podían ayudar: vitaminas, hierro y algunos nutrientes esenciales para un embarazo.

En ningún estudio se había analizado la repercusión que el tipo de comida que consumían pudiera tener en un feto. Por eso, desde la Tierra, un grupo de médicos y nutricionistas analizaron al milímetro cada uno de los alimentos que Miss iba a consumir desde ese momento para indicarle cuáles eran mejores y cuáles no debía ni probar.

El embarazo consiguió devolver al grupo la alegría inicial: ya apenas había disputas, todo se compartía y de vez en cuando había algún que otro encuentro sexual entre la Doctora y el Militar; eso sí, por si acaso utilizaron preservativos que había disponibles. En realidad siempre los hubo, pero como asumieron que estaban esterilizados y sanos, nadie pensó en utilizarlos. Hasta el embarazo de Miss, claro. Parecía que volvía la ilusión a aquella pequeña colmena de vidas.

Pero no fue siempre una felicidad perpetua, al menos no para una Miss que tenía momentos en los que parecía hundirse, esos momentos en los que pensaba que todo podía salir mal, que el niño podía nacer muerto o deforme, que allí no había hospitales a los que acudir, que podía morir también ella en el parto...

Afortunadamente, las redes supieron actuar en esos instantes de debilidad y se encargaban de generar una respuesta positiva interplanetaria. A la mínima recaída millones de personas enviaban mensajes de apoyo a Miss.

En el otro lado estaban los *haters*, personas que en sus mensajes deseaban que el niño naciera muerto y que todo el programa fracasara. Personas que seguramente en su vida real jamás serían capaces de decir algo así pero que bajo el anonimato de las redes se volvían monstruos.

* * *

Desde la organización respiran aliviados al ver que todo vuelve a funcionar, que el dinero entra de nuevo. La lista eXo necesita recursos, muchos, a veces piensan que demasiados.

Afortunadamente, ese bebé ha servido para que las empresas relacionadas con los productos infantiles paguen la publicidad encantadas. Y después vendrá la ropa, y los juguetes, y los carros... porque el bebé se irá haciendo mayor.

El equipo de marketing ya tiene preparado un nuevo concurso que les va a generar más ingresos. Participarán millones de personas, y eso son muchos dólares.

Solo hay un hecho que ha roto la tranquilidad de los últimos días: el hombre que está viviendo en una casa en el norte de Islandia ha estado a punto de hacer una locura. Por suerte lo han detenido a tiempo. Han podido interceptar un paquete justo cuando el avión de la empresa transportista iba a salir de Islandia. En su interior había una carta con una foto que podía suponer el fin de absolutamente todo lo que habían construido. Si esa foto hubiera llegado a su destinataria, el trabajo de años se habría acabado en unos segundos.

—Tenemos que hacer algo —le dice Dmitry a su socio—, ahora nos hemos salvado, pero la próxima vez...

—No habrá próxima vez, te lo aseguro —contesta el hombre más rico del mundo—. Que se pongan en contacto con él para que venga mañana.

—¿Aquí?

—Sí, que venga aquí, que venga disfrazado, en pijama o como le dé la puta gana, pero que venga.

* * *

Continuamos circulando bajo un manto de lluvia y viento en dirección a Reikiavik. Era pronto, la madrugada aún le estaba dando la bienvenida a la mañana, pero allí ya era de día porque no había llegado a ser de noche.

Sonaba *Nica Libres at Dusk*, de Ben Howard.

—Hay un dicho islandés sobre el clima —me dijo mi hermano sonriendo—: si no te gusta el tiempo que hace, espera unos minutos.

Le sonreí yo también mientras miraba el cielo de una noche con luz.

Nos acercábamos a Reikiavik.

—¿Dónde has quedado con tu amigo? —le pregunté.

—No, no he quedado en Reikiavik, he quedado en otro sitio, pero un poco más tarde. Quería aprovechar que es pronto para llevarte a un lugar muy especial.

Dejamos atrás la capital y continuamos viajando por una carretera que cada vez tenía menos tráfico. Alrededor, la densidad de población también comenzó a reducirse, apenas se veían unas cuantas casas difuminadas a lo lejos.

—Algunas de esas casas que ves son granjas, pero granjas muy especiales, de caballos.

—¿De caballos? —le contesté sorprendida.

—Sí, pero son unos caballos peculiares: el caballo islandés. Tiene unas cualidades únicas, de hecho, para preservar su pureza parece ser que si un ejemplar sale de la isla por algún motivo ya no puede volver a entrar en ella.

Abandonamos la carretera principal y nos desviamos en dirección a un lugar que, según los carteles, se llamaba ÞINGVELLIR. Apenas nos cruzábamos con ningún vehículo.

Pasados unos minutos nos encontramos con un gran lago que comenzó a presumir ante nosotros.

—Es precioso... —susurré.

—Ese es el lago más grande de Islandia.

Tras unos minutos bordeando aquel espejo del cielo llegamos a un aparcamiento donde nos encontramos con un espectáculo grotesco: un muro de autobuses apenas dejaba ver el paisaje. Hordas de turistas bajaban de los vehículos. Tras una cola de varios minutos pudimos atravesar aquel caos y aparcar el coche en el arcén.

—¡Cuánta gente! ¿Esto es siempre así? —le pregunté sorprendida.

—Antes no —me contestó con una mueca de tristeza—. Hace años, cuando vine por primera vez, podías encontrarte turistas, claro, pero eran de otro tipo. Venían a hacer fotos, a pasear, a sentir la naturaleza, sabían que habían llegado a un lugar que debían respetar. Nada que ver con lo de ahora.

—¿Y dónde estamos? —le pregunté mientras avanzábamos entre una maraña de gente.

—Es el valle de Þingvellir. Dicen que es la herida abierta por la que nació Islandia. Justamente aquí se separan las placas tectónicas de Norteamérica y Eurasia. En un momento pasaremos justamente por una de esas fallas, es algo único. Pero, aparte del tema geológico, te he traído por otra cosa.

Dejamos a un lado el centro de visitantes y comenzamos a bajar por un camino que hacía de cremallera entre dos rocas.

—Ahora mismo estamos caminando por el lugar donde se separan los dos continentes —me dijo mi hermano mientras avanzábamos junto a una multitud de gente.

A los pocos metros mi hermano me cogió la mano y nos desviamos del camino. Y, a pesar de los años transcurridos, a pesar de las heridas, los reproches y las ausencias, a pesar de todo eso, noté el mismo tacto de la infancia. Apreté su mano.

Llegamos a una pequeña pasarela que se dirigía a unas gradas de madera. Allí había un gran mástil con una bandera de Islandia. La gente subía, bajaba, saltaba por todos lados.

—Dicen que los vikingos fundaron aquí el primer parlamento del mundo. Los representantes de los distintos clanes que habitaban la isla se reunían en este lugar una vez al año, en verano, para discutir multitud de asuntos: se aprobaban normativas, se realizaban juicios, y también se celebraban matrimonios y alianzas entre clanes. Se decía que el eco del acantilado permitía a los oradores amplificar su voz y llegar a todos los presentes.

»Nunca hubo un edificio ni nada parecido, simplemente venían personas de toda la isla y se asentaban alrededor de lo que llamaron la Roca de la Ley. Todo lo que se decidiera en el parlamento se debía acatar. De hecho, aquí se declaró también la independencia de la isla en 1944. Toda la zona se llenaba de vida y actividad comercial, no solo por el evento sino porque era el mejor sitio para enterarse de lo que ocurría en el resto de la isla.

—¿Cómo sabes tanto del tema? —le pregunté mientras volvía a sentir ese orgullo de hermana.

—Bueno, por curiosidad y porque me lo explicaron cuando en el concurso estuvieron estudiando constituciones para Marte. Se basaron en gran parte en la islandesa.

Durante un momento nos mantuvimos en silencio, todo lo contrario que nuestro alrededor: dos turistas que no paraban de gritar acababan de tirar dos bolsas vacías de patatas fritas al suelo; un niño estaba encaramado al mástil de la bandera; dos jóvenes rascaban con un cuchillo el respaldo de una de las gradas...

Miré con tristeza la plaga en la que nos habíamos convertido y allí, en aquel lugar, recordé las palabras que un día me dijo mi padre: un virus que va a acabar con la Tierra, eso es lo que somos los humanos.

* * *

Las redes esperaban ansiosas que la organización anunciara cuál iba a ser el próximo concurso. Exactamente a las 20.00, la principal cadena de la compañía mostró en las pantallas la siguiente frase: «¿Cómo quieres que se llame el primer humano nacido en Marte?».

Aquella pregunta animó a millones de personas a coger sus dispositivos y lanzarse —previo pago— a votar. El concurso era simple: había que decidir un nombre para el primer humano nacido fuera de la Tierra, y qué mejor forma que preguntarlo a toda la humanidad. Como aún no se sabía el sexo del bebé, en principio cualquier nombre entraría en el concurso.

A partir de ese momento, cualquiera podía proponer un nombre. No había ninguna restricción, ninguna condición previa, salvo el dólar que costaba enviar el mensaje.

A los pocos minutos de activar las plataformas para participar, varios de los servidores encargados de procesar las propuestas se colapsaron. A la vez, algunos de los sistemas de cobro quedaron durante unos minutos bloqueados: estaba entrando demasiado dinero.

Miles de nombres —rusos, chinos, japoneses, hispanos, americanos— se fueron almacenando en los servidores en función del número de veces que hubieran sido elegidos. Se iba creando un *ranking* que se actualizaba cada dos horas.

Evidentemente, el hombre más rico del mundo ya sabía cómo quería que se llamara aquel bebé que iba a nacer, por eso lanzó dos propuestas con un usuario anónimo y su ejército de *hackers* se encargó de que aquellas dos opciones se colocasen directamente entre las preferidas.

Pasado un mes se cerró el plazo para proponer nombres y comenzaron las votaciones. Cada semana se iban eliminando los menos votados y se pedía de nuevo el voto para los que continuaban en el *ranking*. Eso generaba otra nueva oleada de ingresos: millones de votos, millones de dólares.

* * *

Salimos de allí y continuamos andando unos veinte minutos más hasta llegar a una preciosa cascada con un nombre difícil de pronunciar: Oxararfoss. Allí había mucha menos gente porque para acceder había que subir un tramo de escaleras y para la mayoría de personas que nos rodeaban aquello suponía demasiado esfuerzo.

Estuvimos unos minutos disfrutando de la belleza del sonido del agua.

Regresamos al lugar donde habíamos aparcado, pero la salida estaba colapsada, muchos coches autónomos se habían quedado varados en la confusión sin saber qué hacer ni adónde ir. Afortunadamente el nuestro era de los antiguos, de los manuales, y conseguimos salir entre el caos.

—¿Adónde vamos ahora? —le pregunté cuando ya estábamos de nuevo en la carretera.

—Ahora vamos a ver a mi amigo, he quedado con él en un lugar muy especial, espero que te guste.

Continuamos durante una media hora por la carretera

hasta que a lo lejos vi otro tumulto de vehículos, sobre todo autobuses.

Buscamos un hueco en un aparcamiento atestado de gente. Tras muchos minutos, lo conseguimos.

Había parado de llover, pero las nubes seguían ahí.

—Hay muy pocos lugares en el mundo donde se puede ver esto —me dijo mientras salíamos del coche.

Me fijé en que estábamos rodeados por varias edificaciones: dos hoteles de lujo, un restaurante, una gran cafetería, una enorme tienda de recuerdos...

Cruzamos la carretera y dejamos todo aquello a un lado. Nos dirigimos a un camino de tierra acotado con unas cuerdas de seguridad.

A pesar de que la senda estaba perfectamente delimitada y había carteles pidiendo que no se traspasasen las líneas marcadas, la gente caminaba por donde quería.

A lo lejos escuché una explosión.

—¿Qué ha sido eso? —le pregunté a mi hermano.

* * *

Los meses fueron pasando y la vida continuaba en la colonia. Apenas había sobresaltos en la rutina diaria, todo giraba alrededor de aquel bebé.

Un bebé que, con el paso del tiempo, seguía generando dinero. Cada día nuevos patrocinadores se sumaban al circo, la gente no paraba de votar y las casas de apuestas daban muchas opciones: niño o niña, rubio o moreno, muerto o vivo, se podía apostar.

En un principio parecía que el embarazo avanzaba de forma normal. De vez en cuando a Miss se le hacían pruebas con un sencillo ecógrafo que había entre el material médico; no era tan tecnológicamente avanzado como los de la Tierra, pero hacía su función. Fue la Doctora la primera que se atrevió a afirmar que seguramente era una niña y que a simple vista era un bebé normal, no tenía ninguna malformación aparente.

Con el paso de las semanas se confirmaron las dos cosas: en principio parecía que el bebé estaba bien y sí, era una niña.

Aquella noticia se celebró con una gran alegría en la mayoría de países. No tanto en los que aún consideraban a la mujer inferior al hombre, lugares donde parecía que la tecnología avanzaba mucho más rápido que la mente.

Las principales religiones, que en los últimos años habían visto como sus fieles se reducían a la misma velocidad con que la educación y conocimientos avanzaban, quisieron aprovecharse del bebé.

De una forma u otra, con pequeñas diferencias, muchos grupos religiosos vaticinaban que aquel niño podía ser un nuevo mesías al que adorar. El problema vino cuando se conoció el sexo: les resultó demasiado complicado asumirlo, sobre todo cuando en esa misma religión a la mujer se la trataba como a un objeto.

Pero aquella noticia consiguió que la única religión que había vaticinado que sería niña, la IFSM (Iglesia de los Fieles de la Semidiosa Marciana), comenzara a tener miles, millones de adeptos. En apenas unas semanas se convirtió en la quinta religión más importante de la Tierra. Sus acciones se dispararon en la bolsa.

* * *

—Ha sido un géiser —me contestó mi hermano mientras continuábamos caminando—. Mira todos estos pequeños agujeros en la tierra, algunos son fuentes termales, otros son antiguos géiseres que hoy en día ya no están activos.

Conforme avanzábamos fui leyendo pequeños carteles que indicaban el nombre y la antigüedad de cada uno de los agujeros. Entre toda la gente pude distinguir una muchedumbre que formaba un círculo. Mi hermano me volvió a coger de la mano y me llevó hacia otro lugar.

—Antes vamos por aquí, quiero enseñarte algo.

Subimos por una pequeña ladera siguiendo otro camino también marcado. Nos dirigíamos a un lugar en el que había menos gente. En cuanto llegamos vi un gran charco. Leí el cartel: GEYSIR.

—¿Y esto?

—Es el Geysir, el original —me explicó—. Es el que le da el nombre a este tipo de fenómeno.

—¿Y cuándo explota?

—Este no explota, murió.

Me asomé ligeramente para ver como el agua simplemente realizaba un pequeño vaivén sobre la superficie, pero nada más. No había vida, ni intención.

—¿Qué ocurrió? —le pregunté.

—Hace años que lo mataron, que lo matamos. Quienes lo vieron dicen que era precioso, que estaba activo cada treinta minutos más o menos y que llegaba a alcanzar los 60 metros de altura, pero parece que media hora era demasiado tiempo y la gente comenzó a tirarle cosas para ver si así explosionaba antes: piedras, monedas, algunos dicen que hasta detergente. Lo que consiguieron al final fue taponarlo, y ya no volvió a funcionar más.

»Papá me trajo a este lugar el primer día que llegamos a Islandia para explicarme cómo es el ser humano. Ya sabes la opinión que tenía.

Nos quedamos allí durante unos minutos, mirando aquel tesoro inerte. A nuestro alrededor iban y venían turistas que, tras el esfuerzo de la pequeña subida y ver que aquello no funcionaba...

«¿Y este no va?», pregunta un hombre obeso que va perdiendo los pantalones en cada paso. Una mano la tiene ocupada con una hamburguesa, la otra con una cerveza.

«No, parece que no», le contesta la que parece su pareja.

«Pues vaya mierda, ¿y para esto hemos subido hasta aquí? Joder», protesta mientras continúa masticando. Le da un último trago a la cerveza y tira el bote al suelo.

«Qué guarro eres», le recrimina su compañera.

«Déjalo, ya lo recogerán los que mantienen esto, que para eso les pagan.»

Muerde el último trozo de hamburguesa, hace una pe-

queña bola con el envoltorio y, posicionándose como un jugador de baloncesto, apunta hacia el interior del Geysir. Dispara.

Afortunadamente, el viento desvía la trayectoria y el papel cae en el borde exterior, prácticamente en la orilla.

Los dos se marchan discutiendo.

Me acerqué al papel y lo recogí, me acerqué al bote y lo recogí. Lo dejé todo en la papelera que había a unos pocos metros. Mi hermano me miraba con lástima.

—Bueno, Nel, vamos a ver el único que aún parece estar activo, el Strokkur —me dijo.

Bajamos de nuevo por el sendero en dirección a la multitud de cámaras que, con sus personas detrás, intentaban captar la imagen perfecta para las redes. No había huecos, la gente se apretaba como si en aquella foto les fuera la vida.

Pasaron varios minutos pero aquel chorro no daba señales de vida, lo que hizo que varias personas se impacientaran. Se escucharon insultos dirigidos a nadie.

De pronto, sin previo aviso, vimos como en el interior del pequeño lago de agua comenzaba a latir una burbuja gigante. Subió, bajó, subió, bajó, y en apenas un segundo soltó un chorro de unos diez metros de altura.

Risas, gritos, abrazos, caras de felicidad en decenas de selfis, imágenes que iban directas a las redes sociales, con miles, millones de *likes*.

—Bueno, al menos aún queda este, es una esperanza —le comenté a mi hermano, que me sonrió con lástima.

Esperamos de nuevo para poder verlo más de cerca. A los cinco minutos volvió a erupcionar.

La gente iba y venía continuamente: los que ya habían sacado la foto, los que querían volver a sacarla y los que llegaban con la ilusión de publicar la imagen de su vida.

—Venga —dijo mi hermano mirando el reloj—, ya es la hora. Me ha dicho que quedáramos en una pequeña caseta de madera que hay al final del aparcamiento.

Cruzamos de nuevo la carretera y nos dirigimos hacia allí, localizamos la caseta de madera enseguida. Justo en la puerta había alguien esperándonos.

En cuanto lo vio mi hermano, se acercó y se dieron un fuerte abrazo.

—¡Cuánto tiempo! —dijo el amigo de mi hermano.

—Sí, por lo menos cuatro años, pero tú estás igual, parece que el clima de aquí te mantiene joven. —Y ambos rieron—. Mira, te presento a mi hermana.

—Hola, encantado —me saludó—, te he visto alguna vez en la tele.

—Es un placer. —Le sonreí.

—Bueno, pues yo ya he acabado lo que tenía que hacer hoy, como siempre la informática, estos aparatos... siempre hay que ajustar alguna cosa... pero bueno, ¿qué es de tu vida?

Nos quedamos allí de pie. Ellos comenzaron a hablar de sus encuentros, de sus momentos... Yo me evadí un poco pensando en las pistas, en el juego de las llaves, en los anillos, intentando entender todo lo que estábamos haciendo, tratando de averiguar a dónde nos llevaba todo... cuando, de pronto noté como en una de las frases mencionaban mi nombre y desperté del ensimismamiento.

—¿Podrías enseñárselo a mi hermana?

—Sí, sí, claro, no hay problema.

—¿Enseñarme el qué? —pregunté.

—Lo que hay en el interior de esta caseta, tu hermano ha

insistido, piensa que te gustaría verlo, pero eso sí, debe quedar entre nosotros.

—Palabra de periodista —le dije sonriendo.

Abrió la puerta y entramos, apenas cabíamos los tres. Corrió una compuerta en el suelo y bajamos por unas escaleras verticales.

Llegamos a una pequeña estancia donde había un panel de control y varias pantallas.

Me quedé con la boca abierta mirándolo todo, mirando las imágenes, los gráficos y las cámaras.

—¿Es lo que pienso que es? —le pregunté a mi hermano.

* * *

Un grito rompió el silencio de la noche.

Un grito que viajó de módulo a módulo, de pared a pared, que rompió el sueño de todos los habitantes de la colonia. Un grito que salió al exterior, rebotó en algún satélite de los que flotaba en el universo y llegó a cada hogar de la Tierra.

Fue la Doctora la primera en acudir a la cama de Miss.

Durante unos instantes la organización no supo muy bien qué cámaras conectar, eran varios los cuerpos que se movían en distintas direcciones.

Fue John el segundo en llegar a la habitación de la modelo. La ayudó a bajar de la cama y la acompañó hacia la Sala Común. Todos sabían cómo convertir aquella estancia en un quirófano improvisado, llevaban varias semanas ensayándolo.

Frank apareció directamente en la sala. Llevaba ya un maletín con todo lo necesario, al menos con todo lo que tenían disponible para una situación que ni siquiera estaba prevista.

Miss se tumbó en el sofá, que se convirtió en cama, y el resto se dispuso a su alrededor.

La Doctora estaba preparada.

Frank estaba preparado.

Las cámaras estaban preparadas.

Y hasta Miss, a pesar de todo el dolor, parecía estar preparada.

Pero... ¿y el mundo? ¿Estaba el mundo preparado?

Sí, quizás sí estaba preparado para asumir un éxito, para ver el nacimiento de un ser humano, para vivir uno de los acontecimientos más importantes de la historia... ¿pero estaban preparados para asumir un fracaso?

Las complicaciones que podían surgir eran múltiples, en los entrenamientos se habían hecho simulacros de todo tipo, sin embargo, nunca se había pensado en esta situación, en simular el nacimiento de un bebé. El parto podía complicarse y allí no había ninguna ambulancia esperando en la puerta, no había tampoco incubadoras, no había una UCI pediátrica. Allí tenía que salir todo bien a la primera, de lo contrario saldría todo mal.

Iba a ser, además, un parto atípico, ya que en la mayoría de los países de la Tierra hacía años que nadie —si no era por puro accidente— nacía de forma natural. Casi todos los partos eran programados: algo mucho más cómodo y, por supuesto, mucho más rentable.

Esa era una de las razones por la que ya apenas había especialistas en partos naturales, los doctores simplemente pinchaban, dormían y sacaban al bebé. Posteriormente el propio hospital te daba un vale-descuento para acudir a la sección de cirugía plástica, allí te disimularían la cicatriz que ellos mismos te habían hecho.

Afortunadamente en este caso, y eso no fue casualidad, la Doctora que ahora mismo estaba delante de Miss había trabajado durante muchos años en zonas de África donde las mujeres aún tenían los hijos de forma natural, era una experta en ese tipo de partos.

—Tranquila —le decía la Doctora—, no te preocupes. Yo he estado en lugares mucho peores que este, en auténticos infiernos, y al final todo ha salido bien. Piensa que, al menos, no tenemos a nadie ahí fuera con metralletas, no tenemos a ninguna milicia con ganas de llevarse a los niños para la guerra o matar a los recién nacidos. En comparación con todo lo que he vivido, esto es un lujo —bromeaba.

Miss no contestaba.

Durante toda la retransmisión, cientos de empresas médicas aparecieron en la parte inferior de las pantallas. Todo se vendía, en cualquier momento, en cualquier situación. Nadie sabía lo que se había pagado por ser el primer anunciante en aparecer nada más naciera el bebé.

Miss gritaba a intervalos, poco a poco iba dilatando, cada vez estaba más cerca. Cientos de millones de espectadores miraban aquel acontecimiento.

—¡Vamos, ahora! ¡Empuja! —le gritaba la Doctora.

En ese momento, en todas las pantallas de la Tierra apareció el siguiente texto: «Les advertimos que las siguientes imágenes pueden herir su sensibilidad».

Fue curioso ese mensaje, pues hacía ya tiempo que no aparecía en las películas violentas, ni en los vídeos de peleas que eran material habitual entre los adolescentes, ni siquiera aquella vez que una cámara grabó a unos jóvenes quemando a un indigente. La violencia estaba normalizada en las redes, en cambio, el nacimiento de un ser humano podía herir sensibilidades.

Una de las cámaras, la situada en la parte superior de la pared, dirigió el zoom a la vagina de la madre.

Un grito, y otro, y otro.

Y otro, y un «Empuja», y un «Vamos que ya está ahí».

Y gritos, y una mano que agarra la de Frank con la intención de clavarle las uñas si es necesario.

En todas las pantallas de la Tierra apareció una pequeña cabeza asomando entre las piernas de Miss. Los espectadores miraban atónitos cómo nacía un bebé de forma natural, con dolor, con sufrimiento, como si estuvieran viendo algo que ya solo pertenecía al pasado, algo más propio de bárbaros que de seres humanos.

—¡Vamos, ahora! ¡Empuja todo lo que puedas ahora!

Miss gritaba y lloraba de dolor.

Y el mundo sufría, y la gente lloraba, y las madres tapaban los ojos a sus hijos, y los propios adultos se tapaban los ojos con sus manos, pero dejando un pequeño hueco para mirar entre los dedos.

* * *

—Sí, Nel, eso es exactamente lo que piensas que es —me dijo mi hermano.

Me apoyé sobre la pared y volví al pasado, a ese momento en el que te das cuenta de que un ratón no puede visitar tantas casas en tan poco tiempo.

—Sí, lamentablemente es así, yo me encargo de que la tecnología ayude a la naturaleza —me dijo el amigo de mi hermano.

Me quedé en silencio, cerré los ojos e intenté llorar solo por dentro.

—Esto es algo que muy poca gente sabe. Pero en realidad el Strokkur que acabas de ver hace varios años que también se murió, no dejaban de tirar monedas en su interior y el pobre no pudo más.

Suspiré y abrí los ojos.

—¿Te has fijado en todo lo que hay montado alrededor? ¿Te has fijado en ese hotel de lujo? ¿En la cafetería, en la tienda de recuerdos, en el restaurante, en los apartamentos que se están construyendo? Hay demasiado dinero invertido aquí.

Al fin y al cabo, qué cuesta poner una bomba para que lance un chorro de agua... Mira, voy a enseñarte algo.

Se acercó al panel de control y manipuló unos parámetros.

—Acabo de subir dos metros la altura. Espera un minuto exactamente y verás la ilusión de la gente.

Nos quedamos mirando la cuenta atrás en la pantalla.

Al minuto exacto el géiser explosionó con una potencia impresionante. La gente comenzó a gritar de alegría.

—Hoy la tienda venderá más camisetas, más imanes, más recuerdos...

Volvimos a subir y salimos al exterior de la pequeña caseta de madera.

—Vamos a tomar un café a un sitio menos concurrido y me contáis la razón de vuestra visita.

Nos dirigimos al hotel que había a unos metros, nos quedamos en la pequeña cafetería situada en la planta baja.

—No os he dicho nada, qué maleducado. Siento mucho lo de vuestro padre, la verdad es que el tío tuvo cojones de hacer algo así en directo.

—Bueno..., en realidad él es la razón de que estemos aquí. Es una historia un poco larga, pero para resumirte... después de su muerte nos llegó un paquete para resolver un juego, un tema nuestro de la infancia, de la familia. —Y en ese momento me miró—. El caso es que eligió el juego de las llaves.

—Qué bueno, siempre me encantó ese juego.

—Hemos ido avanzando y tenemos una llave que sabemos que abre la puerta de una casa, pero no sabemos dónde está esa casa.

—No te entiendo.

—Recuerdas al padre de Veruca, ¿verdad?

—Sí, claro, pobre familia...

—Después de la muerte de Veruca se vino a vivir a Islandia, a una casa. Hemos venido a buscar esa casa.

—Me acuerdo de lo que pasó, recuerdo que aquel hombre prácticamente se volvió loco. Las redes sociales casi acaban con él, y al final se vino aquí. Creo que entró en un programa de protección de testigos que tenían dentro de la propia empresa, o algo así. Pero no tengo ni idea de dónde vivía, había rumores que por el norte.

—Bueno, de todas formas, esta es la llave, por si te puede sonar de algo, o ¿sabes si...? —le dijo mi hermano dejando la llave en la mesa.

En ese momento su amigo cogió la llave en la mano.

—¡Qué curioso! —dijo.

—¿Qué pasa?

—El símbolo del llavero. Hacía tiempo que no veía uno así.

* * *

Tierra

Silencio.

Y nació Tierra.

Y lloró.

Y las lágrimas de aquella niña fueron también las de una humanidad que estaba siendo testigo del acontecimiento más importante de su historia.

Miles de preguntas recorrían las redes en forma de susurros, entre ellas la más importante: «¿Ha nacido bien?».

La Doctora se había llevado rápidamente a la niña para comprobar su estado de salud. Aquella espera se hizo interminable.

Varios siglos de sufrimiento después, la Doctora volvió con Tierra envuelta en una pequeña toalla.

—Tras un examen superficial puedo afirmar que acabas de tener una niña sana —le dijo a Miss mientras se la entregaba—. ¡Enhorabuena!

Y Miss apretó a Tierra entre sus brazos. Y lloró.

Y Frank lloró. Y Manitas lloró. Y el Jardinero lloró. Y hasta John lloró.

Y, seguramente, si Veruca hubiera estado allí, también habría llorado, y habría subido mil fotos a sus redes sociales, y habría saltado de alegría...

Andrea, en cambio, una vez vio que todo había salido bien, se acercó a Miss y a Tierra, las miró a ambas, le puso una mano en el brazo a la madre y con un enhorabuena se fue a su habitación.

Una emoción contenida explotó a lo largo de todo el planeta. El ser humano había sido capaz de, con todas las condiciones en contra, engendrar una niña totalmente sana. Por eso, cuando las peores perspectivas dieron paso a lo increíble, la humanidad salió a celebrar que el pequeño cuerpo de una niña había podido con todas las estadísticas. París, Madrid, Roma, Nueva York, Tokio, Londres, cualquier ciudad, por grande o pequeña, se convirtió en una fiesta.

Aquella niña fue el milagro que necesitaba la colonia para volver a ilusionarse, para convencerse de que su presencia allí tenía un sentido, al menos un futuro.

La raza humana acababa de demostrar que no solo era capaz de sobrevivir en otro planeta sino que, además, podía reproducirse.

Aquella niña consiguió, aunque solo fuera temporalmente, lo que no se había logrado hasta el momento: creó una ola de conciencia ecológica que arrastró a millones de personas. Durante los siguientes meses se iniciaron cientos de campañas de concienciación medioambiental, varios gobiernos se comprometieron a implementar programas para reducir el calentamiento global, las principales organizaciones no gubernamentales presionaron con más fuerza a los políticos, se volvió a poner una fecha para cerrar un pacto mundial contra el cambio climático...

Pero, como era de esperar, también se generó el movimiento contrario: muchos gobiernos —y millones de ciudadanos— decidieron que no era necesario hacer nada para proteger el planeta, pues ahora teníamos otro de repuesto.

* * *

—¿Sabéis lo que significa? —nos preguntó.

—Sí, lo hemos estado mirando —le contesté—. Según internet ese símbolo se refiere a algo así como abrir una cerradura sin llave, y se llama... Espera que lo tenía apuntado en el móvil...

—Lásabrjótur —me dijo él.

—Sí, eso es. ¿Cómo lo sabes?

—Lo sé porque hace años que llevo haciéndome una pregunta. Y quizás aquí esté la respuesta, quizás este llavero también sea una llave.

—No lo entiendo —reconocí.

—¿Recuerdas —dijo dirigiéndose a mi hermano— el centro de datos que montamos aquí, en Islandia, hace ya unos años, cuando nos conocimos?

—Sí, claro, se lo he comentado a mi hermana, fue uno de los proyectos más modernos del mundo.

Era cierto, mi hermano durante el viaje me había hablado de aquel lugar. Un pequeño centro de datos donde se guardaba la información del programa por temas legales.

—Así es. Mi empresa se encargaba del mantenimiento de la parte informática. Los servidores, los discos, los sistemas de copia..., todo era de primera calidad, pero aun así requería una vigilancia constante.

»Yo, por contrato, debía ir dos veces a la semana simplemente a supervisar que todo funcionara correctamente, la mayoría de las veces mi visita era más social que otra cosa. Bueno, a lo que iba. ¿Recuerdas que había un hotel de lujo en Húsafell, al inicio de la única carretera que llevaba al centro de datos?

—¿Húsafell? No recordaba el nombre, pero sí me acuerdo del hotel. Era uno de los más modernos —le respondió mi hermano.

—Sí, correcto. Si alguna vez nos teníamos que quedar varios días trabajando en el centro de datos, dormíamos en ese pequeño hotel. Pues bien, en alguna de las ocasiones en que me quedé allí pude ver a famosos, pero no de esos que salen en las redes, sino famosos de verdad: deportistas de primer nivel, cantantes, presidentes de gobierno, empresarios multimillonarios, en definitiva, gente muy importante.

—Bueno, era uno de los mejores hoteles de Islandia, quizás si estaban haciendo turismo, era lógico que se alojasen allí —comenté yo.

—Claro, no tendría nada de especial, pero ¿y si te dijera que la mayoría de ellos nunca se quedaban a dormir, simplemente se tomaban algo en la pequeña cafetería que había en la planta baja?

—¿Entonces? —le pregunté.

—Ahora viene lo curioso, y lo que me ha hecho pensar en ellos. Resulta que el hotel solo era el punto de encuentro para hacer una excursión al centro de datos. La empresa de vuestro padre tenía, bueno, aún los tiene, varios de esos camiones gigantes que sirven para atravesar las duras tierras altas de Islandia. Y desde allí los llevaban al centro de datos, que estaba cerca del glaciar Langjökull. Era un paseo de casi una hora por un paisaje de frío y hielo.

—¿Y para qué querían llevarlos al centro de datos?

—Eso me pregunté yo entonces, era extraño. Hasta que un día, casi por casualidad, lo descubrí.

»Las instalaciones eran pequeñas, tres pisos con dos habitaciones por piso; los servidores estaban en el sótano, prácticamente bajo el hielo. En la planta baja había una recepción y una pequeña cafetería, en la primera planta había dos salas de reuniones y en la tercera dos salas más: una en la que estaba todo el sistema de control de domótica y otra que siempre estaba cerrada. Esta última tenía ese mismo símbolo en la puerta.

»Pero bueno, a lo que iba, un día estaba en la sala de domótica intentando arreglar algo del sistema de alumbrado, creo. Me había dejado la puerta entreabierta y escuché que se acercaban varias personas, y uno de los deportistas más conocidos del mundo entró junto a vuestro padre en aquella sala. Lo más extraño de todo fue cómo abrieron la puerta.

* * *

Dos días después del nacimiento de Tierra, un hombre mayor y una mujer joven se dirigen a uno de sus lugares preferidos de Islandia: dos pequeñas pozas naturales ubicadas en el norte de la isla, en medio de la nada; a la falda de una silenciosa montaña y a unos pocos metros de un mar que golpea las rocas con fuerza. Un lugar con un nombre complicado de pronunciar para cualquier foráneo: Grettislaug.

Los dos han llegado allí en un gran todoterreno. Se dirigen hacia el cambiador más cercano a la cafetería, aún cerrada a esas horas. Ella, como siempre, es más rápida. Una vez en bañador, se mira al espejo dudando entre ponerse la peluca que lleva en el bolso o dejarse el pelo suelto, el suyo.

La mujer tiene la intención de esperarlo, pero hace frío, mucho frío. Por eso sale corriendo hacia las pozas: hay dos, separadas por un gran muro de piedra. Sin pensárselo demasiado elige la más cercana al mar. La temperatura exterior es de dos grados, en cambio el agua está a unos cuarenta. Se introduce lentamente en ella, intentando aclimatarse al contraste, a la espera de que el hombre, mucho menos ágil y bastante más gordo, llegue junto a ella.

A los minutos lo ve venir ya con el bañador puesto, con una toalla en la mano y resoplando, como si en cada paso se le fuera un poco la vida. Se mete torpemente en la poza. «Hoy aún no va borracho», piensa ella.

Se sientan uno al lado del otro. Es entonces cuando el hombre se da cuenta de que no lleva la peluca.

—Cariño, hoy tampoco te la has puesto... —le recrimina de una forma dulce.

—Pero ¿quién va a venir aquí a estas horas? —le contesta ella girando la cara.

—¿Quién sabe? —protesta, pero cada vez con menos ganas, como si estuviera cansado de discutir sobre lo mismo día tras día.

Ambos se quedan en silencio.

Él disfruta del alrededor con los ojos cerrados.

Más silencio... hasta que ella lo rompe.

—¡Ya no lo aguanto más! ¡Estoy harta, harta de tener que esconderme, de que todo el mundo diga de mí que soy tu putita! —le grita.

Ambos se miran a los ojos, el hombre suspira, ella se acerca a él, lo abraza. Habla de nuevo.

—¿Has vuelto a contactar con él? —le pregunta.

—¿Después de lo de ayer? No, no hace falta, lo dejó todo claro, muy claro: juró que me mataría, y que a ti también.

—Tonterías —contesta ella mientras se separa de él y se mueve lentamente hacia el otro extremo de la poza.

—No son tonterías, ese hombre cumple sus promesas.

—No me digas que a estas alturas vas a tener miedo, con todo tu dinero, con todo tu poder... —replica ella sin mirarlo.

El hombre no dice nada, prefiere, como siempre, no discutir. El único sonido que los rodea es el de las olas que rompen a escasos metros de ellos.

Pasan los minutos así, en silencio, uno en cada extremo de la poza, ella mirando hacia el exterior, él mirándole la espalda. Es justo en ese momento cuando ambos escuchan el sonido de un coche. Un todoterreno acaba de aparcar justo al lado del suyo. Del mismo sale una pareja joven, los dos van jugando entre ellos. Se dirigen al cambiador.

—Es muy pronto... Es raro que haya alguien aquí a estas horas. Supongo que vienen a bañarse —dice el hombre, asustado.

—Serán turistas, y claro que vendrán a bañarse, son una pareja... Como tú y yo desde hace un tiempo, ¿no? —contesta ella arrugando la mirada.

La chica joven sale del cambiador y, nada más sentir el frío exterior, comienza a correr hacia una de las pozas. Va cubierta con una toalla, lleva un gorro de lana azul y un biquini negro. El chico, riendo, la persigue enfocándola con el móvil. Ambos se introducen lentamente en la poza, intentando acostumbrarse al calor de un agua que contrasta con un exterior rodeado de frío.

—Ni se han fijado en nosotros —le dice la mujer mientras se acerca de nuevo a él, se pone a su lado y lo rodea con los brazos.

Y allí, en un rincón perdido del norte de Islandia, la isla guarda dos historias tan distintas a tan escasos metros.

En una de las pozas la pareja recién llegada hace el amor en silencio, entre sonrisas y caricias; están coleccionando un momento.

En la otra el hombre y la mujer se cogen de la mano. Él llora porque sabe que va a tomar una decisión que puede costarles la vida; ella intenta no pensar en nada.

Pasan los minutos.

Después de una hora, la pareja joven, entre risas y susurros, se marcha. Al pasar frente a ellos los saludan con un simple adiós.

Y allí se queda la otra pareja, la extraña, la que debe poner algún rumbo a sus vidas.

—Será mañana —dice el hombre.

—¿Mañana? —contesta ella, sorprendida.

—Sí, mañana iremos a verla y se lo contaré todo.

—¡¿De verdad?! —grita la mujer con alegría.

Y salta en el agua, y sonríe, y lo besa, y lo abraza. Abraza con fuerza a un hombre que será feliz por última vez.

—No saldrá bien... —se susurra a sí mismo.

* * *

—¿Cómo se abría? —preguntó mi hermano.

—Pues aún no lo sé. Pero quizás sea con este llavero, por eso lo he recordado; quizás esto —dijo mientras lo cogía— sea también una llave. Aquel deportista simplemente puso la mano sobre la puerta y se abrió. Días después estuve analizándola y no encontré ningún detector de calor, ni de huellas, ni de nada parecido. Estoy acostumbrado a ver todo tipo de tecnología, pero todavía no sé cómo se abría aquella puerta. En las tres o cuatro veces más que vi a alguien allí, era el famoso de turno quien ponía su mano sobre la puerta, y esta simplemente se abría. Yo lo intenté mil veces y nunca lo conseguí, quizás llevaban este llavero en la mano...

—Entonces ¿tenemos dos llaves?

—Yo diría que sí, según lo que me habéis contado, la de la casa del padre de Veruca y seguramente la de esa sala... —en ese momento se quedó pensando de nuevo.

—¿Qué ocurre? —le preguntó mi hermano.

—No sé si os puede servir de ayuda, pero al ver las dos llaves juntas he recordado que ocurrió algo en aquella sala entre vuestro padre y el de Veruca. Fue justo el día después del nacimiento de Tierra, todo el mundo estaba feliz, por eso me acuerdo, fue como un contraste a aquella felicidad.

Mi hermano y yo nos miramos.

—Aquel día yo estaba también en la sala de domótica. Tenía la puerta cerrada, por lo que no supieron de mi presencia. Comencé a escuchar gritos y el padre de Veruca salió de esa sala hecho una furia. Le gritaba a vuestro padre, lo insultaba. Hablaban de la lealtad, de la responsabilidad, pero lo que más recuerdo es que él no paraba de decir una frase: «Voy a decírselo, voy a decírselo». Era como un mantra. No paraba de repetirlo. Vuestro padre le contestaba también gritando que la dejara en paz, que ya le había hecho bastante daño, que la dejara vivir tranquila los días que le quedaban...

Mi hermano y yo nos miramos.

—¿Se refería a la madre de Veruca? —le pregunté a mi hermano.

—Supongo que sí, no lo sé. Siempre he pensado que entre papá y esa mujer hubo algo, te puedo asegurar que papá la quería mucho.

—Pues igual esa mujer tenía razón cuando nos dijo todo aquello en su casa —me dirigí hacia el amigo de mi hermano—: Ella pensaba que su marido iba a presentarle a su nueva pareja y a pedirle el divorcio.

—Entonces todo lo que decís cobra sentido si os cuento lo que ocurrió después —continuó—. Tras varios minutos discutiendo, vuestro padre dijo una frase que lo dejó todo en silencio: «Si lo haces te mataré, te lo juro, os mataré a los dos».

—Y el padre de Veruca murió a los pocos días en un accidente —intervine.

—Sí, y esa frase para mí tuvo mucho sentido porque vuestro padre dijo «os mataré a los dos», y, aunque nunca saliera en ningún medio de comunicación, en la isla corrió el rumor de que el padre de Veruca no murió solo, se decía que iba acompañado en aquel coche.

—Quizás papá quiso evitarle más sufrimiento a una mujer que ya lo había perdido todo, una mujer que cuando la vimos estaba más cerca de la muerte que de la vida —añadió mi hermano.

—Pero ¿y la nueva pareja del padre de Veruca? ¿Tendría familia? ¿Alguien la echaría de menos? —intervine.

—Bueno —comentó el amigo de mi hermano— según se decía el padre de Veruca iba con mujeres que tienen una vida complicada, sin familia, sin hogar, sin nadie que se acuerde de ellas si desaparecen, que se tienen que dedicar a lo que no les gustaría dedicarse...

Nos quedamos durante unos instantes en silencio intentando asimilar todo aquello.

—Y volviendo al tema de la sala, supongo que después de lo que ocurrió ya no existe, ¿no? —le pregunté.

—Aquella no, pero sí la nueva, la que está en el museo.

—¿El museo? ¿Qué museo?

—El museo que sustituyó al centro de control —dijo mirando a mi hermano— cuando ocurrió el desastre.

* * *

Tras el nacimiento de Tierra fueron cientos las empresas que querían utilizar su rostro para promocionar todo tipo de productos: colecciones de ropa infantil, cereales, galletas, chocolatinas, juguetes... todo era patrocinable. El rostro de aquella niña estaba por todos lados.

La cadena, en su objetivo de rentabilizar cada segundo de su vida, creaba concursos, programas especiales y documentales en torno a la pequeña. También realizaba periódicamente entrevistas a todos los componentes de la colonia para preguntarles por ella, para que comentaran qué les había supuesto el nacimiento de Tierra.

En general, las opiniones era muy parecidas: aquello le había dado una nueva fuente de esperanza a un grupo de personas que, tras los acontecimientos del pasado, habían perdido la ilusión. La Doctora estaba encantada con aquella pequeña vida, se sentía de alguna forma responsable de que todo hubiera salido bien. El Jardinero era feliz, pero no podía ocultar que cada vez que la veía pensaba también en sus niñas. Manitas era quizás uno de los que menos atención le prestaba, decía que no le gustaban los críos, pero reconocía que era una alegría para la colonia.

Curiosamente, y en contra de lo que muchos podían imaginar, Andrea era una de las personas que más cariño le había cogido a la niña, quizás porque la veía como una hermana pequeña a la que debía cuidar, o porque se acordaba de su infancia, cuando nadie le hacía caso. Varias veces al día dejaba su ordenador y se acercaba a la cuna improvisada para hacerle compañía durante un rato.

Pero si había alguien que tenía un sentimiento extraño con respecto a la niña era Frank. No es que la rechazara, no era eso, pero tampoco se acercaba demasiado a ella. Nadie entendía muy bien lo que le ocurría. Incluso, en ocasiones, daba la impresión de que le daba miedo tocarla.

* * *

Tres días después del nacimiento de Tierra, en plena noche, un hombre sale de una pequeña casa perdida en algún lugar del norte de Islandia. No va solo, una mujer y el miedo lo acompañan.

Ambos miran alrededor, intentando hacer el menor ruido posible en cada movimiento, intentando bucear a través del silencio. Unos perros ladran brevemente.

Sabe que no debe hacerlo, hace dos días un hombre le hizo una promesa: «Si lo haces te mataré, te lo juro, os mataré a los dos».

Pero sabe también que si hay un momento es ahora, justo cuando toda la atención del mundo está centrada en el nacimiento de una niña, justo cuando después de la discusión él no se lo espere.

Ambos suben en silencio a un coche que en unos minutos comenzará a atravesar la nieve y el barro, un coche cuyos faros iluminarán la noche eterna de una isla que los ha estado escondiendo entre su frío. Piensan que ocultos entre la niebla nadie podrá descubrirlos.

El silencio es su conversación, el miedo, su camino.

El coche continúa avanzando lentamente a través de una cortina de humo blanco que cubre todo el alrededor, sorteando piedras, agua y barro, con un destino tan incierto como peligroso.

Ella lo ha intentado convencer de que las amenazas no serán reales, de que él es un hombre rico, muy rico, que el dinero lo protege todo, que no pasará nada. Él sabe que William Miller siempre cumple sus promesas.

* * *

—Fue uno de los golpes más duros que tuvo la empresa: millones de dólares desaparecieron en menos de un día —le contestó mi hermano.

Me quedé con la mirada ausente, sin saber muy bien de qué estaban hablando.

—¿Qué ocurrió? —le pregunté.

—Que al final la naturaleza siempre es más fuerte que el hombre —contestó su amigo—. Pensaban que era una instalación a prueba de todo y no se tomaron demasiado en serio la cantidad de volcanes que hay bajo esta isla. ¿Recuerdas cuando hace años entró en erupción un volcán, el Eyjafjallajökull?

—¿Fue aquel que cortó parte del tráfico aéreo de Europa durante unos días? —pregunté.

—Sí, exacto, se cancelaron miles de vuelos, pero bueno, es algo a lo que de una forma u otra han estado acostumbrados los islandeses. A lo largo de su historia han sido varios los volcanes que han acabado erupcionando, pero ¿quién iba a imaginar que justamente iba a activarse, aunque fuera ligeramente, el que estaba debajo del centro de datos? Destrozó casi el 80 por ciento de las instalaciones. Pudimos evacuar a mucha gente, pero aun así murieron cinco personas, operarios que no pudieron salir a tiempo. Hay que tener en cuenta que para llegar allí había que hacerlo con vehículos especiales, aquel edificio estaba en un glaciar.

—Ahora que lo comentas —le dije—, sí que recuerdo algo, pero no se le dio mucha importancia.

—Bueno, en realidad, no fue muy espectacular, solo una pequeña explosión que no canceló ningún vuelo, pero ocurrió justo debajo del centro de control.

—Yo sí que me enteré —añadió mi hermano—, pero papá no quiso que se publicara nada. Decir que has perdido millones de dólares, que han muerto varias personas porque no supiste elegir bien el lugar no es una buena publicidad.

—¿Y los datos? —pregunté.

—Quizás se perdió todo... —dijo el amigo de mi hermano.

—O quizás no... —replicó de pronto mi hermano mirándome.

De pronto me vino la conversación que tuve con él en el avión: imágenes por las que la gente pagaría mucho dinero.

—¿Llegaste alguna vez a entrar en aquella sala? ¿Viste lo que había dentro? —pregunté un poco nerviosa.

—Bueno, como os he dicho aquella sala ya no existe, pero se ha construido otra en la última planta del museo, y esta sí que pude verla un día. Tiene el mismo símbolo en la puerta.

—¿Y qué hay en esa sala? —le insistí.

—Solo una pantalla de cine y unas butacas.

Mi hermano y yo nos miramos con complicidad, sabíamos que estábamos pensando lo mismo, pero ninguno de los dos dijimos nada, no al menos delante de su amigo.

—¿Y qué hay en el museo? —le pregunté.

—Ah, sí, es un pequeño museo para fanáticos del programa, en él se homenajea a los que fueron a Marte. Solo hay una empresa autorizada a organizar las rutas, y todo está bajo unas estrictas medidas de seguridad. La visita incluye el viaje en uno de esos camiones gigantes y la entrada al museo.

El amigo de mi hermano miró la hora y se sobresaltó.

—Vaya, tengo que irme, hace un rato que debería estar en una reunión en Reikiavik, un proyecto de mucho dinero, a ver si sale bien. —Nos sonrió—. No sé si os he servido de mucha ayuda. Espero que con lo del llavero sí. Sobre la otra llave, no sé dónde vivía el padre de Veruca, pero seguro que no es difícil de averiguar. Islandia es pequeña. Si os parece bien, esta tarde hago las gestiones y mañana vais al museo a ver si podéis entrar en esa sala. El gerente es un tipo bastante majo.

—¿Está lejos? —pregunté.

—¿Húsafell? No demasiado, a unas dos horas de Reikiavik, pero solo abren por las mañanas. Durante el día de hoy lo gestiono todo y os digo algo.

—Perfecto —le contesté.

Nos despedimos del amigo de mi hermano. Teníamos el resto del día libre para hacer turismo o para intentar buscar aquella casa. Mi hermano optó por lo primero. Y yo, en cierta manera, me alegré.

* * *

Un coche continúa avanzando a escondidas por las entrañas de Islandia, entre la niebla y la noche. En su interior viajan un hombre y una mujer que ni siquiera se miran, sus mentes están mucho más lejos que sus corazones. Van en dirección al pequeño aeropuerto de Akureyri, del que solo salen vuelos domésticos y donde los espera una avioneta privada que no saben si llegarán a coger.

Él tiene dinero, mucho, el suficiente para sobornar a las personas que deben ayudarlo en la huida, el problema es que su enemigo tiene aún más.

Tras más de una hora circulando en silencio, a través de una tranquilidad que parece la única compañera de la extraña pareja, de pronto ven dos pequeños focos a lo lejos, en el retrovisor. El hombre que conduce se pone nervioso; la mujer, más.

—Si no es normal que nadie circule por esta carretera de día, imagínate de noche —comenta el hombre—. Sabía que esto no iba a salir bien.

La mujer gira la cabeza hacia atrás para confirmar que las dos estrellas que los persiguen son reales.

Los faros se acercan cada vez más, es en ese momento cuando se dan cuenta de que las luces están demasiado altas.

—Es un *bigfoot*, y de los grandes —comenta tranquilamente el hombre—, de esos que atraviesan las tierras altas sin inmutarse, de los que podrían aplastarnos en un suspiro.

La mujer vuelve a mirar hacia atrás, se mueve nerviosa en su asiento, grita... entra en pánico.

—¡Quiero salir! ¡Quiero salir! ¡Para! ¡Para! —grita.

El hombre sabe que no servirá de nada, que la muerte no distingue entre fuera y dentro, entre calor y frío, entre culpable o inocente, y la muerte ya está ahí, a unos metros.

* * *

—Voy a enseñarte un lugar mágico —me dijo mi hermano.

—¿Y la casa? —Saqué mi vena más periodística, esa que no descansa ni un minuto.

—No tengo ni idea —me contestó riendo—. Ahora mismo no tenemos ninguna pista de la casa, quizás mañana simplemente preguntemos y nos lo digan. Solo sé que nos quedan unas cuantas horas de sol y me gustaría enseñarte un lugar muy especial. ¿Vienes? —Y se fue hacia el coche sin esperarme, sabiendo que iría tras él.

Porque aquel «¿Vienes?» me trasladó a mi infancia: a cuando me llevó a ver la cabaña que habían hecho él y sus amigos con un puñado de ramas; a cuando me llevó a ver una roca desde la que te podías lanzar al río; a cuando me llevó a ver una cueva que había descubierto... «¿Vienes?» Y yo siempre iba.

Y fui.

Nos metimos en el coche y cogimos una pequeña carretera hacia el sur, hacia la Ring Road, la que rodeaba toda la isla. Una isla que a cada kilómetro nos regalaba sorpresas a bocajarro. Cuando te habías acostumbrado a un paisaje, a los pocos minutos todo a nuestro alrededor cambiaba completamente: un carnaval de cascadas que nacían de las montañas casi por capricho; desiertos de lava que se comían cualquier atisbo de color; montículos verdes que parecían esconder pequeños seres mitológicos. Agua, frío, fuego, hielo.

Apenas hablamos, no lo necesitábamos porque era el paisaje quien lo decía todo.

Afortunadamente, durante los últimos años el gobierno había impuesto un cupo máximo de visitantes al año. Era la única forma de mantener la isla con vida ante la invasión humana. No era sencillo obtener el permiso para entrar, a veces implicaba dos o tres años de espera, aunque se podía entrar más rápido si uno tenía dinero.

Aproveché que mi hermano conducía para enviar varios mensajes a un contacto que me había pasado un compañero, un contacto que vivía en Reikiavik y que quizás podría ayudarnos.

Llevábamos dos horas en la carretera y yo estaba cruzando la frontera del sueño cuando un estruendo me asustó.

—¿De dónde viene ese ruido? ¿Qué ocurre? —le pregunté a mi hermano mirando a ambos lados.

Él simplemente me sonrió y continuó conduciendo.

El sonido cada vez se amplificaba más, parecía como si una ola gigante viniera hacia nosotros.

Y de pronto la vi.

—Pero ¿qué es eso? —casi grité, sorprendida.

—Una maravilla de la naturaleza —me dijo sonriendo.

A nuestra izquierda apareció una gran cascada que parecía nacer del cielo.

—Es la cascada Skogafoss —me dijo—. Tiene más de sesenta metros de altura, y sí, parece que salga de la nada. Además, como hoy hace sol, igual podemos ver la magia.

Giró a la izquierda para desviarse por un pequeño sendero. Aparcamos y nos dirigimos caminando hasta ella. Muchos metros antes de llegar, el agua ya nos mojaba.

Cuando nos acercamos lo suficiente descubrí un enorme arcoíris que nacía en mis pies y abrazaba todo el alrededor.

—¿Esto existe? —le pregunté temiendo que fuera otro truco.

—Sí, creo que de momento aquí no hay efectos especiales. Normalmente, si hace sol, el arcoíris siempre está, a veces incluso salen dos.

Permanecimos allí, en silencio, observando uno de los lugares más bonitos que había visto en mi vida.

En ese momento mi hermano me cogió la mano.

—Hay una leyenda... Se dice que un vikingo tenía un cofre lleno de oro y no sabía dónde esconderlo. Tras pensar en muchos lugares se le ocurrió dejarlo detrás de esta cascada.

»Aquel vikingo murió y el tesoro continuó allí durante años, hasta que un día, un joven que estaba por la zona lo encontró. El problema vino al intentar cogerlo, pues en el momento en que tiró de la anilla anclada al cofre, este desapareció. Dicen que esa anilla existe y que se colocó en la puerta de la iglesia de Skógar, y que ahí permanece.

Sonreí, le apreté la mano.

—Ven, vamos arriba.

Y comenzamos a subir por unas escaleras interminables para descubrir dónde nacía aquella maravilla.

Tras muchas fotos volvimos al coche.

—Ya es la hora de comer —me dijo.

Cogimos el coche para desplazarnos apenas un kilómetro. Paramos frente a una caravana aparcada en el patio de una casa, una caravana pintada con lunares blancos sobre fondo rojo. Mia's Country Van.

—Pero ¿esto es el patio de una casa particular?

—Sí, así es, pero hacen unos buenos *fish and chips* —me dijo sonriendo.

No vi ninguna mesa libre.

—Siéntate en el suelo, no pasa nada. Voy a pedir —me dijo mientras se acercaba a la caravana.

Busqué un trozo de hierba en el suelo y me senté allí. En ese momento me llegó un mensaje de mi contacto en Reikiavik. Sonreí. «Algo es algo», me dije a mí misma.

A los pocos minutos mi hermano regresó con dos pequeñas cajas de cartón. Comimos. Reímos. Hablamos de tantas cosas que nos olvidamos por un momento de las llaves. Nos olvidamos también de cuando, hace años, nos convertimos en desconocidos.

—Y ahora vamos a Vik, a ver una de las playas más bonitas de Islandia. Allí te contaré una historia —me dijo mientras me limpiaba la mayonesa de la boca.

* * *

Tierra fue, sin duda, la niña más vigilada del mundo. En las redes sociales, en los programas de tertulia y en las revistas todos eran médicos, todos eran padres y madres, todos eran expertos en dar consejos. Todos cuestionaban cualquier decisión que tomase la madre; afortunadamente estaban demasiado lejos para poder hacer nada.

Aunque allí no había material específico para bebés, se fue improvisando. El Jardinero ideó un biberón con una botella y unas gomas. Manitas no tardó ni dos horas en fabricar una cuna. La Doctora revolvió entre el material médico e ideó una forma original para disponer de pañales renovables. Los restos iban a las plantas del Jardinero.

De alguna forma aquella niña había obligado a la colonia a volver a los orígenes, era como si de pronto el ser humano se hubiera despertado un siglo atrás.

Y eso incluía el hecho de dar de mamar, una práctica ya casi en desuso en la Tierra. Hacía muchos años que la leche de la madre había sido sustituida por un preparado que contenía todo lo necesario para el crecimiento óptimo de un bebé. Era más caro, sí, pero también más cómodo.

Tampoco había juguetes. Pero se improvisaron sonajeros y muñecos. Cualquier cosa era suficiente, en realidad, a aquella niña no necesitaba nada especial.

Andrea había redirigido, con permiso de la organización, una de las cámaras para que apuntara a la cuna. Siempre había alguien de guardia vigilando a la niña.

Sí, Tierra era la niña más vigilada del mundo, pero también era un ser aislado: no podía relacionarse con otros niños. ¿Cómo iba a afectarle eso?

A pesar de que esta cuestión fue tema de conversación en numerosos debates televisivos, finalmente se decidió que ya se preocuparían de eso en el futuro. Ahora había que mirar el presente, y cada día de vida allí era un éxito, un logro de la humanidad.

Era el logro de una humanidad que dejaba morir de desnutrición a miles de niños en su propio planeta, pero que se preocupaba por cada estornudo de una pequeña vida nacida en Marte.

* * *

A pesar de que se publicó en la mayoría de los medios de comunicación, el suceso pasó desapercibido entre el huracán de noticias referentes al nacimiento de Tierra.

K. Kopson, uno de los hombres más ricos del mundo, cofundador del concurso en Marte y también conocido por ser el padre de Vera Sweet, ha fallecido hoy a la edad de los sesenta y siete años en un accidente de tráfico en el norte de Islandia.

Aunque aún no se conocen las causas exactas del suceso, la hipótesis que cobra más fuerza es la de que su vehículo salió de la carretera debido a una velocidad excesiva. Cuando se realice la autopsia se podrá determinar también si la cantidad de alcohol en sangre superaba o no los límites permitidos.

El hombre, tras la muerte de su hija en Marte, se había sumido en una gran depresión que lo había llevado a abandonarlo todo y a aislarse en una casa en algún lugar de Islandia. Quizás estas circunstancias lo han empujado a tomar una trágica decisión...

La mayoría de los medios de comunicación dieron una información parecida, pero ninguno de ellos hacía referencia a que el hombre iba acompañado. Este dato simplemente había desaparecido, al igual que el cadáver de la mujer. Jamás se supo nada más de ella.

* * *

Apenas media hora después dejamos la Ring Road para coger un pequeño camino que nos llevaba directos al mar, y vimos un cartel con una indicación: REYNISFJARA.

Llegamos al aparcamiento y, nada más salir del coche, la fuerza del aire zarandeó nuestros cuerpos. Hacía ya unos minutos que llovía débilmente.

Caminamos por un sendero bien delimitado que desembocaba en una playa en blanco y negro: las olas escupían espuma sobre una alfombra color carbón.

—Dicen que esta es una de las playas más bonitas del mundo —me comentó mi hermano.

Permanecimos durante unos minutos allí, de pie, uno junto al otro, observando un cielo que se comparaba con el mar preguntándose quién de los dos había perdido antes el color.

El viento soplaba cada vez con más fuerza.

—Ven, vamos hacia allí—me dijo.

Comenzamos a caminar por la orilla en dirección a lo que parecía una cueva. No había prácticamente nadie: una pareja a lo lejos y un hombre que intentaba mantener el trípode de su cámara en equilibrio.

—¿Qué es eso? —le pregunté a mi hermano al ver tres enormes rocas que parecían nacer del mar.

—¿Qué prefieres, la verdad o la leyenda? —me preguntó a su vez, sonriendo.

—La leyenda... —le contesté mientras me apretaba a él.

Me abrazó.

—Se cuenta que por esta zona vivían tres trolls que se dedicaban a hundir barcos. Quizás porque no querían que nadie les molestara, porque no querían visitantes.

El viento me arrastraba cada vez más a su cobijo.

—Normalmente eran barcos pequeños los que llegaban, barcos que un solo troll podía hundir con facilidad. Pero en una ocasión se acercó un gran barco, mucho más resistente que los anteriores. Esa noche tuvieron que venir los tres trolls para conseguir destruirlo. Aun así aquel barco era fuerte, muy fuerte. La lucha duró horas, tantas que cuando se dieron cuenta ya estaba amaneciendo... ¿y sabes lo que le pasa a un troll cuando le da la luz del sol? —me preguntó estrechándome entre sus brazos.

—Que se convierten en piedra.

—Exacto, y ahí los tienes... —Sonrió apretando mi cuerpo contra el suyo—. Dicen que esas tres rocas enormes son aquellos tres trolls. Sé que tienen nombre, pero ahora mismo no lo recuerdo.

Las gotas caían sobre nuestro cuerpo sin orden, a merced del aire que las hacía bailar a nuestro alrededor.

Nos acercamos a una extraña pared formada por columnas de basalto. Encontramos un pequeño rincón en el que resguardarnos del viento.

En ese momento me llegó un mensaje al móvil, y otro, y otro. Tres mensajes que rompieron el silencio.

Saqué el teléfono del bolsillo, los miré y sonreí. Cada pequeño dato merecía la pena.

—¿Qué ocurre? —me preguntó.

—Que yo también tengo mis contactos —declaré sonriendo—. En cuanto sepa algo seguro, te lo diré.

Estuvimos allí durante muchos minutos, cada uno sumergido en sus propios pensamientos, uno al lado del otro, tan cerca, tan hermanos.

Comenzó a llover con más intensidad. El fuerte viento convertía las gotas en balas que impactaban contra nuestros rostros. Decidimos que ya era hora de volver.

Salimos corriendo hacia el aparcamiento.

Entramos en el coche, encendimos la calefacción y la radio nos regaló a Dermot Kennedy con *A Closeness*. El primer verso de la canción le hizo sonreír: «Con los ojos brillantes enfocados en la costa...».

Iniciamos el regreso a Reikiavik con la intención de cenar y dormir allí.

El día siguiente podía ser importante. Y lo fue.

* * *

Afortunadamente la colonia había encontrado un punto de equilibrio donde ya no había prácticamente sorpresas.

Tierra se desarrollaba de una forma normal. Día a día iba interactuando un poquito más con el resto.

Cada uno ya había asumido su rol.

El Jardinero estaba logrando que crecieran las plantas; esto era un gran avance pues, según comentó un día al resto de los compañeros, en muy poco tiempo podrían comer sus propios alimentos, algo indispensable para ser autosuficientes allí.

Andrea continuaba igual: la mayor parte del tiempo estaba frente al ordenador, su actitud con los demás era correcta, pero nunca llegó a relacionarse demasiado con nadie. A excepción, claro, de la niña. Había creado un vínculo extraño con Tierra, como si de alguna forma Andrea quisiera adoptar el rol de hermana mayor.

Miss y la Doctora se habían hecho muy amigas desde el nacimiento de Tierra. Ambas se ocupaban de la niña, pero de una forma distinta. En ocasiones parecía que la madre de la pequeña era la Doctora, pues era quien más jugaba con ella, quien más la cuidaba. No es que Miss no la cuidase también, no era eso, pero en muchas ocasiones parecía que su mayor fin era utilizarla para sus redes sociales. No hay que olvidar que, después de ser madre, Miss se convirtió en la persona con más seguidores del mundo.

Cada pequeño progreso de Tierra lo mostraba en su canal, cada mirada, cada sonrisa, cada gateo. Se había dado cuenta de que cuando aparecía en alguna foto con la niña los *likes* se multiplicaban.

Manitas no acababa de encontrarse cómodo en aquel lugar, no se había adaptado. Era el que más salidas al exterior hacía, siempre acompañado de alguien de Centinel y de John. Aquellas salidas le servían de ligero bálsamo contra su ahogo interior. Era el que más claro tenía que si se presentara la opción de volver, volvería.

Con respecto a las relaciones íntimas entre los participantes, después del nacimiento de Tierra, Miss volvió a tener sexo habitualmente con Manitas, eso sí, con protección. En cambio el Jardinero se olvidó de la modelo y se dedicó enteramente a las plantas.

John también visitaba de vez en cuando la habitación de la Doctora, y viceversa. Habían entablado una relación especial; quizás en un principio no hubo amor, pero al final...

Frank nunca intentó nada con nadie, él ya tenía bastante con su propia lucha interna: esa en la que intentaba cada día domar sus pensamientos.

Y Andrea... Andrea jamás se interesó por ese tema.

Conforme la niña crecía todo el mundo le buscaba parecidos. Algunos decían que tenía ciertos rasgos de Manitas, otros que ciertas expresiones faciales eran idénticas a las que tenía el Jardinero. Casi nadie hablaba de Marcus, aquel tema se había convertido en un tabú.

Se buscaban características comunes, facciones y movimientos, alguna señal en el cuerpo, pero no se encontró nada concluyente. Se intentó comparar el color de los ojos de Tierra con el de los posibles padres, pero fue imposible hallar la menor semejanza, parecía que la niña tenía cada ojo de un tono distinto.

Manitas y el Jardinero nunca llegaron a tener un sentimiento de paternidad hacia la niña. Cada uno de ellos tenía una posibilidad entre tres de que aquella niña fuera suya, y quizás eso les hacía tenerle cariño pero no tanto como para amar a una hija que podía no serlo.

Y con respecto a los tres astronautas de Centinel, continuaban con el trabajo de ampliación de las instalaciones. Marcus jamás se acercó a la colonia, los otros dos lo hacían esporádicamente para realizar salidas al exterior o ante algún hecho puntual que necesitara de su presencia.

* * *

Al día siguiente llegamos a Húsafell a primera hora de la mañana, aunque el sol ya estaba allí desde ayer. En realidad, Húsafell no era ninguna población, sino una granja alrededor de la cual habían ido creciendo una serie de servicios, entre ellos un hotel con su mismo nombre.

El amigo de mi hermano había movido los hilos para que pudiéramos reunirnos con el gerente del museo en la cafetería de ese hotel. Entramos y nos quedamos en una pequeña sala situada en la planta baja. Un gran ventanal dejaba ver la belleza de una naturaleza que aún tenía permiso para ser salvaje. Nos sentamos en dos sofás enfrentados y separados por una pequeña mesa en la que nos sirvieron dos cafés.

A los pocos minutos se nos acercó un hombre con traje.

—Hola —nos dijo mostrando una gran sonrisa—, mi nombre es Jónas, el gerente del museo. Es todo un placer conoceros.

Mi hermano y yo nos levantamos para estrecharle la mano.

—Disculpad que hayamos quedado tan temprano, aunque, en verano, ¿cuándo es temprano aquí? —Sonrió—. He preferido prepararos una ruta guiada antes de que abra el museo, así no habrá turistas.

—Perfecto —le dije.

—Bien, si estáis listos, iremos desde aquí en mi coche hasta el aparcamiento donde tenemos a los elefantes.

—¿Los elefantes? —pregunté.

—Sí —respondió sonriendo—, son unos camiones enormes, los únicos con los que podemos llegar hasta el museo.

Nos montamos en su 4×4 para recorrer una senda de tierra y roca. El viaje apenas duró unos veinte minutos.

En cuanto llegamos al aparcamiento vimos varios camiones con ruedas gigantes. En uno de ellos había un chófer esperándonos. Subimos y aquel monstruo arrancó.

Durante los primeros minutos, Jónas nos estuvo comentando que íbamos a atravesar parte del glaciar Langjökull, el segundo más grande de Islandia. Un glaciar que, lamentablemente, iba perdiendo tamaño año tras año y según las estimaciones en 2100 habría desaparecido por completo.

Comenzamos a circular sobre un manto blanco rodeado por frío y silencio. Con cada metro que avanzaba el camión podíamos escuchar el crujido del hielo bajo nuestros pies. En determinadas ocasiones el vehículo se detenía para coger fuerza de nuevo. Jónas nos explicó que cada rueda tenía un sistema que permitía regular desde la cabina la presión de los neumáticos y así adaptarlos al terreno.

Tras casi una hora recorriendo aquel desierto blanco llegamos a un lugar en medio de la nada. Solo había una gran puerta que parecía nacer del suelo, como una entrada a una caverna. Sobre la misma, un pequeño letrero metálico: MUSEO.

Bajamos del vehículo y accedimos a la recepción. Desde allí salía un túnel.

—Este museo —nos dijo mientras nos daba dos chaquetas especiales— está construido bajo el hielo. Lo hicimos en recuerdo del antiguo centro de control, que, en parte, también estaba bajo el glaciar.

Mientras Jónas hablaba me di cuenta de algo curioso: allí había demasiada seguridad. Durante el recorrido había detectado por lo menos tres drones que nos habían estado vigilando, y en la puerta del museo había varias cámaras. Pero lo que más me llamó la atención es que en el interior, en la recepción, también había dos vigilantes.

—¿Es necesaria tanta seguridad? —le pregunté.

—Pues, aunque no lo parezca, aquí hay piezas de mucho valor, hay gente que pagaría millones por esto. Hay cosas personales de cuando los participantes estaban en las fases de selección: están las últimas ropas que vistieron, dibujos, cartas...

—Ya, pero ¿y los drones?

—Veo que no se le escapa una —me dijo sin contestarme a la pregunta—. Todo a su tiempo, vengan.

Dejamos las acreditaciones sobre un detector y se abrieron unas puertas. Comenzamos a andar por un pasillo de hielo. Era precioso.

—Sé que están interesados en una sala en especial, pero permítanme que les muestre rápidamente el museo. Al estar hecho de hielo es espectacular.

Seguimos a Jónas.

La primera sala a la que accedimos fue la CENTINEL. Nada más entrar, un mural gigante nos dio la bienvenida; en él estaban las banderas de todos los países que habían participado en la primera misión tripulada a Marte.

Avanzamos por la sala hasta que llegamos a una pared en

la que había dos retratos gigantes: un hombre y una mujer. *Tripulantes de la Centinel*, ponía.

—Pero eran tres, ¿no? —le pregunté.

* * *

El tiempo, aunque a ellos no les diera esa impresión, continuaba pasando en la colonia.

El Jardinero cada día conseguía nuevos logros con su trabajo y, por primera vez, una de sus plantas estaba a punto de dar frutos: habían crecido unos pequeños tomates.

Por su parte, Manitas seguía encargándose del mantenimiento básico de los módulos. De vez en cuando colaboraba con los dos astronautas de Centinel en el ensamblaje de los ocho habitáculos extras que servirían para dar cobijo a los nuevos candidatos. Unas tareas en las que tanto John como Frank también participaban.

La Doctora se encargaba de todo lo relacionado con la salud de los allí presentes; periódicamente les realizaba chequeos para comprobar que todo estaba correcto. Era la responsable de administrar y mantener el material médico.

Miss, por su parte, invertía la mitad de su tiempo en cuidar a Tierra y la otra mitad en contarlo en las redes sociales.

Andrea se ocupaba de las comunicaciones y temas informáticos. Casi siempre que el programa conectaba con la cámara de su habitación, ella aparecía enganchada al ordenador. Las pocas veces que salía aprovechaba para jugar con Tierra.

Una Tierra que no podía interactuar con otros niños, que no tenía muchas de las comodidades que se suponía debía disfrutar un niño pequeño, pero una Tierra que, a pesar de todo, continuaba creciendo con cierta normalidad. Ya eso allí era mucho.

La Doctora le hacía un seguimiento semanal para comprobar que todo iba bien. Fue tras una de esas revisiones cuando confirmó lo que sospechaba hace tiempo.

Aquel día cogió a la niña en brazos y se dirigió a la habitación de Miss.

—¿Pasa algo? —preguntó la modelo cuando la vio aparecer con la niña.

—No, no, nada. Ya he acabado de hacerle el chequeo semanal; todo correcto. Eso sí, ha pasado el tiempo necesario para concluir que la niña tiene heterocromía total —le dijo.

En cuanto la información llegó a la Tierra millones de personas colapsaron los buscadores intentando averiguar qué era aquello.

—¿Qué? —contestó angustiada Miss mientras cogía a la niña.

—No te preocupes, asusta más la palabra que su significado. Voy a decírtelo de otra forma. Tierra tiene un ojo de cada color y ya no creo que le cambie. A veces, como parece ser el caso, se desarrolla poco tiempo después de nacer, en este caso se le conoce como heterocromía congénita.

—Pero ¿es malo? —preguntó una Miss que aprieta entre sus brazos a su hija.

—¿Malo? No, no, extraño sí; por lo que he investigado

solo un 1 por ciento de la población lo tiene. Pero no afecta en absoluto a la visión.

En ese momento las cámaras enfocaron unos ojos ligeramente distintos. Uno tendía hacia el verde; el otro, hacia el azul.

—Seguramente con el paso del tiempo se irán acentuando más los colores, y uno será totalmente verde y el otro totalmente azul, aunque no es seguro y quizás se queden así. Lo iré vigilando, aunque no hay de qué preocuparse.

Las semanas fueron acumulándose en meses. Las redes sociales continuaron actuando como tutores improvisados, todo el mundo opinaba sobre cómo había que cuidar a aquella niña.

Es cierto que la audiencia fue cayendo conforme el interés inicial se iba convirtiendo en aburrimiento. Aparecieron otros programas capaces de cautivar a unos espectadores hartos de ver a las mismas personas haciendo lo mismo día tras día.

Aun así, el concurso todavía contaba con millones de espectadores fieles.

* * *

—Sí, tienes razón, aunque hoy en día hay mucha gente que sería capaz de discutírtelo; así de fácil es ir sustituyendo la realidad por una verdad más cómoda. En un principio, evidentemente, pusimos el retrato de los tres astronautas; de hecho, sin la ayuda del capitán Marcus no se podría haber completado la misión. Pero ¿sabéis lo que ocurrió?

»Cuando la gente pasaba por la sala y veía su foto, protestaban, pedían hojas de reclamaciones, arrancaban el retrato, otras veces le escupían. Una iniciativa online recogió diez millones de firmas para retirar la imagen de Marcus. Al final optamos por quitarla. No hemos alterado la verdad, nos hemos limitado a ocultar la parte menos cómoda.

—Pero eso no se puede hacer... —le dije a Jónas.

—Eso se hace cada día —me contestó—. Lo rentable siempre es darle a la gente lo que quiere. No importa si esto es verdad o mentira, a veces a la realidad se le da demasiada importancia.

—Pero... —Iba a protestar de nuevo cuando mi hermano me cogió la mano. Lo hizo como cuando éramos pequeños y mi carácter me metía en problemas.

Suspiré y lo dejé pasar. Dijera lo que dijera no iba a cambiar nada.

Recorrimos otro pasillo de hielo que daba a un pequeño bar cuyos bancos también eran de hielo. Giramos a la izquierda y llegamos a una sala en la que un vídeo explicaba los preparativos del proceso de selección. Había una consola en la que si introducías el nombre de cualquiera de los 1.300.454 participantes, aparecía toda su información.

Tras atravesar aquella sala llegamos a la principal: LOS 8 ELEGIDOS. Estaba dividida en ocho pequeñas estancias. En cada una de ellas podías informarte de forma exhaustiva sobre cada uno de los ocho finalistas del concurso: sus datos básicos, sus características físicas, cómo fue su infancia o su trayectoria en el concurso, su fecha de nacimiento, y también su fecha de defunción, que para todos, a excepción de Veruca, fue la misma.

* * *

El tiempo pasaba: días que se convertían en meses, meses que se amontonaban formando un año...

Y llegó el día en que Tierra cumplió un año. Una niña que ya había dado sus primeros pasos, una niña que ya había dicho algunas palabras en distintos idiomas, una niña con un ojo de cada color. Una niña aislada en un mundo de adultos, que llevaba el nombre de un planeta que nunca pisaría, que gateaba en un lugar donde apenas había colores.

Su aniversario se celebró de forma sencilla, todos se reunieron alrededor de una especie de dulce deshidratado y rehidratado, y allí se le cantó *Feliz cumpleaños* en varios idiomas.

Fue en la Tierra donde el acontecimiento se celebró de una forma más entusiasta: en todas las grandes ciudades millones de personas salieron a celebrar que el pequeño milagro había cumplido un año.

A pesar de que aquello devolvió momentáneamente la audiencia al programa, la organización ya no sabía qué hacer para mantenerla. Entonces se decidió que era el momento justo para iniciar el proceso de selección de los ocho nuevos candidatos. Sabían que todo volvería a rodar otra vez, que la audiencia regresaría, y con ella, el dinero.

* * *

Y pasó el cumpleaños de Tierra.

Y pasó una semana, y otra que fue igual que la anterior, y otra más que fue también igual que la anterior y la anterior y la anterior...

Allí parecía que el tiempo continuaba corriendo pero sin avanzar. Allí los relojes no eran necesarios, nadie te estaba esperando en la cola del cine; no podías llegar tarde a ese restaurante que no existía; ningún tren se retrasaba; no era necesario estar dos horas antes en el aeropuerto para facturar la maleta... allí aquella palabra comenzó a perder su significado.

Quizás era el cuerpo de Tierra la única prueba de que el tiempo pasaba. La niña crecía, cada día decía más palabras, cada día avanzaba en su desarrollo, cada día era un poquito más grande.

Eran Andrea y la Doctora las que más caso hacían a una pequeña vida que miraba alrededor y no sabía distinguir aún muy bien el presente del futuro.

Y mientras todo eso ocurría en la colonia, en la Tierra ya había comenzado el proceso de selección de los siguientes ocho candidatos. La rueda volvía a girar.

* * *

Fin

Era un viernes normal en el que cada uno de los habitantes de la colonia hacía su vida normal. Y quizás por eso mismo, porque lo inesperado siempre intensifica el dolor, el impacto fue mucho mayor.

Cuando comenzó el desastre, el Jardinero hacía ya dos horas que estaba en el invernadero revisando cada una de sus plantas. Aquel día se sentía especialmente feliz porque una de las variedades más delicadas estaba floreciendo. Aún era un pequeño capullo del que asomaba un diminuto pétalo rojo, pero era vida, su vida.

Fue justo en el momento en que se acercó para acariciarlo cuando todo su alrededor tembló.

Unos segundos antes de que ese pétalo muriera y, junto a él, el Jardinero, Manitas permanecía en lo alto de una pequeña escalera. Estaba en la sala de comunicaciones intentando reparar una conexión eléctrica que hacía días que fallaba. Ya había encontrado el lugar exacto donde estaba la avería.

Eran aquellas pequeñas tareas rutinarias lo que más le ayudaba a distraerse del futuro, a concentrarse en algo ajeno a la realidad diaria que lo rodeaba.

Estaba colocándose el destornillador entre sus dientes para apretar manualmente una pequeña pieza cuando una fuerte sacudida le hizo perder el equilibrio.

Unos segundos antes de que Manitas, la escalera y el destornillador que llevaba en la boca cayeran al suelo, Frank permanecía tumbado en la cama de su habitación, la más alejada de la Sala Común.

Su cabeza era el campo de batalla de una guerra agotadora, la de un hombre que cada día debía censurarse a sí mismo. Desde que nació Tierra apenas dormía, se pasaba las noches intentando enterrar la realidad, la que le recordaba que ese bebé crecería.

Cuando fue elegido entre los ganadores del concurso pensó que allí, en aquel planeta, podría estar a salvo de las tentaciones, que podría librarse de esos gusanos que le infectaban cada pensamiento. Y, en cambio, al final había ocurrido todo lo contrario: la tentación iba a estar siempre junto a él, a pocos metros de distancia.

Un gran temblor le hizo levantarse de golpe y mirar por la ventana. Fue el primero en ver el fin.

Apenas unos minutos antes de que Frank observaba a través de un cristal como un huracán de polvo negro y miedo venía hacia ellos, Miss permanecía de pie en su habitación. Hacía tiempo que se había dado cuenta de que el número de *likes* era mucho mayor cuando aparecía en una foto con Tierra; en cambio, cuando la niña no estaba... Por eso ahora, aprovechando la soledad de la habitación, estaba a punto de hacerse un selfi prácticamente desnuda: un pequeño tanga blanco era todo lo que llevaba. Con una de sus manos, la derecha, sujetaba el móvil; con la izquierda se tapaba estratégicamente el pecho.

Fue justo después de pulsar el botón que disparó la foto cuando una sacudida la tiró al suelo. Gritó.

Unos minutos antes de que el grito de Miss recorriera el pasillo, la Doctora estaba realizando un inventario en la pequeña sala que hacía las veces de enfermería, al otro lado de la Sala Común. Desde allí, si se asomaba por la puerta, podía ver a Andrea jugando con Tierra en el sofá.

Para la Doctora, evaluar la cantidad exacta que tenía de cada producto era esencial, debían saber con exactitud el material que gastaban. Era la única forma de poder calcular lo que iban a necesitar cuando vinieran los nuevos candidatos.

Fue en el instante en que se disponía a coger un pequeño bote cuando una fuerte sacudida hizo que varios de los recipientes saltaran desde los estantes.

Unos segundos antes de que esos recipientes de cristal estallaran contra el suelo, Andrea jugaba con Tierra sobre el sofá de la Sala Común. La niña intentaba quitarle los auriculares que llevaba puestos; Andrea los movía para engañarla. Tierra reía, y aquel día, hasta Andrea reía.

La niña ya había conseguido coger uno de los auriculares entre sus dedos cuando un fuerte temblor le hizo soltarlos.

Andrea apretó instintivamente a Tierra. La pequeña abrió sus manos y se agarró con todas sus fuerzas. Y comenzó a llorar.

Cinco segundos antes de que Andrea y Tierra se abrazaran, John permanecía de pie, levantando una barra de cien kilos, en el pequeño gimnasio. Ya casi la tenía en lo alto de su cabeza cuando una fuerte sacudida le hizo soltarla. La barra, con las pesas incluidas, cayó en vertical directamente sobre su pie izquierdo. Se le clavó como lo haría una navaja en la mantequilla.

Y gritó.

Y escuchó el ruido de cristales rotos.

Y escuchó otro grito lejano.

Y escuchó llorar a Tierra.

* * *

Llegamos a la penúltima sala: TIERRA.

Una estancia dedicada exclusivamente al único ser humano que había nacido fuera de la Tierra, a la niña con los ojos más bonitos del mundo, al menos así la habían bautizado en uno de los principales programas de la televisión.

Nada más acceder observamos una pantalla gigante que mostraba un primer plano de su rostro. Le habían intensificado el color de los ojos, uno azul y el otro verde. Un rostro que prácticamente toda la humanidad conocía.

Bajo la imagen había varios paneles con información básica sobre la niña: la pequeña biografía de una vida que no superó el año y medio.

En la pared opuesta, otra pantalla reproducía de forma cíclica vídeos que mostraban su nacimiento, sus primeras lágrimas, sus primeros pasos, sus primeras palabras..., todos sus primeros momentos, que en algunos casos fueron también los últimos.

En la parte central había una vitrina con copias de los juguetes que, de forma artesanal, los demás habitantes le habían fabricado en la colonia.

Salimos de allí con el estómago encogido. A pesar del tiempo transcurrido, la pérdida de aquella niña no fue fácil de superar para nadie, y tengo que admitir que para mí tampoco. Lloré mientras estuvimos en aquella sala, pero lo hice sin lágrimas, sin alterar el rostro, porque también se puede llorar por dentro, en silencio.

Nos dirigimos a la última sala. No había ningún cartel, era una estancia totalmente blanca, prácticamente vacía, con cientos de velas alrededor de un pequeño altar en el que habían colocado ocho coronas de flores y un chupete.

La atravesamos en silencio y salimos a un pequeño *hall*.

—Bueno, y ahora vamos a ver la sala que os interesa —nos dijo Jónas prácticamente en susurros.

Continuamos andando por un largo pasillo de hielo.

Llegamos a un ascensor.

—La estancia que vamos a ver ahora no está bajo el hielo, sino sobre él.

Una vez en la planta superior, caminamos unos metros hasta que nos situamos frente a una puerta totalmente blanca, una puerta que tenía un símbolo, el mismo que estaba dibujado en nuestro llavero.

—A pesar de que yo tengo mi propia llave, para entrar aquí debéis utilizar la vuestra —nos dijo sonriendo.

Mi hermano se metió la mano en el bolsillo y con expresión alegre le mostró el llavero a Jónas.

—Pero... no, esa no es la llave —nos dijo.

* * *

Mientras la colonia desaparecía, las redes sociales, debido al retardo en las comunicaciones, continuaban con su rutina habitual, la de lanzar millones de mensajes estériles.

A los veinte minutos aproximadamente la señal que llegaba desde la colonia se perdió. Las pantallas de las cadenas que emitían el programa «en directo» se quedaron a oscuras.

En realidad, no era la primera vez que aquello ocurría. Una tormenta de arena, algún fallo en los servidores o la basura espacial, eran muchas las razones por las que podía perderse momentáneamente la señal. Por eso los espectadores no le dieron demasiada importancia al corte, simplemente había que esperar, la conexión volvería.

Desde el Centro de Control 2 tampoco se preocuparon demasiado, una interferencia más, el protocolo no obligaba a notificar una alerta si el apagón no duraba más de quince minutos.

Pero todo cambió cuando, a los pocos segundos del corte, la conexión volvió al CC2: las cámaras exteriores solo emitían oscuridad, pero las interiores...

* * *

—No contestan en el CC1 —comenta uno de los técnicos del CC2.

—Qué raro, pero bueno, igual son simples interferencias, o igual el fallo está aquí y no en Marte —le contesta un compañero.

Continúan revisando los distintos monitores, las señales y las conexiones para comprobar, al menos, que el fallo no es suyo, sino externo.

—¡Mira! ¡Ya vuelve la señal! —grita con alegría uno de los técnicos.

Pero al instante todo el equipo se queda sin palabras al ver las imágenes que muestran las cámaras interiores.

Tras casi un minuto en shock, uno de ellos coge el teléfono para hacer la llamada más triste de su vida.

En la habitación de uno de los apartamentos más lujosos de la ciudad, un hombre observa extrañado cómo suena un móvil que nunca debería hacerlo.

Deja el libro que está leyendo en ese momento, baja el volumen de la música y lo coge.

—¿Sí? —pregunta extrañado.

Y entre nervios y lágrimas, un operario le tartamudea lo que las redes sociales aún no saben.

—¡Pasadme directamente la señal! ¡Y no se os ocurra emitir nada! ¿Queda claro? ¡Nada! —grita.

El hombre conecta una gran pantalla que tiene frente al sofá, sintoniza el canal interno y comienzan a llegarle las imágenes.

Y allí, de pie, frente a aquel carnaval de dolor, deja caer el teléfono al suelo. Por primera vez en su vida el hombre más rico del mundo se ha quedado bloqueado, sin saber qué hacer.

Deja que esas imágenes que le están golpeando por todas partes lo lancen sobre el sofá. Asume que es el final de todo... «Hasta aquí ha llegado el sueño», piensa.

Se mantiene hundido durante unos minutos, sin apartar la mirada de una pantalla que le lanza la realidad a bocajarro.

Sabe que debe tomar una decisión, y debe hacerlo ya. No puede emitir lo que acaba de ver, demasiado cruel incluso para una sociedad tan acostumbrada a la violencia. Sabe que hasta el dolor tiene un límite.

Aquellas personas formaban parte de la vida diaria de millones de espectadores, se había generado un vínculo emocional demasiado fuerte. Para mucha gente aquellos elegidos eran más importantes que sus mejores amigos, que sus hermanos, que su familia; para mucha gente los sentimientos hacia aquella niña era similar a lo que un día tuvieron con sus propios hijos. Habían estado más de un año viendo cómo crecía, habían vivido con ella sus primeros pasos y sus primeras palabras, muchos se habían quedado despiertos cientos de noches simplemente para verla dormir. *¿Cómo decirles a unos padres que su hija, aunque no sea biológica, ha muerto?*

Respira lentamente, sabe que debe comunicar la noticia con tacto, con mucho tacto.

El hombre salta de un pensamiento a otro, de una opción a otra, hasta que va creando un plan en su mente.

Llama de nuevo al CC2 para dar instrucciones.

Tras más de cinco minutos de conversación...

—¿Ha quedado claro?

—Sí, señor, todo claro.

—Eso espero. Hagamos que el recuerdo de lo ocurrido sea menos doloroso que la realidad...

Se derrota ahora sobre el sofá, a la espera de que sus órdenes sean ejecutadas, a la espera de que se emitan por fin las últimas imágenes de un sueño.

Después de dos horas de desconexión, vuelve la señal a las pantallas de todo el mundo.

* * *

—¿Cómo que esta no es la llave? —le preguntó mi hermano.

—No, no es esa.

—¿Y entonces? —le pregunté yo.

—Pero que esa no sea la llave no significa que no la llevéis encima, al menos uno de vosotros —me dijo mirándome la mano.

En aquel momento me dio un vuelco el corazón, me di cuenta de que yo llevaba la llave encima, en uno de mis dedos. Entonces me acordé de las palabras del amigo de mi hermano. Para acceder solo había que poner la palma de la mano sobre la puerta.

Reconozco que me puse nerviosa, mucho más de lo que debería. Durante mi vida había tenido esa misma sensación en varias ocasiones: cuando conseguía una prueba irrefutable que me permitía demostrar la culpabilidad del político corrupto de turno; cuando, tras meses de investigación, la policía me llamaba para darme la razón, o cuando alguna de mis investigaciones servía para evitar que se cometiera un delito.

Me acerqué a la puerta, apoyé la mano sobre ella y se abrió. Mi hermano me miró sorprendido, Jónas sonrió.

Accedimos a lo que parecía una pequeña sala de cine: había unos veinte asientos, una gran pantalla y en la parte derecha un minibar.

—¿Un cine? —pregunté.

—Sí así es, ese anillo te da derecho a ver una película —nos dijo Jónas mientras con sus manos nos indicaba que tomáramos asiento.

Creo que en ese momento tanto mi hermano como yo pensamos lo mismo. ¿Cien millones por ver la muerte en exclusiva? ¿Cien millones por ver los últimos momentos de las ocho personas más famosas del planeta? ¿Cien millones por ver la muerte de una niña?

Pero también es cierto que en toda aquella historia había algo que no me cuadraba. Durante mis años de investigaciones había visto grabaciones de todo tipo, de esas que se comercializaban en el internet oculto: padres que grababan a sus propias hijas siendo violadas por extraños; hombres que realizaban actos parecidos con pequeños niños; mafias que hacían vídeos en los que dos vagabundos luchaban a muerte..., pero ninguno de los consumidores de esa crueldad coincidía con los perfiles de los famosos que el amigo de mi hermano había visto acceder a aquella sala. Allí había algo extraño, muy extraño.

Mi hermano y yo nos sentamos, uno al lado del otro.

Me cogió la mano, le apreté la suya.

Y aunque no lo dijo, me hubiera gustado oír ese «Tranquila, no pasa nada» que me susurró hace tantos años en aquella cabaña.

Se apagaron las luces y la película comenzó.

* * *

Y así, contra reloj, en el CC2 comienzan las tareas de post-producción: hay que difuminar la realidad para que sea lo menos dolorosa posible. Se eliminan las escenas más terribles, se intenta que el daño dure lo estrictamente necesario, se filtran determinados sonidos, determinadas palabras, determinados gritos.

Hay que intervenir con delicadeza entre miles de secuencias en muy poco tiempo.

Finalmente la conexión vuelve.

Pero en lugar de hacerlo directamente con la colonia como era lo habitual, aparece una presentadora con semblante serio que mira nerviosa a la cámara.

Ese cambio de guion hace que las redes abandonen al resto de sus víctimas para enfocar sus tentáculos en esa mujer de melena rubia y rostro triste.

«Buenos días, buenas tardes, buenas noches.»

Suspira.

«Ha ocurrido algo muy grave en Marte. Según las últimas informaciones... —La presentadora baja la cabeza para leer el papel que tiene sobre la mesa—. Según las últimas informaciones, y por las imágenes que han llegado hasta el centro de control, ha habido un temblor de una fuerza muy considerable en Marte que ha afectado de lleno a la colonia.»

Una pausa.

«Desconocemos el origen del mismo, aunque las primeras hipótesis apuntan al impacto de un meteorito o a un terremoto de gran intensidad. Aún no hay datos definitivos pero por las fotos obtenidas vía satélite, creemos que... —Y una mujer que no puede contenerse más dice entre lágrimas lo que todo el mundo está temiendo—: Creemos que se ha destruido toda la colonia.»

Suspira y espira varias veces.

Silencio.

«Las últimas imágenes que nos han llegado de las cámaras interiores muestran...»

La presentadora se derrumba. Deja caer su cabeza sobre la mesa, al abrigo de sus propios brazos. Y así le da libertad a la tristeza para escapar a través de sus ojos.

La cámara continúa grabando, nadie es capaz de hacer nada. Unos segundos más tarde un compañero sale a abrazarla, y esa imagen dará la vuelta al mundo. Es el dolor en estado puro.

Tras unos segundos en los que parece que nadie sabe muy bien lo que hacer, aparece un texto sobre un fondo negro que advierte de que se van a mostrar las últimas imágenes que han llegado desde la colonia.

* * *

Un gran yate aparece en la pantalla.

Alrededor solo el mar.

El sol dibuja un cielo naranja: está anocheciendo.

En cubierta cinco hombres y tres mujeres se divierten. Uno de ellos, el más joven de todos, hace de DJ improvisado mientras el resto baila.

Cambio de plano, y en la imagen se ven ahora el capitán y dos ayudantes en la cabina. Estos últimos cogen unos pequeños canapés que el propio cocinero les ofrece.

Tal y como se desprende de las conversaciones, parece que llevan ya varios días en el mar, rumbo a una pequeña isla propiedad del mismo hombre al que pertenece la embarcación.

Pasan los minutos entre risas, alcohol y música, hasta que la cámara vuelve a un capitán que ha cambiado el semblante de su rostro: mira preocupado el panel de control. Se ha activado una bomba de achique, eso indica que hay una entrada de agua. Le pide a uno de sus ayudantes que baje a ver qué ocurre.

—¿Has podido localizar el problema? —le pregunta el capitán al ayudante en cuanto regresa.

—Se ha desprendido uno de los grifos de fondo.

—¿Cómo es posible? —pregunta el otro ayudante, el más joven.

—Porque a pesar de que es un barco precioso, no tiene mantenimiento. Es lo que pasa con estos ricos, que se compran caprichos que después no cuidan —responde el capitán.

—¿Y ahora qué?

—Lo primero de todo es informar al dueño —contesta tranquilo el capitán.

Es uno de sus ayudantes quien, disimuladamente, va a buscar a un multimillonario de mediana edad, guapo, en forma y arrogante.

—Lamento informarle que tenemos un problema —le dice el capitán ya en la cabina—. Está entrando agua en el barco. Vamos a intentar solucionarlo, pero también estamos preparados para lanzar una llamada de socorro.

—¿Qué? ¿Ahora? —protesta un hombre ya afectado por el alcohol—. Si nos lo estamos pasando genial y..., entre usted y yo, a aquella rubia la tengo ya a puntito. No, tenemos que llegar mañana por la mañana a mi isla, tengo que enseñársela a mis amigos.

—Lo entiendo, pero está entrando agua... —insiste el capitán.

—Pero pueden taparlo de alguna forma, ¿no? —le interrumpe el hombre

—Bueno, sí, podemos probarlo, pero si vemos que no lo conseguimos...

—Inténtelo —insiste el dueño del barco—. Venga, inténtelo, y le pido que de esto ni una palabra a nadie, no quiero que mis amigos se asusten. —Y así, dándole una palmada en la espalda, se aleja para continuar la fiesta.

El capitán se queda preocupado, pero de momento no lanza la señal de aviso. En su lugar les indica a sus ayudantes que busquen algún espiche, una especie de cono de madera que se utiliza para bloquear agujeros en el casco. Finalmente encuentran uno, pero es demasiado pequeño, aun así lo ajustan como pueden con un trapo.

El yate sigue navegando hacia la isla a través de una noche que se los va comiendo.

La fiesta también continúa, y el alcohol, y las drogas. Una de las mujeres, ya bastante borracha, se desnuda totalmente y se tumba bocarriba en una hamaca; las otras dos la imitan.

La música está cada vez más alta.

Un hombre y una mujer hacen el amor allí, delante de todos. Otra mujer lo graba con el móvil.

Durante casi tres horas parece que todo está controlado, hasta que, de pronto, salta otra alarma: se ha activado una segunda bomba de achique. Está entrando más agua.

El capitán manda a uno de sus ayudantes abajo para ver si se ha salido el espiche que habían puesto de forma improvisada. Sabe que debería lanzar ya la llamada de socorro, aun así decide comunicarle cuál es la situación al dueño de la embarcación.

Este llega enfadado y bajo los efectos del alcohol.

—Está entrando más agua —le comenta el capitán con un semblante serio.

—¿Y no puede taparlo mejor, no puede poner algo? —le pregunta el hombre, que, con una copa en la mano, intenta mantener el equilibrio.

—En eso estamos, hemos improvisado un tapón pero parece que no ha funcionado. Creo que es el momento de lanzar la llamada de socorro.

—Mire, capitán —replica el hombre señalándole con el dedo de la mano que no está ocupada con el vaso—, este es mi barco, y esos de ahí son mis invitados, gente muy muy poderosa. Nos lo estamos pasando de puta madre y no será usted quien me vaya a fastidiar la fiesta ahora. ¿Cuánto queda para llegar a la isla?

—Unas cinco horas, según las previsiones íbamos a llegar justo antes del amanecer.

—¿Cinco horas? Eso no es nada. ¿No va a poder tapar la fuga durante cinco horas? Siga rumbo a la isla, y una vez allí ya arreglaremos lo que haya que arreglar. ¡Es una orden! —le grita mientras se toca la parte derecha de la cintura dejando claro lo que lleva ahí debajo—. No me haga utilizar esto...

El hombre vuelve a la fiesta, caminando de lado a lado.

—Vamos a intentar cerrar la vía como podamos, la isla está a tan solo cinco horas —habla el capitán de forma suave para tranquilizar a una tripulación que no está acostumbrada a que nadie la amenace con un arma.

Y así, entre alcohol, cocaína y sexo, el grupo va cayendo dormido en el interior de una noche que será larga.

El capitán duda, podría lanzar ya la llamada de socorro, pero entre sus clientes hay al menos un hombre con una pistola y además va borracho. Prefiere no correr ese riesgo, va a intentar llegar a la isla.

La solución temporal parece estar funcionando, hasta que, cuatro horas después, los ayudantes informan al capitán de que la entrada de agua se ha descontrolado.

Apenas diez minutos después se produce un apagón total en el barco. Se quedan a oscuras en medio de la nada.

* * *

Tras la advertencia de rigor, se emiten las últimas imágenes recibidas desde la colonia.

Tierra juega con Andrea sobre el sofá, ambas ríen. La niña intenta coger los auriculares con sus pequeñas manos, Andrea los mueve para que no lo consiga. De pronto, un gran estruendo hace que las dos vidas se unan en un abrazo de pánico.

Las siguientes imágenes pertenecen al invernadero. Allí se ve al Jardinero cuidando de sus plantas, como en tantas otras ocasiones. Está observando un pétalo que nace de un pequeño capullo. Es en el momento en que una de sus manos se acerca a acariciarlo cuando todo el alrededor tiembla.

Se levanta con la intención de dirigirse a la Sala Común, el lugar más seguro de la colonia. Pero su cuerpo apenas puede dar cuatro pasos, al dar el quinto el techo se le desploma encima.

Lo que la cámara no capta, porque también ha muerto, son los últimos instantes de vida de un hombre que observa cómo todo se viene abajo. Las paredes se deshacen como si fueran de papel y kilos de alrededor caen sobre un cuerpo que apenas tiene tiempo para recuperar algunos recuerdos. Vuelve a pensar ahora en aquel momento en que perdió el control de su coche y a la vez de su vida, vuelve a pensar en ellas. Quizás ahora pueda encontrarlas en algún lugar. Es ese último pensamiento el que le dibuja una sonrisa en el rostro, aunque eso ninguna cámara lo captará.

Tras el derrumbe del invernadero, las imágenes muestran a un Manitas subido a una pequeña escalera. Se lo ve tranquilo, intentando reparar algo en un panel eléctrico. Examina varios cables y cuando parece que ha encontrado el correcto coge el destornillador y se lo coloca en su boca, para así, con las manos, apretar una de las piezas. Es ahí, en la tercera vuelta exactamente, cuando un temblor le hace perder el equilibrio y cae al suelo.

Se levanta confundido, mirando hacia todos lados, intentando averiguar por dónde lo ha atacado el ruido. Y sin más aviso, la pared que está justo frente a él se comienza a desmoronar como lo haría una torre de arena.

Lo que los espectadores no verán, a pesar de que la cámara se quedó grabando durante unos segundos más, serán las imágenes de un cuerpo agonizando en el suelo, un cuerpo que no sabe de qué va a morir, si por la falta de aire o por la terrible herida que tiene en la cabeza.

Tras unos segundos de oscuridad, las pantallas muestran las imágenes de una de las cámaras situadas en la habitación de Frank. Allí, como viene siendo habitual, nada ocurre. Solo se ve a un hombre tumbado en la cama, como casi siempre lo estaba Frank después del nacimiento de Tierra. Nadie sabía muy bien qué le ocurría, nadie sabía por qué ya no hacía bromas, por qué parecía evitar cualquier compañía.

Las imágenes captan algo extraño, un leve ruido que hace que Frank se levante de la cama y se sitúe frente a la ventana. Su rostro lo dice todo.

En ese momento, desde producción han pasado la imagen a la cámara que está en el exterior de esa misma ventana para que el público pueda ver lo mismo que vio Frank antes de despedirse de la vida: un huracán de arena oscura que se acerca demasiado rápido.

Apenas tiene tiempo de apartar la mirada antes de que el cristal se rompa en mil trozos. Comienza a sangrar por varias partes, pero esa última imagen nunca se mostrará al público.

Las cámaras enfocan ahora la habitación de una Miss que está prácticamente desnuda. Está preparándose para un selfi: una de sus manos, la derecha, sujeta el móvil, con la izquierda, se tapa estratégicamente el pecho.

Tras varios segundos mirando alrededor, quizás para comprobar que la luz es la adecuada, pulsa el botón y la imagen vuela hacia las redes sociales, una imagen que llegará cuando ella ya esté muerta. Aquella fue su última publicación.

Es tras hacer la foto cuando escucha un ruido. Se queda inmóvil, asustada. Parece dudar entre ir a la Sala Común desnuda o vestirse rápidamente. Al segundo siguiente la decisión ha dejado de tener importancia: su habitación se hace pequeña. Le da tiempo a gritar, solo una vez.

Lo que las cámaras ya no son capaces de mostrar es el

puzle en el que se acaba de convertir el cuerpo más bonito del mundo.

Y mientras todas esas imágenes se emiten, las redes sociales, por primera vez en mucho tiempo, permanecen mudas.

* * *

—¡El agua ha llegado a las baterías! —grita el capitán—. Y sin energía las bombas no funcionan.

—Eso significa que va a seguir entrando agua y no hay sistema de achique —le responde uno de sus ayudantes, nervioso.

—Sí, eso significa que nos vamos a hundir —admite el capitán mientras pulsa una alarma que tampoco funciona.

Grita todo lo que puede en dirección a los hombres y las mujeres que parecen un grupo de zombis tirados en cubierta.

—Capitán, la radio no transmite —le dice nervioso el otro ayudante.

—Hay dos botes salvavidas y aún queda tiempo —los tranquiliza el capitán—. Voy a ver si consigo comunicar nuestra situación con la otra radio, con la portátil.

Lo intenta varias veces pero el alcance de esa radio es demasiado corto, solo podría recibir la señal un barco que estuviera cerca de ellos. No hay respuesta.

Los clientes, poco a poco, aún aturdidos por las drogas y el alcohol, se van dando cuenta de la gravedad de la situación. Dos de las mujeres entran en pánico y comienzan a gritar de forma desesperada. El más joven de todos, el hijo del dueño, grita aún más fuerte, y se pone a llorar. Va de un lado a otro de la embarcación chillando: «No quiero morir, no quiero morir». Otro de los hombres echa a correr sin dirección ni intención clara. Todo es un caos hasta que, de pronto, suena un disparo.

Silencio.

—¡Ya está bien, coño! —grita el dueño del barco tambaleándose de un lado a otro—. Hay botes salvavidas, los lanzamos al agua y ya está. ¿No es así, capitán?

—Así es —le contesta—, son de seis plazas cada uno y en total somos doce, no hay problema. Además estamos muy cerca de la isla, a unas cuatro o cinco millas.

Todos se calman momentáneamente.

El capitán y sus dos ayudantes lanzan al mar una de las barcas autohinchables, pero el sistema falla: la barca no se despliega. Falta de mantenimiento.

Esto genera un silencio absoluto.

Todos miran hacia el hombre que sostiene la pistola en la mano, saben que están ante una situación complicada pero, aparte de los sollozos de las dos mujeres y del joven, nadie se atreve a hablar.

El capitán actúa como si no pasara nada y les ordena a sus ayudantes que lancen la otra lancha. Esta sí se hincha.

—Primero las mujeres —ordena el capitán.

—Primero yo y mi hijo, y después ya veremos —le interrumpe el dueño del barco apuntándolo con la pistola en la cabeza.

Justo en ese momento suena un disparo. Otro de los hombres ha sacado su pistola y ha disparado al aire.

—Y luego yo, y mi hermano —dice un hombre obeso.

—Y después de ellos, yo —decide el hombre más mayor

de todos mostrando también su arma, sin llegar a dispararla.

El dueño del barco continúa apuntando al capitán mientras les indica al resto de los hombres que salten a la barca. Finalmente salta él también. Queda espacio para uno más, aunque el peso de ellos cinco ya es excesivo para la pequeña lancha salvavidas.

Desde allí, tres armas apuntan al resto de personas que quedan en cubierta: las tres mujeres, los dos ayudantes, el cocinero y el capitán.

El yate se va hundiendo poco a poco y ninguno de ellos sabe si morirán antes de frío o ahogados. No hay salvación, la única posibilidad está en esa pequeña barca.

Una de las mujeres, presa del pánico, salta.

Se oye un disparo.

Un cuerpo flota bocabajo en el mar.

Silencio.

—¡Tú! —le grita el dueño del barco al capitán—. ¡Coge la radio y salta, te vienes con nosotros!

—¡No! —se niega.

El hombre lo apunta desde abajo y cuando parece que va a disparar...

—¡Tú! —le grita a uno de los ayudantes del capitán, al más joven—. ¡Coge la radio y salta, te vienes con nosotros!

Y el chico salta.

Y la barca se aleja.

Y el barco se hunde.

Muchas horas después, la pequeña lancha hinchable consigue llegar a la isla.

* * *

La emisión continúa.

Se muestran ahora las imágenes de la cámara situada en la habitación que hacía las veces de enfermería. En su interior, la Doctora parece estar realizando tareas de inventario. Es justo en el instante en que se dispone a coger un recipiente en la estantería cuando un fuerte ruido la interrumpe. Durante el segundo siguiente son muchos los botes de cristal que caerán al suelo.

La Doctora, instintivamente, abandona la habitación y corre hacia la Sala Común, hacia Tierra, y es ese movimiento el que le sirve para ampliar un poco más su tiempo de vida. En cuanto sale, la habitación comienza a derrumbarse.

Las cámaras pasan ahora de nuevo a la Sala Común, donde Andrea y Tierra ven llegar a la Doctora.

Mientras las tres permanecen abrazadas formando un conjunto de vida que mira a un alrededor que amenaza con quitársela, las imágenes vuelven unos segundos atrás y muestran a John intentando levantar una barra con peso. La coge del suelo y, con dificultad comienza a elevarla. Un fuerte estruendo hace que pierda el equilibrio y la barra caiga en vertical sobre su pie izquierdo. Casi lo atraviesa completamente.

Grita, pero no se queja, no hay tiempo. Se escucha el grito de Miss, que llega cuando ella ya no vive. John va directo a la Sala Común y allí se encuentra a tres vidas abrazadas intentando protegerse de la incertidumbre y el miedo.

De pronto otro estruendo, más grande, más fuerte, más horroroso. Un gran ruido que ninguno de los otros cuatro componentes de la colonia escucha ya.

La estancia aguanta, pero no por mucho tiempo. Todos ellos observan con sorpresa como la pared posterior, la que separa la sala del pasillo, se resquebraja.

John no se lo piensa y coge en brazos a Tierra, a la pequeña Tierra, a una niña que llora sin saber qué está ocurriendo, a una niña que no va a poder vivir tanto como la humanidad hubiera necesitado.

John y la niña se dirigen hacia el pequeño armario donde están guardados los trajes.

El techo empieza a deshacerse.

—¡Vamos, vamos! Poneos los trajes como podáis, y sobre todo el casco, coged también máscaras de oxígeno —les grita mientras pulsa el botón de alarma general que desactiva el bloqueo de todas las puertas, entre ellas la exterior.

Consiguen ponerse el traje en apenas dos minutos, eso sí que lo han entrenado muchas veces, muchísimas.

John intenta colocarle a la niña un traje de adulto, lo cierra como puede. El problema viene con el casco, es enorme para una cabeza tan pequeña. Se lo pone e intenta sellarlo con una chaqueta alrededor del pequeño cuello.

La pared posterior se ha partido.

—¡Vamos! ¡No hay tiempo.

—¡Estás loco! ¡Ahí fuera moriremos! —le grita una Doctora que no sabe muy bien qué están haciendo.

—¡Aquí dentro también! —le contesta John—. La única posibilidad que tenemos es que los de Centinel hayan venido a ayudarnos. La única salvación es que justo ahí fuera esté el Rover y nos metan dentro del vehículo. Tenemos unos cuantos minutos. Si no es así, estaremos muertos. En cuanto salgáis alejaos todo lo que podáis para que no os caiga ninguna pared encima y tiraos al suelo.

John deja por un momento a la niña y, con todas sus fuerzas, consigue abrir la primera de las dos puertas, la que da acceso a una pequeña zona aislada. Coge de nuevo a la niña. Tras él entran también Andrea y la Doctora.

—¡Es el momento! —grita.

Y con Tierra en sus brazos consigue abrir de un golpe la puerta exterior.

* * *

Pero el Rover no está allí.

Andrea y la Doctora corren tan rápido como pueden durante unos segundos hasta que finalmente caen al suelo y allí se rinden. Saben que no es una lucha justa. El exterior siempre es un contrincante demasiado fuerte.

Las cámaras exteriores continúan grabando, la imagen es difusa pero se puede distinguir lo que está ocurriendo.

John sigue corriendo con la niña entre sus brazos. Consigue llegar unos metros más lejos que sus compañeras, pero le falla el pie en el que tiene la herida. Cae al suelo y la niña con él. Con el impacto la pequeña pierde el casco, que sale rodando hacia la nada. Imposible recuperarlo. John, con extrema dificultad, se quita el suyo para ponérselo a la niña. Se lo coloca como puede y, exhausto, se pone la máscara de oxígeno. Se tumba sobre la pequeña Tierra con la intención de protegerla de un alrededor que solo genera muerte.

Varios segundos después las cámaras dejaron de emitir.

Desde producción decidieron que esas fueran las últimas imágenes que llegaran a la Tierra: la de una persona intentando salvar la vida a otra.

Durante varios minutos todo el planeta permanece expectante observando una pantalla en negro, quizás a la espera de que, de un momento a otro, aparezca el Rover para recogerlos y salvarles la vida.

Pero el Rover nunca llegó.

Más tarde se supo que los astronautas de Centinel no pudieron salir al exterior, hacerlo hubiera sido un suicidio.

* * *

Justo en ese momento la película se cortó y apareció el rostro de mi padre.

«¿Qué daríamos por poder subir a esa barca? ¿Qué precio le pondríamos a algo así? ¿Un millón? ¿Diez? ¿Cien? ¿Cuánto estaríamos dispuestos a pagar por llegar a esa isla?

Yo vendo esa isla, vendo la posibilidad de, aun estando rodeado de muerte, poder sobrevivir.

Cuando el barco se está hundiendo ya no es momento de buscar culpables, es momento de buscar soluciones. Y ahora nuestro barco se nos hunde, ese que hemos estado usando durante siglos, ese que hemos querido pero que al final, por falta de mantenimiento, por codicia, por ignorancia, también hemos destruido.

Ya no hay marcha atrás, nuestro barco se hunde, pero yo tengo unas cuantas barcas que pueden salvar vidas. Y usted ya ha comprado una plaza en una de ellas. Yo le ofrezco, al menos, la posibilidad.

Bienvenido a la lista eXo.»

Tras esa última frase la imagen de mi padre desapareció de la pantalla y comenzaron a mostrarse fotos de la Tierra con datos históricos de todo tipo: temperatura, niveles medios del mar, grosor de los glaciares, frecuencia de terremotos...

Mientras esas imágenes impactaban contra nosotros, la voz de mi padre volvió a sonar de fondo.

«¿Conocen el cuento del lobo? Nos lo han dicho tantas veces que pensábamos que no pasaría nunca. Pero al final, la verdad, aunque la ignores, llega.

Uno de los principales defectos del ser humano es que no es capaz de pensar a largo plazo; solo nos preocupamos de lo que pasará en un rato, mañana o al día siguiente, pero no más allá. No nos preocupamos de los efectos hasta que no hay marcha atrás. Entonces sí, entonces nos arrepentimos de todo. El problema es que ese momento siempre llega tarde.

¿Cuánto le queda a este precioso yate que llamamos planeta? Quizás cincuenta o cien años, quizás un poco más, quizás un poco menos. Sí, esto se hunde, pero no tienen por qué morir todos. Ahora tiene la posibilidad de salvarse. Le ofrecemos esa posibilidad.»

En la pantalla aparecieron imágenes de una gran colonia que se estaba construyendo justo al lado de Centinel. Decenas de cápsulas, varios invernaderos, miles de placas solares...

«A pesar de lo que ocurrió, desde Centinel hemos continuado con el proyecto original: construir una gran colonia en Marte. Hemos aprendido mucho de los errores, hemos mejorado los sistemas de seguridad, hemos introducido nuevos materiales de construcción, hemos aplicado tecnología de última generación en las unidades de energía y oxígeno.

Será complicado, sí, pero de momento es la única isla que hemos encontrado, y nosotros tenemos las barcas para llegar a ella.»

* * *

La conexión finalizó y las pantallas de todo el mundo se quedaron en negro. Fueron las redes las primeras en reaccionar, las que lanzaron el *hashtag* que se convertiría en el más compartido a nivel mundial: #hastasiempre.

A los pocos minutos, millones de personas salieron de forma espontánea a las calles para organizar marchas en silencio: un gran funeral improvisado.

La tristeza lo invadía todo, una tristeza que cubría cada recuerdo, cada momento, que la audiencia había pasado junto a aquellos valientes que un día decidieron abandonar la Tierra para vivir la mayor de las aventuras.

Flores, velas, dibujos, fotos, frases, lazos... miles de objetos adornaban cada calle, cada casa, cada rincón del mundo.

Durante los días siguientes al desastre ocurrió lo que muchos se temían: más de doscientas mil personas se suicidaron en todo el mundo. Para algunas, el dolor que sentían era similar a la pérdida de un hijo, de un hermano, del mejor amigo. Muchas de ellas habían pasado más tiempo viendo el concurso que con sus propios hijos o con sus propias parejas. Por eso, al romperse un vínculo tan intenso, el dolor se hizo insoportable.

* * *

La imagen se detuvo y nos sorprendió la voz de Jónas, que se acercó a nosotros.

—Mi mujer murió hace unos años. Cáncer —habló en voz baja—. Desde que se lo detectaron hasta que se fue apenas pasaron tres semanas, ese fue el tiempo que tuvimos para despedirnos. Después de toda una vida juntos, la enfermedad no nos dio ni un mes para decirnos adiós.

»Una noche se fue, sin más. Y allí me quedé yo, sin ella pero con una niña que apenas tenía un año. Aquella noche, aunque ella ya no me escuchara, le prometí que iba a hacer lo imposible para sacar adelante una vida que en realidad era de los dos: de ella y mía.

»¿Cuánto estoy dispuesto a pagar para que mi pequeña pueda seguir viviendo?

Mi hermano y yo nos mantuvimos en silencio mirando a un hombre que se estaba desnudando sentimentalmente ante nosotros.

—Yo nací justo en el momento en que nadie me quería. Nunca conocí a mis padres. Alguien me encontró en la puerta de un hospital. Al menos tuvieron el detalle de dejarme vivir. Quizás por eso crecí pensando que cada instante de mi vida era un regalo.

Vimos como, a pesar de esforzarse por evitarlo, poco a poco se le humedecían los ojos.

—Durante años estuve yendo de un lugar a otro, de una casa de acogida a otra, de orfanato en orfanato, a veces llegué a vivir en la calle. Estuve muchos años vagando por el mundo, hasta que un día vi una furgoneta amarilla.

»Me fui con ellos, me hicieron unas pruebas y se dieron cuenta de que aprendía rápido, muy rápido. Y la vida continuó, y estudié, estudié mucho, y me preparé para trabajar en la empresa. Y encontré a mi pareja, y tuvimos una hija. Una niña que tiene mi anillo.

Respiró, y nos dejó respirar a nosotros.

—No, no soy rico, no tengo cien millones, pero vuestro padre regaló muchos anillos a personas que para él merecían la pena. Supongo que, a pesar de que al nacer me dejaran en la calle, soy una persona que vale la pena.

No supe qué decir. Miré a mi hermano.

—Aprendimos mucho de la colonia —continuó—. Centinel ha seguido con el trabajo desde entonces. Se han lanzado varias misiones con material y con personal cualificado. Está previsto que en unos cinco años comiencen a llegar las primeras grandes naves con civiles, y esta vez no será solo para un concurso, esta vez será para sobrevivir porque no habrá otra alternativa.

»No será un gran hecho aislado, en realidad, se prevé que el desastre ocurra en secuencia. El mar hundirá varias zonas habitables, y eso originará migraciones porque cada vez habrá más gente y menos terreno. Y al final, como siempre, todo derivará en violencia. Cualquier pequeño cambio puede generar un efecto dominó; por ejemplo, el hecho de que desaparezca una especie puede ocasionar que después desaparezca otra que dependía de la anterior, y así sucesivamente...

Se quedó en silencio, mirándonos.

—Pero todo esto hay que decirlo, hay que explicarlo, la gente tiene que saberlo —le dije.

—Ese es el gran problema —me contestó—, que la gente ya lo sabe, y a nadie le importa. ¿Ves a alguien preocupado ahí afuera?

—Pero si las empresas...

—Si las empresas fabrican es porque la gente consume —me interrumpió—. Si hay una fábrica en China haciendo millones de juguetes inservibles para Mc Donald's, es porque los padres les compran el Happy Meal a sus hijos para tirar el juguete en cuanto llegan a casa. Si las empresas fabrican plástico es porque lo consumimos.

—Pero aun así, hay que decirlo.

—No, ahora ya no, ahora ha llegado el momento en que tenemos que negarlo.

—¿Qué? —le pregunté sorprendida.

—Sí, ha llegado el momento en que tenemos que negar que existe el cambio climático, en eso están invirtiendo todos sus esfuerzos los gobiernos y las grandes empresas.

* * *

—Pero ¿por qué? No lo entiendo.

—Ahora ya no podemos decir nada. Hacerlo supondría el colapso de la sociedad tal y como la conocemos. Si contáramos la verdad, ¿qué crees que ocurriría con la economía global? ¿Con las bolsas? ¿Qué valor tendría para ti el dinero si supieras que en unos años todo lo que te rodea va a desaparecer? Será el sálvese quien pueda, el caos, nada tendrá valor y nada diferenciará al rico del pobre.

Silencio.

—Debemos aguantar al sistema para que al menos los ricos puedan salvarse, de lo contrario no se salvará nadie.

Reconozco que aquella respuesta me indignó, pero en el fondo aquel hombre tenía razón.

—¿Cuánta gente se puede salvar? —preguntó mi hermano.

—En principio, según varios estudios, para generar una población biológica mínima viable y así poder conservar nuestra especie necesitaríamos de ochenta a ciento sesenta individuos. De todas formas aspiramos a poder llevar a la colonia entre cuatrocientos y quinientos humanos. Con esto se minimizarían los problemas derivados de la endogamia. La idea es enviar cada dos años a unos treinta, y así sucesivamente hasta que la Tierra diga basta.

—O hasta que alguien se entere de lo que está ocurriendo.

—Sí, por eso estamos haciendo lo posible para que eso no ocurra, y si lo hemos conseguido hasta ahora... —me dijo Jónas mirándome fijamente a los ojos.

Silencio.

—El gran problema de todo este proyecto —continuó— es que se necesitan cantidades indecentes de dinero para llevarlo a cabo, de ahí el tema de los anillos.

—Cien millones, cien millones vale una vida. ¿Y quién decide los que se salvan y los que no? ¿Solo el dinero? —le incriminé.

—En parte sí, aunque me temo que siempre ha sido así. En toda nuestra historia el rico siempre ha tenido más posibilidades de salvarse que el pobre.

—Pero... no es justo... —susurré derrotada.

—No, la vida no es justa, en eso estamos de acuerdo.

* * *

Salimos de aquel museo en silencio, quizás porque cuando uno ha resuelto un misterio se da cuenta de que tenía mucha más emoción intentar resolverlo que conocer la solución.

—El camión los llevará de vuelta al hotel. Tienen reservada una mesa para comer allí —nos dijo Jónas mientras se despedía de nosotros en la puerta del museo.

Subimos al vehículo y nos sentamos en la última fila.

Volvimos a atravesar aquel manto blanco que, según nos explicó Jónas, cada año tenía menos hielo y más tierra.

—Nel... —se atrevió a decir mi hermano—, ¿qué vas a hacer con todo esto? ¿Vas a publicarlo?

—¿Qué pruebas tengo? —le contesté asumiendo que mi padre había ganado—. Una película que no podré demostrar que he visto, una conversación que Jónas negará haber tenido y un anillo cuya utilidad soy incapaz de probar. Estoy igual que cuando vine... pero sigue sin ser justo, no puede ser que el dinero decida...

—Nel, ya lo hace, lo hace a cada momento. Ante una misma enfermedad, por ejemplo, hay gente que puede acceder a un determinado tratamiento y se cura, y hay gente que no puede y muere. Ocurre todos los días.

Continuamos el resto del viaje en silencio.

Me puse los auriculares. Sonaba la preciosidad *Selfish Art*, de Noah Gundersen.

Fue en el interior de esta canción cuando me llegaron dos mensajes más de mi contacto en Reikiavik. La información parecía creíble.

Llegamos de nuevo a Húsafell.

Nos habían reservado una mesa junto a un gran ventanal. Las vistas eran preciosas.

Pedimos y brindamos con vino.

—Por nosotros —dijo mi hermano.

—Por nosotros —le contesté mirándolo a los ojos.

Bebimos y nos quedamos durante unos instantes en silencio.

—¿Y ahora qué? —le pregunté.

—¿Ahora qué? —Me miró sorprendido—. Ahora debemos continuar con el juego.

—¿Para qué?

—¡¿Para qué?! Porque aquí hay algo más, esto solo explica lo del anillo y la lista. ¿O es que...?

Y de pronto le cambió el rostro, como quien descubre su propia fiesta sorpresa antes de hora.

—¿O es que ya se ha cumplido tu deseo? ¿Ya hemos acabado el juego? No es posible. No es posible —se repetía a sí mismo—. Cuando ocurrió todo aquello en la cabaña, estos anillos ni siquiera existían, no es posible que tu deseo tenga algo que ver con todo lo que hemos visto en ese museo...

—No, no se ha cumplido mi deseo.

Mi hermano no insistió, y podría haberlo hecho, porque al fin y al cabo estábamos haciendo todo aquello por mí, por mi deseo. Pero él también sabía lo importante que son las promesas en nuestra familia, y yo, aquel día, en aquella cabaña, le di mi palabra a mi padre: acepté jugar a cambio de no contarle nunca mi deseo a nadie, y en mi familia las promesas se cumplían.

* * *

—¿Cómo vamos a encontrar esa cabaña? —me preguntó mi hermano—. No tenía móvil, ni internet, ni tarjeta bancaria. Nada, era como si no existiese. He estado mirando por las redes y apenas hay información sobre la época en que el padre de Veruca estuvo viviendo aquí, en Islandia. Supongo que ya se habrán encargado de borrarlo todo.

—En realidad sí que hay información —le contesté mientras me miraba sorprendido—. El problema es que quizás no has mirado en el sitio adecuado.

—Vaya con la periodista... —me dijo sonriendo—. Sorpréndeme.

—Verás, en cuanto me enteré de lo de la casa del padre de Veruca escribí a varios compañeros. Resulta que uno de mis mejores contactos en Europa tiene a su vez un buen amigo en Reikiavik, una especie de detective privado o algo así.

»El caso es que le pregunté por el tema y me dijo lo mismo que me acabas de decir tú, que no encontraría nada en internet, pero que había otras opciones.

—¿Qué opciones? —me preguntó impaciente.

—El papel. Me dijo que en Islandia aún se publican pequeños periódicos, a veces no son más que folletos donde se informa de las noticias de alguna zona o región. Es habitual llevar ejemplares de dichas publicaciones a las hemerotecas locales.

—¿Y ha encontrado algo? —me preguntó ilusionado.

—Sí, algo. Algunos textos son rumores, pero un periodista sabe cómo exprimir un rumor hasta sacarle algo de verdad. Según un artículo que se publicó en un pequeño periódico de Akureyri sobre restaurantes de la zona, los dueños de un asador dijeron que el padre de Veruca había ido varias veces a comer a su establecimiento. Me han pasado el nombre del restaurante, está en Blönduós.

—Genial, ya tenemos algo —me contestó mi hermano.

—Tenemos más —continué—. Hay unas pequeñas pozas perdidas en un lugar que se llama Grettislaug. Casualmente, en un reportaje sobre zonas con encanto de Islandia se habla de ese lugar. Varias personas dan su opinión, y algunas de ellas aseguran haber visto al padre de Veruca bañándose allí.

Vi como mi hermano cogía el móvil.

—Vaya, Grettislaug y Blönduós no están demasiado lejos, apenas a una hora de distancia.

—Así es. Pero hay más, y en este caso existe hasta una foto, aunque al sacarla de una revista en blanco y negro, se ve muy borrosa. Es de un pub en el que aparece el padre de Veruca junto a más gente. Se publicó en un folleto local en el que se hablaba del aniversario de ese pub, como si hubieran celebrado una fiesta o algo así.

—¿Una foto de grupo?

—Sí, es extraño que alguien que quería pasar desapercibido se hiciera una foto, pero quizás llevaba unas copas de más y ni se dio cuenta de que se la hacían. Pero más importante que la foto es el lugar donde está ubicado ese pub.

—Dime —me preguntó impaciente.

—En Sauðárkrókur, una población que está a menos de media hora de las pozas que te he comentado.

—Y sabemos también el lugar del accidente —añadió mi hermano—. Según la información del periódico era por ahí...

—Sí, creo que tenemos bastante acotada la zona. Quizás en otro país eso sería complicado, pero en Islandia apenas hay ciudades, apenas hay gente... Además, estoy acostumbrada a encontrar agujas en el pajar.

—Pero aun así, ¿cómo localizar la casa exacta?

—La encontraremos como se buscaba todo antes, cuando no había tanta información, ni tanto móvil, ni tantas redes... no la buscaremos, haremos que la información venga a nosotros —le dije sonriendo.

Continuamos hablando de mil cosas: de nuestra infancia, de la casa que un día construyó en el árbol, de los baños en el río, de aquel tesoro escondido, de mamá...

Después de la comida volvimos a hablar de los patrones, del vídeo que habíamos visto en aquel museo y de las nuevas pistas para encontrar la casa.

Estábamos tan ilusionados que decidimos ir hacia la zona donde podía estar la casa nada más acabar el café.

* * *

Blönduós estaba a unas dos horas de Húsafell. Era una pequeña población de apenas novecientos habitantes. Encontramos a la primera el restaurante en el que se suponía que lo habían visto comiendo alguna vez, pero acababan de cerrar, era ya tarde. Decidimos continuar en dirección a Sauðárkrókur, a unos cuarenta minutos de distancia más o menos. En cuanto llegamos nos dimos cuenta de que era una población un poco más grande que la anterior. Aparcamos en la puerta del club Grand-Inn Bar. A esas horas aún estaba cerrado, pero justo al lado había una panadería, Sauðárkróksbakarí. Decidimos entrar y tomar algo, llevábamos ya varias horas en el coche.

El local era precioso, nos pedimos dos Caffè Latte y dos rollos de canela. Nos sentamos junto a la ventana, no había nadie.

—¿A qué hora abren el pub? —me preguntó mi hermano.

—Según internet, a las nueve.

—Entonces tenemos unas horas libres. ¿Vamos a las pozas a ver si allí podemos averiguar algo? —me dijo.

—No creo que en un lugar así averigüemos mucho, según

he mirado en internet allí solo hay un pequeño café, nada más. En realidad, creo que nuestras opciones están en este pub.

—¿Que hacemos entonces? —preguntó.

—Podemos dar una vuelta por el pueblo y cenar en ese restaurante de ahí enfrente, por ejemplo —le dije mientras le cogía la mano.

Me miró sorprendido.

—Gracias... —le susurré.

Se quedó extrañado pero no me dijo nada, creo que lo había entendido todo.

Dimos una vuelta por el pueblo y cenamos pronto en el restaurante que estaba frente al pub, el KK Restaurant.

Estuvimos allí hasta las nueve, la hora en la que abrían el bar. Aun así no entramos inmediatamente, era mejor ir cuando hubiera más gente. El plan era intentar socializar con la gente. Dejar pasar las horas hasta que el alcohol les abriera la memoria, y en ese momento preguntar.

El pub era bastante pequeño, aun así había ya una decena de personas: todos se quedaron mirándonos en cuanto cruzamos la puerta.

Nos pedimos dos cervezas y comenzamos a hablar entre nosotros. A los pocos minutos se acercó una mujer que me había reconocido de la tele. A partir de ahí todo fue más fácil.

Música, risas, alcohol, conversaciones intrascendentes, más música, más risas, más alcohol... Comenzamos a preguntar.

Casi todo el mundo lo había visto en alguna ocasión pero nadie sabía dónde vivía, o por lo menos nadie quería decirlo.

Ya estaban a punto de cerrar cuando puse sobre la barra

cinco billetes de cien dólares. Y allí, a la vista de todos, cogí los cinco billetes y los rompí por la mitad a la vez.

Muchos de los presentes se quedaron con la boca abierta.

Dirigí mis palabras al camarero aunque, en realidad, les estaba hablando a todos los presentes.

—Si conoces a alguien que pueda decirnos dónde vivía el padre de Veruca, la casa exacta, dale estos trozos de billetes y dile que cuando nos lo cuente nosotros le daremos la otra mitad. Aquí te dejo mi móvil. —Y escribí mi número de teléfono en uno de los billetes.

Decidimos quedarnos a dormir en aquella población.

* * *

Al día siguiente me despertó el sonido del móvil. Miré el número: desconocido. Lo cogí excitada. Aquello me recordó a mis inicios, cuando ser periodista no consistía en estar cien horas delante de una pantalla para averiguar si la noticia que estabas viendo era real o un simple *fake*.

—¿Sí? —contesté.

—Son ustedes los que buscan información... —me contestó una voz que hablaba casi en silencio.

—Sí, así es.

—¿Tienen la otra mitad de los quinientos dólares?

Desperté a mi hermano y en apenas media hora ya nos habíamos duchado y tomado un café. Habíamos quedado con él en el aparcamiento de un supermercado situado junto a la gasolinera, a la entrada de la población.

Allí localizamos el *pick-up* rojo. Nos acercamos andando hasta él, tenía la ventanilla bajada.

—¿Han traído el dinero? —nos preguntó un hombre de mediana edad con cara de pocos amigos.

—Primero la información —le dije.

—No, primero el dinero —insistió sin inmutarse.

—¿Y si no es el lugar...? —interrumpió mi hermano.

—No les queda más remedio que arriesgarse. De todas formas no tengo muchos sitios adonde ir, podrían encontrarme fácilmente.

Miré a mi hermano y le di el dinero.

Nos dio un papel, arrancó el vehículo y se marchó.

La sorpresa vino al introducir la dirección en el GPS: la casa estaba a menos de diez minutos de allí; en dirección a las pozas donde lo habían visto en alguna ocasión.

Fuimos hacia el norte, bordeando la costa, por una estrecha carretera que dejaba a su izquierda las montañas y a su derecha decenas de granjas y casas desperdigadas que casi tocaban el mar. Podía ser cualquiera de ellas.

Llegamos a un entrador que se dirigía a una agrupación de casas, separadas unos cuantos metros las unas de las otras.

—Según el GPS es aquella —le dije a mi hermano.

Nos desviamos por un pequeño sendero delimitado por estacas de madera que acababa prácticamente en el mar. Al acercarnos varios perros comenzaron a ladrar.

Aparcamos fuera. No había nadie alrededor, solo los perros, que, a pesar de continuar ladrando, no parecía que tuvieran intención de atacar. Salimos los dos del coche.

Introduje la llave con nervios... y la puerta se abrió.

Y entramos. Oscuridad.

Abrimos las ventanas para que la luz iluminara una casa que parecía vacía. Había muebles, pero daba la impresión de que hacía mucho tiempo que no había vivido nadie allí.

Recorrimos todas las estancias inferiores: una cocina amplia, un comedor y dos habitaciones, nada fuera de lo común. Fue al subir al piso superior cuando nos encontramos con algo extraño en la que parecía la habitación principal. En el tocador había varias pelucas sobre unas cabezas casi sin forma. El aspecto de todo aquello era macabro.

—Son todas de mujer —me dijo mi hermano.

—Sí, eso parece, es extraño.

Salimos en dirección a la última habitación, la que estaba al fondo del pasillo y allí, sobre una pequeña mesa, descubrimos la llave dorada: habíamos llegado al final del juego.

La cogí y nos miramos. Sonreímos.

En ese momento escuchamos un ruido en la planta baja, como si alguien hubiera abierto la puerta.

* * *

—¿Quién es usted? —le preguntó mi hermano a un anciano que permanecía en la puerta.

Tenía un rostro de facciones duras, el cuerpo delgado como un bambú y unos ojos que parecían querer descubrir cualquier verdad. Vestía de forma descuidada: un pantalón viejo, un jersey roto y una chaqueta que no dejaba distinguir su color. Me fijé en sus botas, estaban llenas de barro, como si hubiera estado caminando por los alrededores de la casa antes de llegar a la puerta.

—Hola, buenos días. Soy un vecino, vivo allí —nos dijo con una voz pausada mientras señalaba hacia una casa alejada unos doscientos metros—. ¿Y ustedes? ¿Quiénes son ustedes?

Mi hermano y yo nos miramos, quizás para decidir quién de los dos hablaba primero o, quizás para ver qué decíamos: la verdad o una mentira recién inventada.

—Somos los hijos de William Miller —tomé la iniciativa.

De pronto, sin permiso, el hombre cruzó la puerta y se acercó tanto a mí que, por un momento, pensé que su mirada atravesaba mi cuerpo.

—Vaya, vaya, es cierto... —dijo mientras me observaba—. A usted, señorita, la he visto en la tele muchas veces, muchas veces... Me encanta, me encanta que aún queden periodistas así, con dos cojones. Usted fue la que le ganó el juicio a ese malnacido.

Habló sin darse cuenta de que ese malnacido al que se refería era mi propio padre.

—¿Y qué hacen aquí? —nos preguntó.

Estuve a punto de contestarle cualquier cosa, pero pensé que podía servirnos de ayuda, al fin y al cabo había sido vecino del padre de Veruca, quizás hasta se conocían.

—Si le dijera que estamos intentando acabar un juego... —le contesté.

—¿Un juego? Me encantan los juegos —sonrió—. ¿Y de qué trata ese juego?

—Bueno, no sé si conocía usted el juego de las llaves.

—¡El de las llaves! —exclamó el hombre con entusiasmo—. Por supuesto que sí, era mi preferido.

—Pues justo a ese estamos jugando, ¿y a que no sabe lo mejor de todo? Hemos llegado a la última llave, estaba aquí.

—¿La dorada? —exclamó levantando las manos, como si aquel fuera el gran momento del día, o de la semana, o, quién sabe, de lo que le quedaba de vida.

—Sí, la dorada, solo nos falta resolver la pista final para acabarlo, pero no sabemos por dónde seguir, estamos intentando encontrar alguna caja en la casa. —Le sonreí a mi hermano.

—Genial, ya casi lo han conseguido... —Y en ese momento el hombre cambió su expresión de alegría por uno de resignación—. Qué pena que aquí no vayan a encontrar nada.

—¿Nada? ¿Por qué? —le pregunté.

—Porque lo limpiaron todo —se acercó a mí para susurrarme al oído—: Se llevaron todo lo que había cuando lo mataron.

—¿Cuando mataron a quién? —le pregunté

—¿A quién va a ser? —dijo el hombre mientras se rascaba el pelo y miraba compulsivamente alrededor—. Al padre de Veruca, cuando mataron al padre de Veruca.

* * *

El hombre, tras decir aquello, se dio la vuelta y salió. Observó los alrededores, como vigilando algo. Se rascó la cabeza de nuevo, y volvió hacia nosotros. Continuó hablando. Los perros habían dejado de ladrar.

—Pero bueno, yo solo soy un viejo. Sé que no debería decir estas cosas... No debería decirlas...

—¿Lo mataron? Pero ¿cómo? ¿Quién? —preguntó mi hermano.

—No he dicho nada, no he dicho nada... —Se puso nervioso—. Ese hombre y yo nos convertimos en amigos, y le hice una promesa, y éramos amigos, y no quiero que me encierren otra vez...

El hombre miró hacia el exterior, estaba temblando, parecía buscar a alguien. Tras ver que no había nadie continuó murmurando en voz baja, casi en silencio.

—Él era un buen hombre, un buen hombre... Y lo mataron, lo mataron.

Aquel anciano quería hablar pero había algo que se lo impedía: miedo. Durante mi carrera lo había visto en multitud de ocasiones: en testigos protegidos a los que nos costaba siglos sacarles las palabras, a arrepentidos que entraban en pánico si escuchaban un ruido extraño... Sabía que tenía que ayudarle, le animé con otra pregunta.

—¿Entró usted alguna vez en esta casa?

—Sí, claro. —Y en ese momento, como si su mente le hubiera recordado lo que no debía decir...—: Pero no vi nada, les juro que no vi nada, en realidad, no entré, nunca llegué a entrar...

—Es que hemos encontrado una habitación con pelucas —le interrumpí a propósito—, pero lo extraño es que todas son de mujer. ¿Sabe para quién eran?

—No, no, no sabría... —El hombre estaba cada vez más nervioso, se rascaba de forma compulsiva la cabeza—. No, no sé nada, no sé nada de lo que había ahí dentro...

—Bueno —continué con el mismo tono, intentando tocar un punto de esos en los que el entrevistado explote y lo cuente todo—, según las redes sociales y la prensa, se comentaba que después de lo que pasó con Veruca, ese hombre se trastornó y se dedicó a ir con muchas mujeres de compañía.

—¡Mentira! —gritó el hombre, nervioso. Había explotado, había tocado un tema delicado. Quizás ahí es donde podíamos conseguir información interesante—. Él era un buen hombre, no como vuestro padre. ¡Él era un buen hombre! ¡Él era un buen hombre, la gente lo trató mal, muy mal! ¡Todo lo que se dijo de él era mentira! —gritó.

Entonces salió fuera y miró alrededor. Se rascaba la cabeza, temblaba.

—¡Todo lo que se dijo de él era mentira! ¡Era un buen hombre! —continuó gritando.

Los perros comenzaron a ladrar.

—Tranquilo, tranquilícese —se acercó mi hermano a él.

—¡No me toque! ¡No me toque! —gritó.

En ese momento escuchamos una voz lejana.

—¡Papá! ¡Papá!

El hombre se quedó quieto como una estatua, dejó de temblar, dejó de gritar, dejó casi de respirar.

—Ya vienen a por mí... —dijo ya más tranquilo.

* * *

Una mujer comenzó a correr hacia nosotros.

El hombre permaneció inmóvil en la puerta hasta que llegó ella y lo estrechó entre sus brazos.

Ambos estuvieron así durante unos segundos.

—Lo siento —dijo la mujer con lágrimas en los ojos—, disculpen, disculpen... Espero que no les haya causado ningún problema. —Respiró—. Verán, mi padre se altera muy fácilmente.

—No se preocupe, no ha pasado nada, solo estábamos hablando —le contesté dándole la mano—, mi nombre es Nel Miller.

—¿Nel, la periodista? —Me miró sorprendida.

—Sí, la misma, y este es mi hermano.

—El hijo de... de... —dijo sin ser consciente que yo también era su hija.

Le dio la mano.

—Le he dicho mil veces que no se aleje de casa, pero supongo que hoy, al verlos a ustedes aquí, al escuchar a los perros se ha acercado a ver qué pasaba.

—No se preocupe —intenté tranquilizarla—, ya le he dicho que solo estábamos hablando, nada más.

—Ya, pero he oído gritos.

—Bueno, sí, se ha alterado un poco, no sabemos muy bien por qué, ha comenzado a decir que todo era mentira.

En ese momento el hombre se separó de su hija y comenzó a gritar de nuevo.

—¡Es mentira! ¡Nunca fue con prostitutas! ¡A ese hombre le hundieron la vida! ¡Solo quería protegerla!

Y de pronto, al decir esa última frase se quedó paralizado. Segundos después comenzó a temblar. Parecía haber entrado en shock.

—Lo siento, lo siento, lo siento... no he dicho nada, no he dicho nada... —nos dijo llorando.

—Vamos, papá, vamos, déjalo ya, vamos a dejar tranquilos a estos señores —le decía mientras lo cogía con delicadeza del brazo e intentaba alejarlo de la casa—. Ha sido un placer conocerlos, pero me temo que es hora de irnos para que tome su medicación.

Nos despedimos desde la puerta mientras se alejaban. Nos quedamos mirando dos figuras que se perdían en la mañana islandesa.

—Tendremos que volver a hablar con ese hombre —le dije a mi hermano—. Debemos averiguar qué hay detrás de esa última frase. ¿A quién querría proteger? ¿A su mujer? ¿A su pareja? ¿Quién podía ser su pareja?

* * *

—¿Con un loco? —protestó mi hermano—. ¿Tendremos que volver a hablar con un loco?

—Claro —le contesté sonriendo—, los niños y los locos es de donde más información se saca, ambos suelen decir la verdad.

—Su verdad, claro —me contestó.

—Sí, su verdad, pero a veces esa es incluso más real que la mentira del resto. Un hombre con todo el tiempo del mundo seguro que vio muchas cosas.

»Durante la conversación ha dicho que no quería que lo encerrasen otra vez... Tengo muchos contactos en la policía, no en la de este país, claro, pero entre las policías también hay comunicación. Y si es verdad que estuvo encerrado puedo averiguar por qué fue. De camino hago unas llamadas.

—¿De camino a dónde?

—No sé, llévame a algún sitio a comer. La cabeza me va a explotar, tengo mil pistas pero no soy capaz de unirlas. En la casa no hay nada a simple vista, después volveremos.

Nos subimos al coche y volvimos a la población de Sauðárkrókur para buscar un restaurante.

Durante la comida fuimos recopilando todo lo ocurrido, intentando averiguar qué podía abrir esa última llave. Teníamos un hombre que había violado a una chica, pero que se suponía que era gay. Un hombre que murió de forma extraña y que se parecía mucho a ese violador. El padre de Veruca, uno de los fundadores del programa, que al final murió en un accidente extraño con una compañera de la que nunca más se supo... Y ahora este anciano que nos aseguraba que al padre de Veruca lo mataron.

Antes de terminar de comer me llegó un mensaje al móvil.

—¿A que no sabes por qué razón estuvo encerrado nuestro nuevo amigo? —le dije a mi hermano mientras acababa de leer el mensaje de mi contacto en la policía.

—Ni idea —contestó él.

—Por allanamiento de morada.

—Y eso que aseguraba que no había entrado en la casa.

—Pero hay algo más, no se lo llevaron al calabozo... lo ingresaron directamente en un centro psiquiátrico, estuvo allí dos días... prácticamente incomunicado.

—¿Qué? ¿Por qué?

—Eso es lo que debemos averiguar: el porqué.

—Entonces podríamos ir al hospital y preguntar.

—En estos casos —empecé a explicarle a mi hermano— es mucho más rápido hablar directamente con la familia. Te ahorras mucha burocracia, secretos profesionales y todas esas cosas. Además, los parientes suelen ser más comprensivos si conectas sentimentalmente con ellos. Esta tarde iremos a su casa —le dije sonriendo.

—Siento que cada vez estamos más cerca —dice una mujer refiriéndose a la solución del juego.

—Yo también —contesta un hombre refiriéndose a la distancia que lo separa de su hermana.

* * *

Después de comer volvimos a la casa y estuvimos buscando alguna caja, algún cofre, algún cajón oculto... algo que pudiera abrirse con aquella llave.

Cuando ya llevábamos casi dos horas sin obtener ningún resultado decidimos visitar a la mujer. Nos acercamos andando hasta su casa.

Los perros volvieron a ladrar.

La puerta estaba abierta.

Llamamos y nos quedamos en el umbral hasta que apareció. Se quedó sorprendida al vernos.

—Hola —le dijimos.

—Hola... —contestó casi temblando—, les ruego que nos disculpen por lo de esta mañana, no queremos problemas, les aseguro que mi padre no les molestará más, no se preocupen...

—Tranquila, no hay nada que perdonar, no venimos por eso. Nos gustaría explicarle qué hacíamos en esa casa y, si es posible, hacerle unas preguntas.

La mujer miró a ambos lados. Nos invitó a entrar.

Ya en el interior nos ofreció un café y los tres nos sentamos alrededor de una pequeña mesa.

—¿Dónde está? —le pregunté.

—¿Quién, mi padre?

—Sí.

—Bueno, está en la habitación, ha venido muy nervioso y le he dado un calmante. Les pido disculpas de nuevo por lo ocurrido, el problema es que siempre está solo, aquí apenas hay nada que hacer y en cuanto alguien aparece por la zona, el hombre va a ver que ocurre, por eso cuando les vio lo primero que hizo fue acercarse a ver qué ocurría. Supongo que ahora estará durmiendo, si no hiciéramos demasiado ruido se lo agradecería.

Le fuimos contando toda nuestra historia: el juego de las llaves, las diversas pistas, cómo habíamos llegado hasta esa casa...

Cuando ya llevábamos un rato hablando y parecía que estaba menos nerviosa, saqué el tema del centro psiquiátrico.

—Si quieren que les diga la verdad, a día de hoy aún no sé por qué lo encerraron. Según la policía lo detuvieron por haber entrado en una casa sin permiso: allanamiento. Pero me dijeron que después todo se complicó, cuando fueron a introducirlo en el coche comenzó a gritar, a ponerse nervioso, le dio un ataque... Se lo llevaron directamente al centro psiquiátrico, allí lo sedaron y lo tuvieron incomunicado durante unas cuantas horas.

La mujer sacó un pequeño pañuelo.

—Se imaginan ustedes qué daño podía hacer un hombre como mi padre, un cuerpo tan débil, alguien con sus años. No tenían derecho a tratarlo así, no tenían derecho...

La mujer tomó un sorbo de café.

—No me avisaron hasta el día siguiente. Pasé más de veinte horas sin saber nada de él. Lo estuve buscando por los alrededores, incluso por la noche. Me asomaba a cada pequeña roca en la costa con miedo a encontrármelo allí, tirado en el suelo. Pensando en que había tenido una mala caída y... Por eso, cuando sonó el teléfono me imaginé lo peor.

Volvió a tomar otro sorbo de café.

—Me dijeron que, como estaba indocumentado, habían tardado en localizarme... Pero es absurdo, aquí nos conocemos todos.

»Cuando fui a verlo, estaba sedado, apenas habló conmigo. Me comunicaron que se tenía que quedar otro día más para hacerle pruebas.

»Al día siguiente por la tarde me lo llevé a casa, pero con un regalo: le habían puesto una pulsera de localización a cambio de no presentar cargos contra él.

»Hablamos de todo lo ocurrido, sin embargo, en el momento en que le pregunté por qué le dio un ataque en la casa se quedó en silencio.

—¿No le contó nada? —insistí.

—Conozco bien a mi padre, y cuando se queda en silencio es porque hay algo que su mente no le permite decir. Estoy segura de que descubrió algo muy gordo dentro de aquella casa.

—¿Y no ha conseguido averiguarlo? —le pregunté.

—Imposible, las pocas veces que se lo he preguntado ha entrado en crisis, se ha puesto tan nervioso que he tenido que medicarlo. Solo en una ocasión fue capaz de decirme que había hecho una promesa al padre de Veruca. Pero lo más extraño de todo es que, según me dijo, si rompía esa promesa ponía mi propia vida en peligro.

—Y al poco tiempo el padre de Veruca murió...

—Sí, según él lo asesinaron. La verdad es que aquello me asustó lo suficiente para no preguntarle más.

—¿Qué pasó con la casa después?

—En cuanto el padre de Veruca murió, vino un camión para hacer la mudanza. Sospecho que mi padre se quedaría por los alrededores observando cómo sacaban todo lo que había en la casa.

—¿Y después?

—Bueno, la casa estuvo vacía mucho tiempo, hasta que hace unos años vino a vivir una familia. Supongo que la alquilarían a alguien.

En ese momento pensé en la madre de Veruca. Ella no nos había comentado nada sobre eso. Continué preguntando.

—¿Recuerda cómo era esa familia?

—Sí, eran cuatro: una pareja con dos hijas. La verdad es que no hablé demasiado con ellos, eran muy reservados. Con la que más relación tuve, simplemente porque a veces coincidíamos en el camino, fue la mujer. Era una persona normal, eso sí, muy presumida —sonrió—, cambiaba de look muy a menudo, a veces llevaba el pelo rubio, a veces moreno...

Eso explicaba el tema de las pelucas.

—Era amable, en alguna ocasión vino a pedirme algo de sal o aceite, lo típico, pero nada más. El que daba un poco de miedo era el marido —me dijo.

—¿Miedo?

—Bueno, no miedo exactamente, más bien respeto. Era un hombre muy grande, además siempre iba con gafas de sol y gorro, jamás le vi los ojos.

—¿Llevaba barba? —le pregunté nerviosa.

—Sí, una gran barba. ¿Cómo lo sabe?

—Porque quizás ese hombre forme parte de las pistas que estamos siguiendo. ¿Y las hijas?

—Una era una niña y la otra, una adolescente. Pero tampoco las vi mucho. Los lunes por la mañana, muy temprano, venía una furgoneta de esas de la granja escuela y se las llevaba. No volvían hasta bien entrada la tarde del viernes, ya de noche. Así que las veía durante el fin de semana, y muy pocas veces, apenas salían a jugar. La mayor siempre estaba encerrada en la casa, y la pequeña de vez en cuando corría por los alrededores, pero ya le digo, muy pocas veces.

—¿Una furgoneta de la granja escuela?

—Sí, es como una especie de colegio alternativo. Eso me hizo dudar que las hijas eran suyas.

—¿Por?

—Bueno, esa granja escuela es como un orfanato moderno, muchos de los niños que hay allí son huérfanos o de familias cuyos padres están en la cárcel o que, por diversas circunstancias, no los pueden cuidar. Por eso pensé que quizás era una familia de acogida. Pero bueno, es hablar por hablar.

En ese momento mi hermano y yo nos miramos.

—¿De qué color son esas furgonetas? —preguntó mi hermano.

—A ver..., creo que son amarillas —contestó la mujer.

* * *

—Quizás nos acaba de ayudar a resolver el juego de las llaves —le dije sonriendo.

—No entiendo —contestó la mujer.

—Verá...

Comenzamos a explicarle los distintos patrones que habían ido apareciendo durante el juego. Entre ellos, uno relacionado con niños huérfanos y furgonetas amarillas.

—¿Y dónde está esa granja escuela? —le pregunté.

—A unas dos horas de aquí, yendo hacia el sur. Fui una vez hace mucho tiempo, allí tienen columpios, animales, un precioso huerto... además hacen helados con la leche de sus vacas. Ahora les apunto la dirección —nos dijo mientras buscaba un papel.

—¿Y qué pasó con la familia? —le pregunté de nuevo.

—Un día se fueron sin más. No explicaron nada, ni siquiera se despidieron... Tome —me dijo mientras me daba un papel con una dirección—, aquí es.

—Muchas gracias —respondí excitada, con esa sensación que uno tiene cuando ha logrado ordenar todos los colores en el cubo de Rubik, cuando todo empieza a encajar.

Nos despedimos y pusimos rumbo hacia el sur, hacia la granja Erpsstaðir.

Tras dos horas de viaje atravesando parte de la zona noroeste de Islandia llegamos al lugar. El conjunto lo formaban varios edificios de distintos tipos; en el aparcamiento exterior había dos furgonetas amarillas.

Aparcamos junto a ellas.

Nada más bajar, a nuestra izquierda, vimos un parque infantil con columpios y una especie de colchoneta gigante multicolor.

Detrás de ese parque, a unos cincuenta metros, había más edificaciones; una de ellas parecía un gran barracón repleto de habitaciones.

Continuamos caminando hacia la puerta principal, y nos dimos cuenta de que era una pequeña heladería, tal y como nos había dicho la mujer. Nada más entrar nos sorprendió el hecho de que podíamos ver las vacas, estaban justo al lado, como si el helado saliera directamente de ellas.

—¿Qué desean? —nos preguntó sin apenas mirarnos una chica joven que estaba sentada absorta en su móvil.

—Yo, uno de esos —dijo mi hermano sonriéndome y señalando un helado de vainilla.

—Yo uno de fresa —ambos sonreímos.

Nos preparó los helados y nos dio el ticket.

Entonces, mi hermano puso sobre la mesa el dinero y la llave dorada. La chica nos miró sorprendida. Cogió el dinero.

—Esperen un momento ahí fuera...

Salimos y nos sentamos a una de las mesas de madera que había sobre una tarima, frente a frente, observando el alrededor de un país que nos cautivaba. A los pocos minutos vimos a una mujer que pasaba con prisa cerca de nosotros; llevaba a un niño de la mano.

—¡Hola, bienvenidos! —nos dijo deteniéndose a unos cuantos metros de distancia.

—¡Hola! —le contestamos.

—La persona a la que esperan está ahora mismo fuera, se ha ido de excursión con el resto de los niños. Con todos menos con este —dijo sonriendo mientras miraba al pequeño que tenía anclado a su mano—, que esta mañana se cayó del columpio y tiene una herida que se ha vuelto a abrir y no deja de sangrar. Voy a ver si lo arreglo.

—Tranquila, esperaremos —le respondió mi hermano.

—No tardarán, en una hora o así estarán aquí. Mientras esperan pueden pedir todo el helado que quieran, están invitados.

—Muchas gracias —le dijimos.

Vimos como mujer y niño se alejaban hacia una pequeña caseta cercana que tenía el símbolo de un botiquín en su exterior.

Nosotros nos quedamos allí, comiéndonos los helados, como en nuestra infancia.

En ese momento mi hermano me miró.

—Te quiero.

Fue así, directo, breve, inesperado, un te quiero que seguramente había estado guardado en su interior durante mucho tiempo.

Silencio.

Cogí otra cucharada de helado.

Me la tragué.

Me temblaba la lengua, la boca y, en un instante, también las palabras.

—Yo también te quiero, Alan —le dije intentando no llorar.

Ambos nos miramos y supimos que acabábamos de encontrarnos de nuevo.

Permanecimos allí casi una hora, mirando el alrededor, hasta que de pronto a lo lejos, vimos una nube de polvo que se acercaba. Era una furgoneta amarilla, grande, casi un autobús.

* * *

El vehículo aparcó en la entrada, justo al lado de las puertas exteriores. El silencio que nos rodeaba se rompió: varios niños salieron del pequeño autobús, la mayoría de ellos saltando, la mayoría de ellos gritando, la mayoría de ellos corriendo, como si la vida se les quedara pequeña a cada momento.

Llegaron hasta nosotros y se sentaron a las dos mesas que había a nuestro lado. La chica joven salió con una bandeja llena de helados. Ninguno de ellos se fijó en nosotros, simplemente eran felices.

En ese momento desvié mi mirada de nuevo hacia el autobús y observé cómo el conductor bajaba de una forma lenta. Era un hombre grande, muy grande, llevaba puesto un gorro y unas gafas enormes; la barba le cubría el resto de la cara.

Despacio, cojeando ligeramente, se acercó hasta nosotros. Nos levantamos.

—Al fin han llegado —nos dijo mientras se sentaba a nuestro lado. Ni siquiera nos dio la mano, me di cuenta de que llevaba guantes.

Dejó pasar unos minutos antes de hablar.

—Verán, cada caja tiene una vida dentro. Abrirla significa asumir una responsabilidad —comenzó a explicar mirando hacia la nada—. Hasta ahora las cajas que han encontrado ya tenían dueño, por eso pudieron abrirlas sin más, pero esta es distinta.

Giró su cabeza hacia mí y se quitó las gafas. Pude ver que tenía parte del rostro quemado.

—No le entiendo —le dije intentando no mirar directamente sus cicatrices

—Significa que al abrir la caja usted se hace responsable de lo que haya dentro... —Se quedó en silencio durante unos segundos—. Dentro de cada caja hay una vida, la vida de uno de estos niños. Si la abre se compromete a hacerse responsable...

Volvió a mirar hacia la nada, hacia el autobús, hacia el paisaje que había detrás del autobús.

En nuestra mesa solo había silencio. En las dos mesas de al lado, risas, gritos, vidas.

—Piénselo —me dijo poniéndose las gafas de nuevo—. Ese es el trato. Los dejo a solas.

Y tras esas palabras se marchó.

Mi hermano y yo nos miramos.

—¿Era eso? ¿Ese fue tu deseo? ¿Ser madre? —me preguntó extrañado mi hermano.

—¡No, no! ¡No fue eso! —protesté—. No lo entiendo, no entiendo nada...

Me levanté nerviosa, di unas vueltas alrededor y finalmente me fui hacia las vallas exteriores, lejos de los niños, lejos del ruido, de las risas, de todo. Crucé la carretera y comencé a caminar hacia la nada.

¿Ser madre? Sí, es cierto, tenía ganas, muchas ganas, y supongo que de alguna forma mi padre se había enterado de que, en el pasado, estuve yendo a varias clínicas de reproducción asistida, de que me hicieron pruebas, que lo intenté durante varios años, y de que mi cuerpo se negó. Seguro que se había enterado y ahora... Ahora me ofrecía un muestrario de niños abandonados, sin familia... Los observé desde la distancia.

En cuanto acabaron sus helados se fueron corriendo al parque que estaba al lado, algunos subieron a los columpios, otros a aquella especie de lona hinchable; todos se movían, todos jugaban... muchos eran niños a los que nadie había querido... pensé en Jónas, pensé en todas esas pequeñas vidas que, sin culpa, vienen al mundo a sobrevivir... en todas las pequeñas vidas que no tienen suerte y comienzan a morir desde el mismo momento en que nacen. Pequeñas vidas que los adultos utilizan para desfogar sus deseos sexuales, sus frustraciones, su rabia. Pequeñas vidas sin culpa...

Me senté en el suelo y comencé a llorar

Miré al cielo.

—¿Qué es lo que quieres, papá? ¿Qué quieres de mí? —le pregunté a la nada.

Después de varios minutos regresé hacia la mesa donde aún permanecía mi hermano, a solas.

Volví en silencio.

Me abrazó y me limpió las lágrimas: las que se veían y las que seguían cayendo por dentro.

—Vamos —le dije.

Entramos de nuevo en la heladería pero por la parte lateral, allí estaba el hombre ocupándose de una de las vacas. Nos vio y, lentamente, dejó un cubo que tenía en la mano.

—¿Ha tomado una decisión?

—Sí, adelante... —le contesté.

Salimos fuera y rodeamos el edificio. Justo detrás había un pequeño cobertizo. Abrió la puerta y entramos.

Vimos dos estanterías con varias cajas.

El hombre cogió una de ellas, la que tenía un número 100 impreso en grande, y la puso frente a mí.

Y se quedó allí, ante nosotros.

—Lo siento, tengo que estar aquí, lo que hay ahí dentro lo requiere.

Suspiré. Estaba nerviosa, muy nerviosa, podría decir que nunca había estado tan nerviosa en mi vida. Me temblaban las manos, el pulso, los pies, el cuerpo, me temblaban hasta los pensamientos.

Justo antes de introducir la llave en la caja, mi hermano no pudo aguantar más y me hizo la pregunta. Sabía que al final lo haría, sabía que lo había estado deseando desde el principio, sabía también que le había costado un enorme esfuerzo contenerse.

—Nel, ¿qué deseo pediste?

En realidad, ya no tenía sentido alargarlo más. Había guardado el secreto durante años, había cumplido mi promesa.

—Salvar el mundo —le dije—, eso es lo que le pedí aquel día a papá. Mi deseo fue salvar el mundo.

Introduje la llave y abrí la caja.

Y sí,
mi padre había cumplido su promesa.

* * *

Allí había anillos, muchos...

Mi hermano y yo nos quedamos en silencio.

—Hay exactamente cien anillos —intervino el hombre—. Aún no están asignados a nadie, creo que le toca hacerlo a usted.

Miré a mi hermano.

Recordé en aquel momento la carta de mi padre: si tuvieras que salvar a cien personas.

> Y si hubiera que elegir, si tuvieras que escoger a quién salvas y a quién no... ¿Serías justa?
>
> Tal vez son demasiadas preguntas para una sola carta. Pero no te preocupes, las respuestas llegarán conforme te acerques al final del juego, cuando tengas que elegir entre decir la verdad o esconderla para que pueda crecer la vida. Y tendrás que hacerlo, te lo aseguro.

—Por cierto —interrumpió de nuevo aquel hombre mientras sacaba un pequeño papel de su bolsillo—, según lo que su padre me dejó escrito, la frase exacta que usted dijo al pedir el deseo no fue «Salvar el mundo».

—¿Qué? —le dije totalmente sorprendida—. ¿De qué está hablando ahora?

—Mire, según me dejó apuntado su padre, la frase exacta que usted le dijo al oído fue esta —nos indicó mientras nos mostraba lo que estaba escrito en el papel.

—¿Y qué importa? ¿Cómo iba a acordarse de las palabras exactas después de tantos años? —lo increpó mi hermano.

—Bueno, las palabras siempre son importantes, y más para una periodista —contestó de forma calmada.

Silencio.

—No lo entiendo... No entiendo qué importancia puede tener eso —le dije yo también.

—Bueno, olvidemos este pequeño detalle, al fin y al cabo su padre ha cumplido su parte del trato. Ahora le toca a usted —nos dijo mientras se guardaba de nuevo el papel—. Ah, y con respecto a los anillos, no se preocupe por ellos, puede dejarlos aquí, en realidad, no tienen ningún valor mientras no los codifique.

—Pero ¿cómo voy a codificarlos?

—Tranquila, eso ya lo averiguará más adelante, ahora debe cumplir su parte del trato.

Salimos los tres al exterior.

Nos apoyamos en una cerca de madera que separaba la heladería de los columpios. Desde allí podíamos ver a todos los niños, había unos doce más o menos.

Ahora me tocaba elegir una vida.

—En realidad, son todos maravillosos —afirmó el hombre—. Solo necesitan algo de cariño, alguien que, de vez en cuando, les dé un beso, alguien que los abrace, alguien que les diga que su vida tiene sentido. No es tan complicado. Además, Nel, aquí estamos para ayudarte en lo que necesites.

De pronto aquel hombre comenzó a tutearme, en alguna frase suelta, pude ver incluso un cambio en su tono de voz, era como si, al acabar el juego, toda la tensión que llevaba dentro hubiera desaparecido.

Comencé a llorar al verlos a todos allí.

—¿Cómo puedo elegir al azar una vida? —le dije mientras miraba a todos aquellos pequeños.

—Tranquila, que para eso estoy yo aquí, para ayudarle —me dijo el hombre—. A muchos de ellos los abandonaron al nacer, pero otros simplemente tuvieron la mala suerte de que sus padres murieran mientras eran pequeños. Dándoles un poco de amor serán felices.

Las lágrimas no me dejaban ver, solo era capaz de distinguir pequeñas vidas corriendo de aquí para allá.

—Fíjese en aquel niño de allí, el que se acaba de subir al tobogán. Se llama Bjarni, es pequeño pero muy valiente. No ha crecido mucho porque lo maltrataron durante los primeros años de vida, apenas le daban comida, se alimentaba con lo que podía recuperar de la basura. Finalmente la policía entró en la casa de los padres y consiguieron sacarlo. Es pequeño y tiene mala leche, pero un corazón increíble.

Cada vez me dolía más el alma. Allí estábamos, observando un escaparate de vidas que nadie quiso.

—Aquella otra, la pequeñita que lleva gafas solo tiene un problema. No oye demasiado bien. No es de nacimiento, simplemente su padre le pegó tal paliza que la dejó sorda. ¿Cómo se puede pegar a una niña así, a una pequeña vida que no ha hecho nada, tan inocente? Cada vez que lo pienso... Pero poco a poco, gracias a varias operaciones, parece que cada día va oyendo mejor. Es un encanto, es quizás la niña más cariñosa de todas.

Las lágrimas continuaban saliendo de mis ojos, no podía parar de llorar, era imposible. Allí estábamos, de una forma u otra, decidiendo el futuro de uno de esos niños.

—Mire aquel otro —continuó el hombre—, es el más mayor de todos, pero también el más responsable: se encarga de cuidar a los demás. Sus padres murieron en un accidente de coche y el resto de la familia no quiso saber nada, nadie quiso quedarse con él. Era demasiado mayor. ¿Qué le parece?

—¡No sé! ¡No sé! ¡No sé cómo puedo decidir algo así! —le grité.

—Tiene razón, tiene razón, lo siento. Quizás no estoy ayudándole demasiado, quizás es todo demasiado frío, quizás deberías conocerlos, hablar con ellos. A ver... —y comenzó a buscar con la mirada—. ¿Mire, ve aquella niña? La que está sentada en el suelo.

—Sí —le dije limpiándome las lágrimas de los ojos.

—Se llama Eva y es muy tímida. Creo que sería una buena opción. Nunca conoció a su padre y su madre murió cuando era muy pequeña. Podríamos decir que el resto de su familia está desaparecida, así que al final la trajeron aquí. Tiene cicatrices de quemaduras por el cuello y el pecho, por eso nunca quiere bañarse, le da vergüenza que la vean desnuda. Debido a la gravedad de las heridas sufre dolores continuos y tiene problemas para realizar algunos movimientos. Afortunadamente aquí la hemos estado cuidando entre todos, y gracias a la rehabilitación se va recuperando poco a poco. La tecnología ha avanzado mucho.

»¡Eva! —gritó, y la pequeña se giró—. ¿Puedes venir un momento?

La niña se levantó del suelo y vimos cómo una sonrisa se acercaba a nosotros.

Mientras la niña venía me di cuenta de que aquel hombre tan grande comenzaba a llorar. Las lágrimas le caían por debajo de las gafas y morían en el interior de su barba. Algo extraño estaba ocurriendo.

—Fue culpa mía, fue culpa mía... —dijo mientras se derrumbaba—, tiene esas cicatrices por mi culpa, no pude hacer más, no pude hacer más... Lo intenté, juro que lo intenté, pero no pude hacerlo mejor... Mirad, sus quemaduras son como estas...

En ese momento aquel hombre comenzó a quitarse los guantes para enseñarnos las manos. Y fue una de ellas, la derecha, la que me hizo temblar de miedo. No por la gran quemadura que le cubría la parte superior de la mano, sino por el tatuaje de una serpiente que se desdibujaba entre su carne y el fuego.

Comencé a marearme, a sentir calor, a sentir frío; mi cuerpo temblaba como nunca. Era como si todo lo que me rodeaba estuviera fuera de lugar, como si alguien lo hubiera zarandeado y no hubiera sabido colocarlo de nuevo en su sitio. Por un momento comenzó a faltarme el aire, todo me daba vueltas, y apenas me di cuenta de que la niña había llegado hasta nosotros.

—Hola, Eva —dijo el hombre—. Esta señora es Nel Miller, ha venido para...

Y cuando aquella niña se quedó frente a mí dejé de escuchar, me olvidé incluso de respirar. No pude apartar mis ojos de los suyos: uno verde y otro azul.

* * *

Eva

Desde aquel día han pasado ya dos años.

Dos años desde que me encontré a Tierra en la Tierra, frente a mí, con otro nombre pero con los mismos ojos. Con un cuerpo salpicado de cicatrices alrededor de su cuello, todas las que se colaron por el espacio que había entre el casco que le puso John y un traje que le venía grande.

John, un hombre que ahora, con sus enormes gafas de sol y su poblada barba, intenta disimular las quemaduras que se hizo cuando, en el suelo, se quitó su propio casco para ponérselo a la pequeña Tierra. Él solo pudo utilizar una sencilla máscara de oxígeno que, al menos, le protegió la parte central del rostro.

John, un Militar con experiencia en combate, un hombre que había participado como mediador en muchos conflictos internacionales. Una persona capaz de mantener la calma incluso en las situaciones más extremas. Alguien que había visto de todo y, por supuesto, alguien que sabía callarlo todo. Uno de los dos únicos concursantes que, desde el principio, conocían la verdad de lo que estaba ocurriendo.

Desde aquel día Eva y yo vivimos en una pequeña casa perdida en el norte de Islandia, la misma que le sirvió al padre de Veruca para ocultar a su hija cuando decidieron sacarla del concurso que la estaba matando en vida.

Una niña caprichosa a la que le explicaron cómo simular su propia muerte para escapar hacia una isla que, conforme pasaba el tiempo, se estaba convirtiendo en una cárcel. Acostumbrada a ser visible en las redes las veinticuatro horas del día, ahora tenía que esconderse de forma permanente.

Una chica que, al principio, aceptó todas las condiciones que le impusieron. Sabía que apenas podría salir de la casa, a menos que lo hiciera de incógnito, con pelucas, lentillas y maquillaje, pero que poco a poco fue cansándose de todo aquello. Una chica que pidió un último capricho que le costó la vida: quería ver a mamá.

La misma casa en la que un anciano, sabiendo que ese día el padre de Veruca había salido y, en teoría, no había nadie dentro, entró y se encontró frente a frente con una persona que no debería existir.

La misma casa también en la que, durante un tiempo, se ocultaron John, la Doctora, Tierra y Andrea, una familia normal a ojos de cualquier vecino: una pareja con sus dos hijas.

Y desde entonces llevo dos años haciéndome, día a día, la misma pregunta: ¿qué hago con la verdad?

Hay momentos en los que soy consciente de que lo mejor es ocultar lo ocurrido, enterrar la realidad para proteger a las dos Tierras... pero hay otros en los que tengo ganas de gritar, de hacer una llamada y publicarlo todo.

Tengo ganas de decirle al mundo que hemos vivido la mayor mentira de la historia de la televisión, que ninguno de los concursantes viajó a Marte, que se buscó un lugar perdido en Islandia para crear un gran plató, que mi padre tenía razón cuando en el último discurso de su vida dijo: «Todo es mentira».

Y para sostener esa mentira se buscó un lugar fácil de proteger, fácil de esconder. Un entorno seguro donde ningún hombre tuviera problemas de erección, donde las conexiones fueran estables, donde una niña tuviera la posibilidad de nacer perfectamente, donde el cáncer no fuera una amenaza para nadie, donde se pudieran conseguir medicinas si era necesario... un plan perfecto para crear un concurso demasiado arriesgado sin correr demasiados riesgos.

El único problema de aquel proyecto fue que mi padre no tuvo en cuenta un pequeño detalle, ese que al final es capaz de arruinarlo todo: en Islandia hay muchos volcanes y, de vez en cuando, alguno erupciona.

Pero, claro, decir la verdad implicaría descubrir, y quizás también destruir, el proyecto eXo, el trabajo que Centinel lleva realizando desde hace tanto tiempo en Marte.

Un Centinel que, desde la organización, tuvieron que replicar en la Tierra, por eso buscaron a tres personas dentro del programa de parecidos: dos hombres y una mujer con rasgos muy similares a los astronautas originales, los que realmente estaban en Marte. Era la única forma de que todo resultara creíble, pues concursantes y astronautas debían interactuar en el concurso. Y con los cascos, los trajes, las imágenes correctamente difuminadas cuando las cámaras se acercaban demasiado al rostro, ¿quién iba a ser capaz de distinguir a los falsos de los originales?

Y me queda otra verdad, la que implica a Eva. ¿Qué hago con ella? ¿Mantengo la mentira que le contaron en la granja escuela? Esa que incluye un accidente de coche en el que sus padres murieron cuando ella era pequeña y que explica también las cicatrices de su cuello. ¿O le digo la verdad? Que su verdadero nombre es Tierra y que ha sido la niña más famosa del mundo; que su madre murió mientras se hacía un selfi casi desnuda y que tiene tres posibles padres: un hombre al que apodaban Manitas porque sabía hacer de todo; un jardinero que hasta el último momento de su vida estuvo pensando en su familia; o un hombre al que un buen día llamaron para ir a trabajar a Islandia porque se parecía en un 84 por ciento al astronauta Marcus Z. N., un hombre que violó a su madre... un hombre al que, seguramente, mi padre mató.

* * *

Una vez al mes cogemos el coche y, tras ocho horas de viaje, venimos aquí, al lago Jökulsárlón, para mí uno de los lugares más bonitos del planeta. Este lago es como un termómetro de la Tierra: los pequeños icebergs que flotan en él nos indican la velocidad con la que deshacemos el mundo.

Aquí juego con Eva: reímos, gritamos, corremos por la orilla de un lago que nos pide ayuda con cada trozo de hielo que se le cae al exterior...

A veces, con suerte, también conseguimos ver alguna foca que, al asomarse a la superficie, nos saluda. Y a veces somos nosotras, desde abajo, las que saludamos a las gaviotas que vuelan a nuestro alrededor.

Y hago fotos, siempre que vengo hago fotos, muchas fotos... Fotos que publico en internet, fotos que envío a revistas, a multitud de organizaciones, a políticos... Fotos que, mes tras mes, muestran una realidad demasiado incómoda: cada vez hay más agua y menos hielo.

Nos escandalizamos cuando salen noticias de padres que maltratan a sus hijos, de hijos que maltratan a sus padres... pero al fin y al cabo nosotros estamos haciendo lo mismo con el planeta: estamos matando a quien nos da la vida, y en cambio a nadie parece preocuparle.

Como diría mi padre: así es el ser humano.

Con respecto a los anillos, aún no he codificado ninguno, quizás porque hacerlo sería perder totalmente la esperanza. Y yo, al contrario que mi padre, todavía creo que esto se puede arreglar, aún tengo la ilusión de que algún día el ser humano se dé cuenta de que está mordiendo la mano que le da de comer.

No he codificado ninguno a pesar de la insistencia de zerozero, uno de los componentes de ese grupo de *hackers* anónimos con los que mi hermano trabajó mientras estuvimos buscando las llaves. Uno de los *hackers* más peligrosos del mundo, porque es el responsable de decidir si una persona puede vivir o no; es quien realiza las investigaciones necesarias para comprobar si un determinado comprador merece tener un anillo. Es también quien inventó el sistema para codificarlos.

Zerozero, un *hacker* que es una chiquilla que lleva un cero tatuado en cada una de sus manos. Alguien que debía mantenerlo todo bajo control desde dentro del engaño, alguien que debía actuar al instante ante cualquier problema, ante cualquier imprevisto... la otra persona que, junto a John, sabía lo que estaba ocurriendo desde el primer momento.

A veces pienso en todo lo que sucedió hace tantos años en aquella cabaña, pienso en mi hermano, en mi padre, en el deseo que le pedí... Y es cierto, las palabras que le dije a mi padre no fueron «quiero salvar el mundo», le dije que quería salvar la Tierra.

Y ahí la tengo ahora, delante de mí: una pequeña vida que en este preciso momento está intentando coger un trozo de hielo sin caer al agua.

Una pequeña vida que se estremece cada mañana al notar el frío y sonríe cada vez que ve salir el sol; que se queda embobada mirando el vuelo de una mariposa, la fuerza del agua o la belleza de una flor; que grita cuando algún insecto se le posa encima, que llora cuando se mira a sí misma y que sonríe cada vez que alguien le regala un poco de amor. Una pequeña vida que disfruta jugando entre sus manos con las piedras, la arena o el barro; y que es feliz siempre que la lluvia baila a su alrededor.

Una pequeña vida que debemos cuidar para que pueda recuperarse de sus heridas... para que pueda respirar por ella misma.

Yo, por mi parte, voy a hacer todo lo posible para que la vida de Tierra sea larga, muy larga...

pero aquí, en la Tierra.

* * *

Gracias.

Esta es, sin duda, la palabra que más he utilizado desde que empecé en este precioso mundo de la literatura.

Gracias porque yo, en realidad, lo único que hago es escribir historias; pero sois vosotros, los lectores, los que les dais vida, los que conseguís que crezcan.

Gracias por todos los mensajes y muestras de cariño que me regaláis, tanto en las firmas como de forma virtual a través de las redes sociales.

Gracias por estar ahí, acompañándome en el camino.

Gracias.